KB132403

골든 에이지

골든 에이지

김희선
소설

GOLDEN
AGE

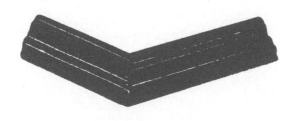

문학동네

공의 기원

군함이 항구에 들어왔을 때 사람들은 삼삼오오 모여들어 생전 처음 보는 거대한 배를 구경했다. 아직은 부두에 그렇게 커다란 배가 들어올 만한 설비가 마련되어 있지 않았기에, 군함은 멀리 수평선 조금 못 미친 지점에 가물가물 떠 있을 뿐이었다. 그래도 눈을 가늘게 뜨고 보면 낯선 국기가 바람에 펄럭이는 모습이 어렴풋이 보였다. 배가 떠 있은 지 이틀 정도 지났을까, 저 멀리로부터 보트 한 척이 빠르게 해안으로 다가왔다. 거기서 하얀 모자를 쓴 수병들이 뛰어내리는 장면을, 한 소년이 발돋움을 한 채 보고 있었다.

배에서 내리는 수병들의 표정은 밝았다. 그럴 만도 한 게, 그들은 벌써 꽤 오래 갑판 위에서만 지내온 터라 오랜만에 밟는 육지가 그렇게도 반가울 수 없었던 것이다. 낯선 이들이 점점 가까이 다가오는 것을 보고, 그때까지 빙 둘러서서 구경을 하던 마을 사람들은 주춤주춤 뒤로 물러났다. 사실 과히 가까이하고 싶지 않은 얼굴을 가진 족속들이었다. 거참, 괴이하게도 생겼군. 그들은 속으로 중얼거렸다. 일부는 재빨리 그 자리를 떴다. 굳이 그런 데 있어봤자 좋을 일이 없다는 걸, 반만년이 넘는 역사에서 미리 배운 자들이었다.

하지만 소년과 친구들은 그렇지 않았다. 그들은 배에서 내린 외인들이 기묘한 물건을 가지고 뭔가를 하는 장면을 넋을 놓고 구경했다. 그 놀이(로 추정되는 이상한 행위)를 하며, 그들은 무척이나 즐거워 보였다. 구경하던 소년 역시 덩달아 신이 났다. 수병들은 둥글고 땅에 던지면 퉁 튀어올랐다가 멀리멀리 날아가는 기이한 물건을 가지고 있었다. 그게 축구공이라는 것을, 소년은 나중에 알게 된다. 그러니까 그런 식으로 영국 군인들의 축구경기를 며칠간 지켜본 끝에 말이다. 그리고 그것이 축구공이라는 것을 알게 됨과 동시에 소년의 운명은 백팔십도 바뀌게 되었던 것이다.

즉, 그 사연은 이러하다. 어느 날 수병들이 공놀이하는 것을 지켜보던 소년의 발 앞으로 그 신비로운 물건이 데굴데굴 굴러왔다. 그 공 좀 이리 차줄래? 아마도 수병은 이렇게 말했을 테지만, 소년이 그걸 알아들었을 리는 없다. 그럼에도 불구하고 그는 어떤 본능의 힘에 이끌려 공을 발로 뻥 찼다. 그런데 그 공이 하늘로 붕

떠서 높이 날아올랐는가 하면, 아쉽게도 그렇지는 않았다. 공은 그저 느릿느릿 굴러갔고, 소년은 발이 아파 어쩔 줄 모르며 제자리에서 펄쩍펄쩍 뛰었다. 그러나 그게 인연이 되어 소년은 친구들과 함께 외인들의 공놀이에 끼어들 수 있었다. 여전히 말은 통하지 않았지만, 소년은 빠른 속도로 공 다루는 기술을 배웠다. 그는 드리블이라든가 골인 같은 중요한 용어도 습득했다. 사실 증거가 없어서 어디까지 믿어야 할지는 알 수 없지만, 당시 소년의 일취월장하던 기술은 가히 후일의 마라도나에 필적할 만한 수준에 이르렀었다는 것이다. 게다가 영리한데다 붙임성까지 있던 소년은 영국인 수병들과 약간의 대화가 가능할 정도로 언어를 배웠고, 그리하여 그들이 인천항에 정박하고 있던 이유도 대충 이해하게 되었다.

그들은 자기들이 지도를 그리러 여기에 온 거라고 말했다. 지도가 뭔지 소년은 알 수 없었기에 고개를 갸우뚱했다. 그들 중 하나가 맨 위에 세계전도世界全圖라고 적혀 있는—그러나 소년은 읽을 수 없었을—커다란 지도 한 장을 펼쳐서 보여줬다. 이것이 세계야. 소년은 세상이 한 장의 종이 속에 모두 들어갈 수 있다는 사실에 놀랐다. 그는 지금 우리가 축구를 하고 있는 이 바닷가도 여기에 다 들어가 있느냐고 물었다. 수병이 고개를 끄덕이자, 소년은 갈매기가 끼룩대는 항구나 나지막한 초가지붕 같은 것들이 어디 있을지 찾기 위해 한동안 종이 구석구석을 뒤졌다. 그러나 곧 가죽으로 만들어진 축구공을 차고 노느라 지도에 대한 것은 다 잊어버리고 말았다.

때로 공을 차다 돌아보면 수병과 장교들이 측량 도구를 가지고 여기저기 돌아다니는 것을 목격할 수 있었지만, 그게 다였다. 그렇게 얻은 자료를 가지고 이후 그들이 무엇을 했는지도 소년은 잘 모른다. 왜냐하면 얼마 뒤 수평선 조금 못 미친 곳에 떠 있던 군함이 어디론가 가버렸기 때문이다. 배가 떠나기 얼마 전, 수병은 소년에게 공을 줬다. 아마 더이상 쓸모가 없었던 걸지도 모르고 어쩌면 소년과 친해졌기 때문에 그야말로 순수하게 건넨 마음의 선물이었을지도 모른다. 여하튼 공을 주며 그는 소년에게 앞으로 위대한 축구선수가 되라는 (말도 안 되는) 축원까지 해주었다. 아마도 그 수병은, 누군가가 축구선수가 되려면 축구팀과 축구화, 축구복, 코치, 운동장 등이 필요하다는 것까진 생각하지 못했던 듯하다.

소년은 아쉬운 마음으로 손을 흔들며 보트가 해안을 떠나 수평선 쪽으로 어른어른 사라질 때까지 서 있었다. 축구선수가 되어야지. 소년은 공을 안고 집으로 달리면서 생각했다. 하지만 그게 그렇게 쉬운 일은 아니었다. 아니, 사실은 매우 어려운 일, 더 나아가서는 거의 불가능한 일에 속했다. 특히 1882년 인천의 작은 바닷가 마을에선 더더욱 그러했는데, 왜냐하면 앞서도 말했듯이 일단 축구선수가 되려면 축구팀과 축구화, 운동장, 코치 같은 것들이 있어야 했기 때문이다. 그러나 소년이 알기론 세상 어디에도 그런 건 없었다. 게다가 소년은 할 일이 많았다. 그러지 않으면 먹고살 길이 막막했기 때문이다.

그는 결국 축구공을 뒤뜰 가장 깊숙한 장소에 잘 감춰뒀다. 그리고 틈날 때마다 꺼내 먼지를 닦고 해진 부분을 실로 꿰맸다. 때로 아무도 안 보는 밤이면, 그러니까 항구에서 짐을 나르고 돌아와 잠깐 눈을 붙였다 깨어난 밤이면, 그는 축구공을 꺼내 기술을 연마했다. 해안을 지나던 배에선 깊은 밤 달빛 아래 한 남자가 머리로 공을 통기며 모래사장을 달리는 모습이 보였다. 광대인가? 바닷속에 던져둔 항아리에 문어가 들어가길 기다리며, 어부들은 나지막이 중얼거렸다. 미친 게 틀림없지. 누군가는 이렇게 떠들기도 했지만, 그는 아랑곳하지 않았다. 덕분에 그의 기술은 나날이 발전했는데, 언젠가부터 그와 공은 거의 한몸이 되어 공이 그인지 그가 공인지 구분할 수 없는 경지에까지 도달했던 것이다. 물론 그러는 사이 인천항도 점점 커졌으며 점점 붐벼갔고 수많은 외인들이 갖가지 이유로 그곳을 드나들게 되었다. 사실 말이 나왔으니 말이지만, 항구가 그렇게 커진 데엔 소년(어느새 자라 청년이 되어 있었는데)의 공로도 무시할 수 없을 만큼 컸다. 왜냐하면 그는 (당시 마을에 살던 사람들이 모두 그랬듯이) 매일 부두에 나가 등짐을 졌는데, 얼마 안 되는 삯을 받으며 하루종일 항구를 넓히는 데 쓸 돌과 흙을 나르는 것은 정말이지 호락호락한 일이 아니었기 때문이다.

결국 그는 나이에 비해 겉늙고 등도 완전히 굽어버렸는데, 실제로 박물관에 걸려 있는 단 한 장의 사진에선 겨우 스물대여섯 정도밖에 안 되었을 그 청년이 거의 예순을 훌쩍 넘긴 노인 같은 얼굴로 근심스럽게 정면을 응시하고 있었다. 사진 속 남자가 정말로 그인가에 대해서는 여러 이견이 있었지만 세계적 공 장인匠人인 박홍수는 그 사람이 자신의 증조부임이 틀림없다고 단언했다. 눈매며 입매가 자기와 꼭 닮았고 무엇보다도 그가 한 손에 축구공을 끌어안고 있다는 점을 강조하면서 말이다. 박홍수는 돋보기까지 이용하여 사진 속 공의 한 부분을 확대한 뒤 사람들에게 보여줬다. 거기엔 다 지워져가는 글씨로 '토마스 굿맨®'이라는 상표가 새겨져 있는데, 그것이야말로 그 낡은 사진 속 인물이 자기 증조부임을 드러내는 완벽한 증거라는 것이었다. 그는, 새로 지은 '굿맨 앤드 박 볼 컴퍼니' 공장 옆에 건립한 공 역사박물관에 그 사진, 그러니까 갯벌과 한창 공사중인 항구와 갈매기 몇 마리를 배경으로 서 있는 남자의 흑백사진을 걸면서 설명문 한 장을 특별히 붙여뒀다.

한글과 영문, 편자브어로 작성된 그 설명문은 은빛 알루미늄 액자에 들어 있었고, 거기엔 '토마스 굿맨' 상표 축구공의 역사와 그게 어떤 연유로 그의 증조부에게까지 흘러들어왔는가에 대한 사연이 꼼꼼하고도 세세하게 기록되어 있었다. 그리고 거기 적힌 바에 의하면, 세계적 공 장인이자 파키스탄 펀자브주 시알코트에 세계 최대의 수제 축구공 공장을 가지고 있는 박흥수의 운명은 이미 증조부 대에 결정된 거나 마찬가지였다. 왜냐하면 개항기 인천의 한 바닷가에서 어느 영국인 기자에게 우연히 찍힌—그러나 알고 보면 필연적으로 찍혀야만 했던—그 사진 속에서, 박흥수의 증조부가 들고 있던 공은 무척이나 유서 깊고도 중요한, 역사의 산증인 같은 물건이었기 때문이다.

이야기는 1872년으로 거슬러올라가는데, 그해 잉글랜드 축구협회는 "모든 축구경기에서는 가죽으로 만든 공만을 사용해야 한다"고 공식적으로 선포했다. 그 선언 이후 런던 시내에서 수작업으로 가죽 축구공을 만들어 팔던 사람들에겐 일종의 특수가 찾아왔는데, 토마스 굿맨 역시 그런 수혜를 입은 업자들 중 하나였다. 원래 런던 시내에서 대대로 구두점을 경영해왔던 그는, 무역회사들이 인도 및 세계 곳곳의 식민지에서 훨씬 저렴한 가격에 품질까지 좋은 구두를 대량으로 들여오는 통에 망하기 일보 직전에 처해 있었다. 사실 토마스 굿맨은 '해가 지지 않는 나라' 따위의 수사를 무척 싫어했는데, 왜냐하면 영국이 해가 지든 안 지든 어차피 그가 사는 런던 뒷골목에서는 낮과 밤이 반복되는 일상이 변함없이 계속되고 있었고, 이상하게도 오히려 점점 더 밤이 길어지는 것 같은 기분마저 들었기 때문이다.

어쨌거나, 불만에 가득차 있던 토마스 굿맨이 남아도는 소가죽과 (당시로서는 신소재에 속하는) 천연고무를 이용해 축구공을 만들어야겠다는 생각을 하게 된 건 순전히 우연이었다. 어느 날, 은행 이자를 어떻게 갚아야 할지 고민하며 고개를 푹 숙인 채 걷다가 어디선가 날아온 커다란 덩어리 같은 것에 머리를 세게 맞고 말았기 때문이다. 눈에서 불이 번쩍하는 순간 길바닥에 철퍼덕 쓰러졌던 그가 겨우 몸을 일으키자, 한 소년이 달려와 미안하다며 머리를 긁적였다. 정신을 차리고 보니, 그에게 날아온 것은 얼기설기 엮은 가죽 주머니에 바람을 불어넣은 뒤 입구를 대충 꿰매 만든 축구공이었다. 탄성이라곤 없는 그 딱딱한 공은 그의 머리를 정통으로 때렸고, 이마에는 이미 커다란 혹이 부풀어오르고 있었다. 보통 사람 같으면 소년에게 한바탕 욕을 퍼부었겠지만, 그러나 그때 토마스 굿맨은 아무 말도 하지 않았다. 도리어 괜찮으니 걱정 말라며 소년의 머리까지 쓰다듬어준 그는, 그 비실용적으로 무거운데다 탄성이 없어 잘 날아가지도 않는 공을 보며 구두점 한 구석에 가득 쌓여 있는 남아메리카산 고무를 떠올렸다. 고무를 가져온 사람은 평소 소가죽을 공급해주던 업자였는데, 그의 말에 의하면 그건 완전히 새로운 소재라는 것이었다. 물도 스며들지 않고 젖지도 않아. 이걸로 신발을 만들면 비 오는 날 런던 거리를 아무리 뛰어다녀도 발에 물 한 방울 묻지 않을 거야. 내 장담하는데, 앞으로 신발업계는 이 고무가 평정하게 될걸. 업자는 반신반의하는 토마스 굿맨에게 어음으로 차차 갚으라며 그 신소재 무더기를 잔뜩 내려놓고 가버렸던 것이다.

그래, 바로 그거야. 이렇게 외치며 어디론가 달려가는 뚱뚱한 남자를, 소년은 공을 품에 안은 채 멍하니 바라보았다. 토마스 굿맨은 그길로 구둣방으로 달려와 고무를 둥근 주머니 모양으로 재단했다. 거기에 바람을 불어넣은 다음, 이번엔 가게에 지천으로 널려 있던 소가죽을 가위로 자르기 시작했다. 총 열두 조각의 길쭉한 가죽을 바늘로 단단하게 꿰매 둥근 고무공 위에 붙이자 보기에도 아름다운 멋진 축구공이 만들어졌다. 그는 새로 만든 공을 힘껏 벽에 던져보았다. 통. 공은 소리도 경쾌하게 벽에 부딪치며 되돌아왔다. 바야흐로 탄성을 가진 축구공이 처음으로 탄생하는 역사적인 현장이었다.

당시엔 영국 여기저기서 축구 클럽이 우후죽순처럼 생겨나고 있었는데(그러니까 공장지대 한 군데당 클럽 하나씩이 생겼다고 보면 된다) 그는 자신이 만든 축구공을 자루에 담아 등에 지고 선수들을 찾아다녔다. 낮에는 공장에서 석탄을 퍼나르다가 저녁이면 축구를 하던 남자들이 그가 만든 자칭 세계 최고의 축구공을 구경하기 위해 모여들었다. 한 손에 맥주잔을 든 채 그들은 공을 차보기도 하고 굴려보기도 했으며 선술집 바닥에 통통 튕겨보기도 했는데, 어찌나 탄성이 좋은지 그 장면을 보던 다른 술꾼들까지도 "와!" 하고 함성을 지르기 일쑤였다. 결국 공은 날개 돋친 듯 팔려나가기 시작했다. 그야말로 없어서 못 팔 지경이었는데, 따라서 굿맨은 뒷골목의 비좁은 구둣방을 팔고 교외에 공 제작 공장을 차리게 된다.

그런데 공이 그렇게 잘 팔렸던 데에는, 물론 모든 공인 경기에선 소가죽 공만을 써야 한다는 축구협회의 규정이 끼친 영향도 컸으나, 무엇보다도 그의 뛰어난 마케팅 실력이 한몫했다는 것을 간과해선 안 된다. 그는, 군함을 앞세워 세계 곳곳에 식민지를 만든 국가 덕분에 갑자기 돈에 여유가 생긴 중산층이 무엇을 원하는지 정확하게 간파했다. 현대적 마케팅 기법이나 광고학도 배우지 않은 토마스 굿맨이 어떻게 그런 대단한 판매 기법을 개발했는지는 알 수 없으나, 어쨌든 그는 당시 런던에서 가장 잘나가던 신문인 '데일리모닝'과 손잡고 '한 가족 한 축구공 가지기 운동'이라는 생소한 캠페인을 전개했다. 당대 최고의 내과의사가 쓴 사설을 가장한 광고문을 보면 그때 런던을 휩쓴 축구공 광풍이 어느 정도였는지 짐작할 수 있다. 즉 거기서 의사는 "체력은 곧 국력이며, 지구 반대편까지 국가의 힘이 뻗어나가는 이때 어린 시절부터 공을 차고 달리며 심신을 강화시키는 것이야말로 진정한 애국"임을 엄숙하게 설파한 뒤, 짐짓 아무렇지도 않은 어조로 "그런데 얼마 전 필자가 직접 공을 차보니, 토마스 굿맨이라는 업자가 만든 가죽 공이 체력단련에 가장 좋다는 걸 확실히 느낄 수 있었다"는 사연을 덧붙이고 있었던 것이다. 마침내 어느 정도 여유 있는 중산층 집안에선 아들들에게 토마스 굿맨® 상표가 새겨진 가죽 축구공을 선물하는 것이 일종의 관습으로 자리잡았다. 그렇게 하여 일군 부를 바탕으로 토마스 굿맨은 왕실로부터 작위를 얻었으며, 일약 체육계의 명사가 되었고, 그게 계기가 되어 군납업체로까지 선정되는 행운마저 누리게 되었다. 즉, 그의 업체가 세계 곳곳에 나가 있는 영국군에게 독점적으로 가죽 축구공을 공급할 권리를 얻었다는 뜻이다. 그리하여 그의 공장에서 만들어진 공은, 지도 제작이라는 미명하에 인천 앞바다를 어슬렁거리던 '플라잉피시'란 이름의 군함에까지 실리게 되었으며, 결국 제물포 인근에 살던 한 소년에게 전달되어 그의 운명을 바꿔버리는 결과를 낳게 되었던 것이다.

그러나 이후 토마스 굿맨의 인생은 그리 영광되지 못했다. 사람들은 그가 더이상 욕심내지 않고 조용히 공만 만들었으면 그렇게까지 되진 않았을 거라고들 했는데, 왜냐하면 공 제작자에서 갑작스레 귀족의 신분으로 뛰어오른 그 남자의 영혼이 어느 날 문득 정치인이 되고 싶다는 흔해빠진 욕망에 잠식당하고 말았기 때문이다. 그는 하원의원 선거에 도전했고 당연히 패했다. 그 와중에 공을 팔아 쌓아올린 부까지 거의 탕진했는데, 그의 완전한 몰락에 쐐기를 박은 마지막 사건은 한 젊은 기자 덕분에 일어났다.

앤더슨이란 이름의 그 기자 역시 런던 토박이였는데, 어린 시절 옆집에 살던 수염이 텁수룩한 독일인 할아버지(그는 나중에야 그가 무척이나 유명한 사람, 그러니까 너무 유명해서 지구 전체의 운명과 지도까지 뒤바꿔버린 사람이었다는 것을 알게 된다)가 남긴 책을 읽으며 뭔가 세상을 뒤엎을 만한 일을 해야 한다는 열정에 사로잡히게 되었다. 그러기 위해선 언론인이 되어 사회 구석구석의 어둠을 파헤쳐야 한다고 생각했고, 실제로 그리 어렵지 않게 기자가 된 앤더슨은, 토마스 굿맨의 공장에서 법에 의해 금지된 음험한 일이 일어나고 있다는 정보를 접했을 때 재빨리 행동에 돌입했다. 그는 무두질장이로 위장하여 굿맨의 공장에 취업했다. 이후 일어난 일은 익히 알려진 대로다. 거기서 그는 대여섯 살밖에 안 된 아이들이 온통 유황 연기에 취한 채 손으로 공을 꿰매고 있는 참담한 현장을 목격했던 것이다. 근 한 달여에 이르는 잠입취재 끝에, 앤더슨은 충격적인 르포르타주를 작성하는 데 성공했다. '런던 아동노동의 실태'라는 제목의 그 기나긴 보고서는 당시 가장 구독률이 높았던 데일리모닝의 1면을 장식했는데, 아이러니하게도 그것은 토마스 굿맨이 공 제조업자로서 성공을 거두던 초기, 가죽 축구공 광고를 실었던 바로 그 신문이었다. 여하튼 아무리 아동노동이 공공연하게 자행되던 시대였다고는 해도, 그리고 거의 대부분의 공장주들이 자기 소유의 공장에서 그런 일이 일어나는 것을 모른 척하며 지내왔다 해도, 그렇게 신문에 대서특필된 이상 뭔가 조치를 취하긴 취해야 했다. 본보기로라도 토마스 굿맨을 처단해야만, 마치 그런 흉악한 일은 난생처음 들어본다는 듯 분노하여 들고일어난 런던 시민들을 진정시킬 수 있었단 뜻이다.

결국 굿맨의 공장은 폐쇄됐다. 경시청에서 직접 나온 기마경찰들이 공장 문을 열고 유황과 가죽 냄새에 절어 있는 창백한 얼굴의 아이들을 밖으로 데리고 나왔다. 카메라를 든 채 서 있던 앤더슨은 일렬로 걸어나오는 아이들 중 하나에게 질문을 던졌다. 기쁘지 않니? 넌 이제 해방이야. 그러나 아이는 아무 대답도 하지 않았으며 오히려 자기들을 구경하기 위해 몰려든 사람들을 한동안 둘러보다 울음을 터뜨리고 말았다.

토마스 굿맨의 말로에 대해서는 두 가지 이야기가 떠돈다. 일설엔 그가 원래의 구둣방이 있던 런던 뒷골목으로 되돌아왔으며 거지꼴로 이곳저곳을 돌아다니다가 구빈원에서 눈을 감았다고 하는데, 또다른 소문에 의하면 그는 그런 일에 전혀 개의치 않았고 오히려 그 사건을 전화위복의 계기로 삼아 공 제조원가를 더 낮추기 위해 노력했다. 즉, 이참에 아예 공장을 인도로 옮기는 게 낫겠다고 생각한 토마스 굿맨은—자국 내에서의 아동노동이 아니라면, 대부분의 도덕적, 정치적으로 올바른 시민들은 수제 가죽 축구공의 가격이 왜 그리도 저렴한지에 대해 별로 개의치 않을 거라는 것을, 그는 잘 알고 있었다—대단히 빠른 속도로 일을 추진했고, 그리하여 몇 년 뒤엔 전보다 더 거대한 사업체를 운영하는 스포츠용품업계의 거물로 성장했다는 게 두번째 소문의 요지였던 것이다.

덧붙이자면, 토마스 굿맨의 공장이 폐쇄되던 날 거기서 걸어나오던 아이들이 그후 어떻게 되었는지까지는, 앤더슨 역시 더이상

취재하지 못했다. 호기심과 모험심에 불타던 그가 영국 식민 지배의 실태를 파악한다는 명분으로 상선에 올랐기 때문이다. 그런데 그 배는 그가 그동안 익히 알고 있던 인도나 중국으로 가는 대신 계속 동쪽으로만 항해했고, 마침내 생전 처음 들어보는 제물포라는 항구에 닻을 내렸다. 그곳엔 쓸쓸한 갯벌과 고깃배, 이제막 공사가 끝난 듯한 현대식 갑문, 그리고 검게 그을고 깡마른 사람들과 갈매기들이 기이하게 뒤엉켜 있었는데, 선장은 망원경으로 어딘가를 바라보더니 이렇게 말했다. 몇 년 전, 아직 군인 신분이었을 때, 이곳을 측량하기 위해 들른 적이 있다네. 그때 우린 저기 바닷가에서 축구를 했지. 그러면서 그가 망원경을 건네주는 바람에 앤더슨은 먼 능선과 그 아래 옹기종기 모여 있는 작은 집들을 꽤 오랫동안 바라보았다. 선장에게 다시 망원경을 돌려주려는 순간, 그의 시야에 한 남자가 들어왔다. 남자는 어둑어둑해지는 황혼의 바닷가에서 축구공으로 보이는 뭔가를 머리로 연신 통기며 달려가고 있었다. 잠깐만요, 선장님. 앤더슨은 좀더 자세히 보기 위해 최대한 몸을 앞으로 내밀었으나, 어느새 남자는 사라지고 없었다. 하긴, 잘못 봤겠지. 여기에 그런 최신식 축구공이 있을 리 없잖아. 그는 이렇게 생각하며 가방을 챙겼다. 카메라 및 장비 일체를 어깨에 메는 것도 잊지 않았다. 배에서 내려온 그는 물씬 밀려오는 비릿한 냄새를 맡으며 그 낯선 부두를 한 바퀴 둘러봤다. 뭐랄까, 거기엔 모든 것, 그러니까 그때까지 문명이 만들어낸 나쁜 것과 좋은 것들이 온통 한데 뒤섞여 있는 느낌이었다.

공원 옆에 마련된 외인 거주지에 자리를 잡은 그는, 드디어 어느 달 밝은 밤 한적한 바닷가에서 공과 혼연일체가 되어 달리는 한 조선인을 마주치게 된다. 바로, 박흥수의 증조부와 그의 사진을 찍은 영국인 기자 앤더슨의 첫 만남이었던 셈이다. 저 정도라면 런던의 클럽에서 뛰어도 손색이 없겠군. 기자는 이렇게 생각하며 그 남자에게 다가갔는데, 그 이후의 이야기 역시 이미 알려진 그대로라고 보면 될 것이다. 즉, 어떻게 이렇게 공을 잘 다루게 됐느냐며 다가오는 낯선 외국인에게 박흥수의 증조부는 그간의 사연을 손짓 발짓을 섞어가며 설명했고, 그 인연을 계기로 박물관에 걸려 있는 흑백사진의 모델로도 섭외되었다는 얘기 말이다. 사진을 찍기 위해 박흥수의 증조부는 일이 없는 날 일부러 갯벌에 나오는 수고도 마다하지 않았다. 그런데 막상 사진을 찍으려고 하니 한 가지 문제가 생겼는데, 그즈음 공사장에서는 돌을 나를 때 더이상 지게를 사용하지 않는다는 점이었다. 지게는 나뭇단이나 쌀가마니를 옮길 땐 효율적이었지만 돌이나 흙을 나르기엔 적합하지 않았다. 대신 건설현장에서는 바퀴가 하나 달린 손수레를 사용하는 게 일반적이었다. 하지만 박흥수의 증조부가 그 손수레를 끌고 나타났을 때, 앤더슨은 손사래를 쳤다. 아니, 그건 안 돼요. 당신은 좀더 이국적으로 보여야 한다고요. 외국인 기자는 한숨을 쉬며 사방을 둘러보다가 멀리서 어떤 남자가 지게에 쌀가마니를 지고 가는 걸 찾아냈다. 그는 남자에게 달려갔고 뭐라고 한참 동안 얘길 나눴다. 그러더니 한 손에 공을 들고 다른 한 손으론 수레의 손잡이를 잡고 있던 박흥수의 증조부에게 다가와 이렇게 말했다. 미안하지만 그 공 좀 잠깐 빌려줄래요? 영문을 모른 채 박흥수의 증조부가 공을 내놓자, 기자는 그걸 지게를 지고 있던 사람에게 가져갔다. 그러고는 그에게 공을 품에 안도록 지시했고, 바닷가를 배경으로 서게 한 다음 최대한 슬프고 지친 표정을 짓도록 주문했다. 그렇게 몇 번을 반복한 끝에 앤더슨은 마음에 꼭 드는 사진을 하나 건졌고, 그제야 공을 다시 받아서 박흥수의 증조부에게 도로 건네줬던 것이다.

그런데 여기엔 또다른 버전의 스토리가 하나 전해지고 있다. 즉, 앤더슨은 아예 처음부터 박흥수의 증조부를 만나지 못했다는 이야기 말이다. 그가 본 건 단지 달밤에 공과 혼연일체가 되어 해안을 달리는 한 남자의 실루엣뿐이었다. 그러니까 그건 이렇게 된 사연인데, 어느 날 밤 앤더슨은 문어잡이 어부의 사진을 찍기 위해 배를 타고 바다로 나갔다. 어부는 작은 항아리를 바다 밑으로 하나씩 내려보냈다. 내일 아침이면 이 항아리 안에 문어가 들어가 잠자고 있을 거요. 늙은 어부가 (통역을 통해) 말했다. 그러니 그때까지 잠이라도 자두시구려. 하지만 앤더슨은 잠이 오지 않았다. 뱃전에 서서 해안을 바라보고 있을 때, 그는 달빛에 환히 빛나는 모래사장을 달리는 어떤 남자의 그림자를 보았다. 그 남자는 공을 자유자재로 다루며 마치 공과 한몸이 된 듯 달려 어둠 속으로 사라져갔다. 앤더슨은 제물포에 처음 도착한 날 선장의 망원경 너머로 봤던 남자가 그일 거라고 확신했다. 잠깐만요. 그는 어부를 불렀다. 저기 저 사람 보이지요? 혹시 누군지 아세요? 그러나 늙은 어부는 눈을 찡그린 채 한참을 보더니 고개를 저었다. 아무도 안 보이는데요. 그런 다음 어부는 별 싱거운 사람 다 본다는 듯 앤더슨을 한번 쳐다보고는 배 뒤편으로 가버렸다.

하지만 그날 밤 앤더슨은 뜬눈으로 밤을 새웠다. 비록 어두웠지만 환한 달빛 덕분에 그는 해변을 달리던 남자가 갖고 있던 게 축구공이라는 것을 알았다. 축구공. 소가죽. 남아메리카산 고무. 유황 냄새. 그리고 토마스 굿맨. 그는 굿맨이 인도 북서부 산악지대인 펀자브 지방 어딘가 작은 마을에 수제 축구공 공장을 차렸다는 소문을 들은 적이 있었다. 앤더슨은 몇 년 전 자신이 직접 취재해서 쓴 「런던 아동노동의 실태」라는 르포도 생각했다. 그걸 썼을 당시 그는 저널리스트로서 최고의 영광을 누렸다. 그러나 인기는 오래가지 않았다. 어느덧 세간의 관심은 다른 데로 옮겨갔고, 사람들은 빠르게 모든 것을 잊었다. 이제 그는 한물간 기자가 되어 생전 듣도 보도 못한 극동아시아의 어느 나라에 와 있었고 웬 추레한 늙은 어부가 항아리로 문어를 잡는 광경이나 사진기에 담고 있다.

새벽이 되어 육지 쪽부터 서서히 세상이 밝아오기 시작했을 때, 앤더슨은 카메라와 촬영 장비를 재빨리 가방에 챙겼다. 그걸 본

통역이 다가와 어부의 말을 전했다. 잠시 후면 항아리 안에 든 문어들을 낚아올릴 거라고 합니다. 그런데 벌써 가려고요? 앤더슨은 고개를 끄덕였다. 더 급한 일이 생겼거든요. 늙은 어부는, 인사도 제대로 하지 않고 서둘러 떠나는 기자의 뒷모습을 물끄러미 바라보다가 항아리를 하나씩 건져올리기 시작했다. 외인 거주지에 있는 숙소로 돌아온 앤더슨은 트렁크 가장 안쪽에 소중하게 넣어뒀던 '토마스 굿맨' 축구공을 꺼내들고 밖으로 나갔다. 그가 쓰고자 하는 것, 가짜를 진짜처럼 보이게 하는—그러면서 동시에 진짜를 가짜처럼 보이게도 하는—스토리를 만들려면 사진이 필요했으니까. 만약 사진만 있다면 아무리 기이한 이야기일지라도 진실이 된다는 것을, 그는 누구보다도 잘 알고 있었다.

앤더슨은 공을 들고 해변을 걸었다. 저쪽에서 누군가가 걸어오고 있었다. 노인인 듯도 보였고 얼핏 봐서는 젊은이인 듯도 보였는데, 굽어진 등에는 커다란 지게를 지고 있었다. 잠깐만요. 부탁이 있어요. 앤더슨의 말에 남자가 천천히 고개를 들었다. 이 공을 들고 여기, 이렇게 서 있어볼래요? 남자는 공을 받아들었다. 사실 그 둥글고 딱딱한 물건이 뭣에 쓰는 건지도 몰랐다. 그는 지쳐 있을 뿐이었다. 당시 그 땅에 살고 있던 거의 대부분의 사람들이 그랬듯. 그러나 그럼에도 불구하고 그는 다른 이들이 누리지 못한 단 한 가지 호사를 누렸다. 즉, 어떤 연유로든 간에 자신의 모습을 후세에 길이 남기게 된 것 말이다. 주변 어디에도 그런 식으로 영원한 삶을 얻은 이는 없었다. 하지만 사진이 찍히던 당시 그가 그런 걸 알았을 리는 없다. 그저 항구를 드나드는 수많은 외국인들 중 하나에게 잠시 포즈를 취해줬을 뿐이니 말이다. 공을 한 손에 들고 지게가 살짝 보이도록 비스듬히 등에 진 채, 그는 최대한 슬픈 표정을 지었다. 그런 얼굴은 그 바닷가에서 사진을 찍는 몇몇 외국인들이 가장 좋아하는 것이었기 때문이다. 그런데 한 가지 덧붙이자면, 그날 그가 보여준 표정은 결코 일부러 연출한 것이 아니었다. 그건 가장 자연스러운 얼굴, 그때 그 장소에서 그가 지을 수밖에 없었던 필연적인 표정이었다.

숙소로 돌아온 앤더슨은 저녁도 먹지 않고 사진을 인화했다. 따로 암실이 없었기에 방을 온통 어둡게 해두고 코를 찌르는 인화액 냄새를 맡아가며 한참을 분주히 군 끝에, 그는 마음에 드는 그림 하나를 건졌다. 그것은 아련히 멀어지는 바다를 배경으로 지친 얼굴의 남자가 지게를 진 채 토마스 굿맨 상표의 축구공을 소중히 끌어안고 있는 사진이었다. 그걸 벽 한가운데에 압정으로 고정해둔 다음, 앤더슨은 눈을 감았다. 대체 저 남자는 왜 영국산 수제 가죽 축구공을 가지게 된 걸까. 그리고 그는 저 공을 가지고 무엇을 할 것인가. 아니, 무엇보다도 저 공은 미래에 그의 가계에 어떤 영향을 끼치게 될 것인가. 거의 잠든 듯 보였던 영국인 기자가 퍼뜩 눈을 뜬 것은 자정을 훨씬 넘긴 깊은 밤이었다. 머리맡에 있던 등을 끌어다 심지에 불을 붙인 다음, 그는 빠르게 뭔가를 써내려가기 시작했다. 어느새 창밖은 희뿌옇게 밝아왔고 어디선가 갈매기 우는 소리가 들려오고 있었다.

그럼 이쯤에서 그 소년, 그러니까 아주 오래전 제물포의 어느 쓸쓸한 바닷가에서 영국인 수병으로부터 공을 하나 얻었던 소년의 이야기로 되돌아가보자. 공을 뒤꼍 깊숙이 감춰두고, 소년은 부두에서 돌과 흙 나르는 일을 하게 된다. 그것밖엔 먹고살 길이 없었던 탓이라는 건 이미 앞에서도 말한 바 있다. 여차저차하여 부두의 축항 공사가 끝난 다음, 그는 이번엔 경성과 인천을 잇는 철도 공사 현장에서 잡역부로 일하게 됐다. 축구선수가 되겠다는 꿈 따윈 아예 잊은 지 오래였지만, 그래도 그는 경성에 진짜 축구 골대가 있는 운동장이 생겼다는 소문을 듣고는 그걸 구경하기 위해 길을 나섰다.

역에서 내린 그는 지나가는 이들에게 길을 물으며 헤맨 끝에 어느 학교에 도착했다. 거기선 축구경기가 한창이었는데, 그는 울타리 안에서 터져나오는 왁자지껄한 소리를 들으며 한동안 가만히 서 있었다. 까치발을 하고 안을 들여다보니, 비록 진흙 바닥이었지만 네모반듯하게 닦아놓은 운동장에서 학생들이 힘차게 내달리며 공을 차고 있는 게 보였다. 그러더니 어느 순간 공은 붕 떠올라 하늘에서 아름다운 포물선을 그렸고 그대로 골대를 향해 마법처럼 빨려들었던 것이다. 골대라는 것도 그는 그때 처음 보았다. 그것은 소나무를 깎아 네 다리를 세우고 위쪽을 긴 나무막대로 연결

한 모양이었는데, 만든 지 얼마 안 된 듯 옹이가 그대로 남아 있었고 송진 냄새는 그가 서 있던 담 너머까지 실려 날아오는 듯했다.

준비해갔던 주먹밥도 입에 대지 않은 채 골대와 운동장, 축구선수들을 바라보던 그는 저녁 기차 시간이 다 되어서야 그곳을 떴다. 노을이 지고 있어서인지 아니면 별 이유 없이 그랬던 건지는 모르지만, 그의 마음은 이상하게 스산했다. 그는 그게 배가 고파서일 거라고 짐작했고, 그래서 뒤늦게야 주머니를 뒤져 차갑게 식은 좁쌀주먹밥을 한입 베어물었다. 집에 돌아온 그는 컴컴한 뒤꼍을 더듬은 끝에 실로 오랜만에 축구공을 꺼냈다. 아까 그 학생들이 차고 있던 새끼줄을 둘둘 만 딱딱한 공에 비한다면, 그것은 거의 완벽하게 둥근 아름다운 축구공이었다. 그는 공을 손에 든 채 한참 동안 바라봤고 발로 몇 번 차보기도 했는데, 그러는 사이 한때 소년이었던 남자의 마음엔 그야말로 원대한 소망 하나가 자리잡게 되었던 것이다. 언젠가는 이것보다 더 둥글고 더 가벼우며 더 잘 튕겨오르는 공을 만들리라. 그는 온 세상의 모든 운동장에 자신이 만들어낸 축구공이 굴러다니는 모습을 상상했다. 이제 곧 태어날 아들이 그 완벽하게 둥근 공을 머리로 통기며 운동장을 질주하는 광경을 상상할 땐 자기도 모르게 미소를 짓기까지 했다.

다음날부터 그는 돌과 흙 나르는 일을 하고 돌아온 밤이면 등잔에 불을 밝히고 토마스 굿맨 상표의 축구공을 이리저리 돌려보았다. 공을 머리로 통길 때 가장 걸리적거리는 것은 바람을 불어넣기 위해 만든 구멍이었다. 구멍을 완전히 없애는 것은 기술적으로 불가능했기에 토마스 굿맨의 축구공엔 마치 자루 끝을 여민 것처럼 작게 튀어나온 부분이 있었던 것이다. 실제로 남자는 바닷가를 달리며 헤딩을 하다가 그 뾰족하게 튀어나온 부분에 이마를 부딪쳐 피를 흘린 적도 있었다. 그는 연필 한 자루와 종이를 구해왔고, 어떻게 하면 그 문제를 해결할 수 있을지 생각했다. (종이는 그냥 종이가 아니라 주로 성냥이나 양초를 포장할 때 쓰는 파라핀지였는데, 그래서 그가 연필 끝에 침을 발라가며 적은 아이디어가 지워지거나 흐릿해지지도 않은 채 갯벌의 진흙과 짠 바닷물을 견뎌냈던 건지도 모른다.)

하지만 남자는 완벽한 축구공을 만들어내지 못했다. 왜냐하면 언제나 그랬듯, 그에게는 할 일이 너무나 많았기 때문이다. 더이상 바닷가에서 먹고살 길을 찾을 수 없게 되자, 한때 소년이었던 남자는 하와이로 가는 이민선에 몸을 실었다. 대부분은 가족을 모두 이끌고 떠났지만 그는 혼자 배에 타고 있었다. 아내가 만삭이라 데리고 갈 수가 없어요. 이번엔 낯설고 척박한 땅으로 떠나는 사람들을 취재하기 위해 부두에 나와 있던 앤더슨에게, 그는 이런 대답을 했다. 일단 거기 가면 농장에서 열심히 일할 생각입니다. 돈을 벌어서 집도 짓고 땅도 사면 그때 아내와 아이를 데려가야죠. 그는 정말로 자신의 꿈이 실현될 거라고 믿는 듯 활짝 웃었다. 그런 다음엔 한 가지 꼭 하고 싶은 일이 있어요. 안 쓰는 땅을 좀

사들여서 (그러면서 그는 하와이란 곳은 그야말로 신세계라서 거기 가면 헐값에 땅이 마구 팔리는 통에, 조금만 열심히 일하면 대지주가 되는 건 시간문제라고 기자에게 설명했다) 고르고 평평하게 다진 다음, 나무를 베어다가 축구 골대를 만들 겁니다. 거기서 아들에게 축구를 시키고 싶거든요. 그러면서 그는 주머니를 뒤져 꼬깃꼬깃 접은 파라핀 종이 한 장을 펼쳐 보였다. 이걸 보세요. 나에겐 오래된 축구공이 하나 있었어요. 그걸 가지고 밤마다 생각하고 또 생각한 끝에, 완벽하게 둥근 축구공 만드는 방법을 찾아냈답니다. 거기엔 당시 널리 사용되던 12장의 가죽을 길게 잘라 붙이는 방식 대신, 32장의 육각형과 오각형 가죽을 오려붙여 태양처럼 둥근 구球 형태로 만든 공의 설계도가 그려져 있었다. 앤더슨은 그 아름다운 구 앞에서 벌린 입을 다물지 못했다. 그건 거의 혁신이나 마찬가지였고, 만약 이런 모양의 축구공이 정말로 만들어진다면 그 공으로 연습하는 클럽은 무조건 리그에서 우승을 차지할 것이었다. 그때 출발을 알리는 뱃고동이 길게 울렸다. 행운을 빌어요! 반드시 꿈을 이루기 바랍니다. 앤더슨은 벌써 굽기 시작하는 남자의 등에 대고 최대한 큰 목소리로 외쳤다.

한참 동안 손을 흔들던 그는 배가 더이상 보이지 않게 되자 쓸쓸히 돌아섰다. 어쩌면 나도 이젠 돌아가야 하지 않을까. 그는 문득 런던 뒷골목의 온갖 냄새들이 그리워졌다. 이상하게 싱숭생숭해진 마음을 달래지 못해 긴 한숨을 내쉬던 앤더슨이 퍼뜩 놀라며 허리를 굽힌 것은 그때였다. 갯벌을 뒤덮은 진흙과 쓰레기, 물에 떠밀려온 미역과 온갖 물풀, 불가사리들 사이에 떨어져 있는 뭔가를 발견했을 때. 피우던 담배를 옆으로 내던지고, 그는 그 꼬깃꼬깃 접힌 파라핀 종이를 주워들었다. 바닷물로 축축해진데다 손때 묻고 기름에 절기까지 한 그 종이를 손에 쥔 채, 앤더슨은 어두워질 때까지 부두에 가만히 서 있었다.

그러고 보면 그 영국인 기자가 파라핀 종이를 발견한 즉시 우정국 사무소로 달려가 누군가에게 전보를 쳤다는 소문은 사실이 아닐지도 모른다. 또, 그 전보의 수신인이 당시 펀자브 지방에서 수제 축구공 공장을 운영하던 토마스 굿맨이었다는 소문 역시 확인할 길 없는 루머에 불과할지도 모르고 말이다. 일설에는 그가 그렇게 함으로써 오래전 「런던 아동노동의 실태」라는 르포를 쓴 뒤부터 마음 한구석에 남아 있던 일말의 미안함을 털어버릴 수 있었다는데, 그것 또한 말도 안 되는 헛소문일 가능성이 높다. (비록 파라핀지를 발견한 뒤 앤더슨이 고향으로 돌아가—출처를 알 수 없는 돈으로—출판사를 차리긴 했지만, 나중에 그가 밝힌 바에 의하면 그 돈은 아주 오래전 수습기자 시절부터 투자한 어느 회사의 주식으로 충당한 자금이었다. 그 회사가 펀자브 지방에서 수제 축구공을 만드는 토마스 굿맨의 공장이라는 것도 그저 우연의 일치에 불과한 일일 뿐이고 말이다. 무엇보다도 앤더슨은 나이를 먹은 뒤 이렇게 말한 적이 있다—데일리모닝의 금요일판에 실린 '명사의 서재를 가다' 코너에 그와의 인터뷰가 실렸었다—"총 32장의 가죽으로 완벽하게 둥근 축구공을 만든다는 아이디어는 정말 놀라운 것이었소. 그렇지만 나도 한때 축구공에 관한 르포를 썼던 만큼, 공에 대해서는 꽤 잘 알고 있었거든. 그래서 그게 실현될 수 없는 불가능한 꿈이라는 것도 대번에 알았지. 그건 뭐랄까, 당대의 기술로는 도저히 만들어낼 수 없는, 일종의 공의 이데아 같은 것에 해당했다오. 그런 이유로 난 그냥 그 도면을 간직했소. 그러다가 어느 달 밝은 밤, 바닷가에서 또다시 그 똑같은 공— 1882년산 토마스 굿맨 축구공 말이오—을 가지고 노는 어린애를 만났고, 그 아이가 누군지 알게 된 다음엔 그야말로 아무런 미련 없이 종이를 건네줬던 거요. 아이는 낯선 외국인이 이상한 종이를 건네자 처음엔 뒷걸음질쳤소. 그렇지만 나는 성의를 다해 아이에게 설명했지. 자, 받으렴. 겁내지 말고. 이건 네 아버지가 머나먼 땅으로 떠나며 남긴 유일한 유품이나 마찬가지니까. 그후 어떻게 됐느냐고? 글쎄, 나도 거기까진 모른다오. 투자하던 회사의 주가가 많이 올랐다는 소식을 듣고, 난 오랜 꿈을 이루기 위해 고향으로 돌아가는 배에 올랐으니까.")

그와 관련해선, 도면을 남긴 남자의 후손이자 세계적 공 장인이며 현재는 '토마스 굿맨' 회사를 인수하여 '굿맨 앤드 박 볼 컴퍼니'를 운영하고 있는 박흥수 역시 같은 증언을 하고 있었다. "네, 확실합니다, 확실해요. 제 증조부가 파라핀지에 32장의 육각형과 오각형 가죽을 이어붙인 공을 설계할 때만 해도, 그걸 만들어낼 수 있는 기술력은 세상에 존재하지 않았으니까요. 그러나 인간의 아이디어는 세계 곳곳에서 동시다발적으로 발전하게 마련입니다. 뭐 요즘 말로는 그런 것을 집단지성이라고 한다지요. 여하튼, 아마 토마스 굿맨—지금 제가 소유하고 있는 유서 깊은 공 제작 회사의 창업자이죠—역시 어느 날 은연중에 증조부님과 비슷한 생각을 떠올렸을 겁니다. 마치 그레이엄 벨과 토마스 에디슨이 거의 같은 날 전화를 발명했듯이 말이에요. 뭐라고요? 굿맨에게 공적을 빼앗긴 게 억울하지 않냐고요? 아니요, 전혀 그렇지 않습니다. 어차피 중요한 것은 제 증조부의 꿈이 이루어졌다는 사실이니까요. 자, 보십시오. 이젠 전 세계에서 수많은 아이들이 바로 여기서 생산된 축구공으로 연습을 하고 있어요. 그것도 과거엔 꿈조차 꿀 수 없었을 최고의 품질을 가진 공으로 말이에요."

어쨌거나, 최초로 축구공을 가졌던 남자가 파라핀 종이를 갯벌에 떨어뜨리고 머나먼 땅으로 떠난 지 얼마 되지 않아 토마스 굿맨사社는 경제 전문지에 중대한 발표를 했다. 그것은 세계 최초로 32조각의 가죽으로 재단된 축구공이 탄생했다는 기사였고, 예상대로 그 완벽하고 아름다운 공은 날개 돋친 듯 팔려나갔다. 바야흐로 제2의 전성기가 도래하였는데, 덕분에 토마스 굿맨의 공장도 나날이 커져갔다. 그럼에도 불구하고 세계 각지에서 밀려오는 주문량을 도저히 감당할 수 없었던 굿맨은 마을 곳곳의 가정집에 수공업으로 공 제작을 맡기게 되었고, 그러다보니 어느새 펀자브 일대는 수제 공 생산의 메카로 다시 태어났던 것이다. 그리고 앤더슨은 여기까진 알지 못했다지만―그는 자신이 투자한 회사가 어떤 노동자를 고용하는지, 그들에게 임금을 얼마나 주는지 등에 대해서까지 신경쓸 여력은 없었다고 강변했다. "출판사 일이 이렇게 바쁜데, 대체 누가 그런 데까지 일일이 관여할 수 있겠소?" 그는 이렇게 말했는데, 하긴 그의 말마따나 출판사는 성장 가도를 달리고 있었다. 거기서 주로 내는 책은 앤더슨의 어린 시절 옆집에 살았던 수염이 텁수룩한 독일인 할아버지의 사상을 담은 서적이었는데, 그게 당시 지식인 사회에서 꽤 큰 인기를 얻었던 탓이다―주문이 한도 끝도 없이 밀려들었기 때문에 공장에선 점차 어린애들까지 공 만드는 일에 동원하기 시작했다. 그런데 막상 아이들에게 일을 시켜보니 어른의 크고 투박한 손으로 꿰매는 것보다 어린애들의 작은 손으로 가죽을 바느질하는 것이 백 배나 더 정교하다는 것을 알게 됐고, 그런데도 몸집이 작기 때문에 임금은 십분의 일만 줘도 된다는 놀라운 사실까지 깨닫게 되었던 것이다. 게다가 그 일대엔 아이들이 무척 많았다. 아무리 많이 고용해도 어디선가 아이들은 또다시 나타났고, 그리하여 마침내 펀자브 지방은 세상에서 가장 꼼꼼하게 바느질된 공을 만드는 곳이라는 명성까지 얻을 수 있었다.

"하지만 그건 모두 오래전의 일일 뿐입니다." 경기 서부에서 소규모로 축구공을 제작하다가 1980년대 올림픽 특수를 거치며 회사의 규모를 키운 뒤 펀자브로 공장을 옮긴 박흥수는 토마스 굿맨 사를 사들여 '굿맨 앤드 박 볼 컴퍼니'로 합병하던 날 이렇게 말했다. 그는 요즘 같은 시대에 아이들이 손으로 공을 꿰맨다는 것은 있을 수 없는 일이라고 단언했다. "왜냐하면 그런 일은 저의 증조부께서 결코 원하지 않으셨을 테니까요."

하긴. 그러고 보면 증조부에 대한 그의 애정은 유별난 데가 있었다. 회사가 이상한 소문(예를 들자면, 그의 축구공 공장이 2014년 월드컵 공인구 생산 공개입찰에서 탈락한 이유가 그곳에서 암암리에 자행된 아동노동 때문이었다는 악의적인 소문 같은 것들 말이다)에 휩싸일 때면 박흥수는 공 역사박물관 내 강당에서 간담회를 열고는 증조부와 축구공에 얽힌 감동적인 사연에 대해 이야기하곤 했으니까. 그는, 아주 오래전 처음으로 축구공을 가졌던 한 소년이 어떤 꿈을 꿨었는지, 그러나 항만에서 짐을 나르는 고된 노동이 그의 등을 어떻게 굽게 만들었는지, 그리고 마침내는 먼바다로 떠난 남자가 다시는 고향으로 돌아오지 못한 채 어떻게 눈을 감았는지에 대해 낮고 차분한 목소리로 찬찬히 설명했다. 증조부가 그렇게 눈을 감은 뒤 인천항에 또다른 군함들이 몇 번이나 들어왔다 나갔는지, 검은 연기와 포성은 세상을 어떻게 뒤덮었는지, 그리고 마지막으로 군함이 들어왔을 때 그의 어린 아버지가 손에 들고 흔든 것이 어느 나라 국기였는지까지도, 그는 마치 곁에서 지켜본 것처럼 자세히 묘사했다.

"그러나 운명의 힘이란 놀라운 것이었습니다. 그래요, 그건 내 안에 새겨진 인장 같아서, 아무리 없애려 해도 결코 사라지지 않았지요!" 어느덧 조용해진 사람들을 둘러보며, 박흥수는 천천히 고개를 끄덕였다. 그러고는 오래된 토마스 굿맨 축구공을 다시 찾아냈던 먼 옛날의 어느 오후에 대해 이야기하는 것이었다. 잡동사니 속에 처박힌 채 먼지를 잔뜩 뒤집어쓰고 있던 그 공을 발견한 것은 어린 박흥수였다. "아버지는 자전거포를 경영하셨습니다. 어린 우리는 가게 한구석에서 놀았고요." 자전거 바퀴와 어지러이 쌓여 있는 연장들 사이에 있던 상자를 열어본 그가 아버지에게 물었다. 아버지, 이게 뭐죠? 아버지는 아들이 가져온 상자를 물끄러미 바라봤다. 한참 후에야 그는 그게 축구공이라고 말했고, 자신의 할아버지와 축구공, 갈매기, 군함, 돌과 흙, 지게, 손수레, 그리고 끝없이 펼쳐져 있던 바닷가에 대해 얘기해줬던 것이다. 이걸 발로 찰 수 있을까요? 소년이 물었을 때 아버지는 쓸쓸하게 웃으며 고개를 저었다. 그건 너무 낡고 오래됐단다. 게다가 여기저기 해졌고 가죽도 성한 데라곤 한 군데도 없잖니. 그러나 소년은 포기하지 않았다. 그는 아버지의 공구 상자를 가져다가 공을 수선했다. 해진 곳을 꿰맸고 정성스럽게 아교 칠을 했다. 기름 먹인 천으로 가죽을 잘 닦고 마지막으로 자전거포에 있던 공기주입기로 바람을 불어넣자 쭈글쭈글했던 1882년산 토마스 굿맨 축구공이 팽팽하게 부풀어오르기 시작했다. "그것은 마치 마법 같았습니다. 네, 저에겐 그랬지요. 생각해보십시오. 제대로 된 공이라곤 단 한 번도 가져본 적 없던 내 눈앞에 갑자기 크고 둥글고 매끄러운 공이 생겨났으니까요!"

벽에 던지자 공은 기세 좋게 튕겨져나오며 퉁, 하는 맑고 영롱한 소리를 냈다. 박흥수는 그 공을 수없이 여러 번 발로 찼고 망가지면 머리를 짜내어 수선했다. 그러다 마침내는 공을 직접 만들기에 이르렀는데, 기나긴 세월 동안 토마스 굿맨 축구공을 고쳐 쓰며 공에 대한 모든 것을 파악한 그에게 그건 그리 어려운 일이 아니었다. "그러니까 제 말은 이겁니다. 만약 1882년 제물포의 어느 한적한 바닷가에서 증조부님께 이 공이 주어지지 않았다면, 이 자리의 저도 없었으리란 사실이지요." 꿈꾸는 듯한 표정으로 이야기를 마친 박흥수에게 우레와 같은 박수가 쏟아지면 으레 뒤에 걸린 거대한 휘장에 부드러운 조명이 비춰졌다. 거기서 그의 증조부는, 아니 어쩌면 누구인지 아무도 알 수 없을 그 노인은, 여전히 한 손에 공을 안고 양어깨엔 지게를 진 채 모두를 내려다보고 있었다.

간담회가 끝나면 박흥수는 사람들을 바로 옆에 있는 공장으로 안내했다. 얼마 전 새로 지은 그 공장은 이번에 처음으로 모두에게 공개되는 것이라고 했다. 안으로 들어선 이들은 거대한 규모라든가 최첨단 설비들의 메탈릭한 광채에 놀라기 전에 먼저, 내부에 사람이라곤 단 한 명도 없다는 사실에 충격을 받았다. 잡지나 다큐멘터리에 많이 나오던 광경—히잡을 쓴 여자들이나 작은 아이들이 각각 앞에 둥근 공을 하나씩 놓고 손으로 가죽을 꿰매고 있는—을 기대했던 그들은, 혹시 잘못 본 게 아닌가 싶어 사방을 두리번거렸다. "그건 세상이 바뀌기 전의 일이지요." 증조부를 기리기 위해 배경 음향으로 틀어놨다는 파도치는 소리와 갈매기 끼룩대는 소리에 섞여 박홍수의 목소리가 들려왔다. 지금은 기계가 이모든 일을 해냅니다. 그들은 정교하고 치밀한데다 지치지도 않아요. 이들 덕분에 우린 최고의 공을 만들어낼 수 있습니다. 어떻습니까, 정말로 멋진 신세계 아닌가요? 잠시 후 뱃고동 소리가 울려퍼지더니, 어딘가에 설치된 영사기가 오른쪽의 넓고 하얀 벽면에 수평선과 배를 비췄다. 그리고 지켜보고 있는 사이에 배는 점점더 가까이 다가오더니 마침내 벽 전체를 뒤덮는 그림자가 되는 것이었다.

스테판, 진실 혹은 거짓

그날 우연히 침대에서 돌아눕다가 목이 삐끗했던 순간을, 헨리 필딩은 완전히 잊고 말았다. 갑자기 목을 움직일 수 없게 되어 버둥거리다가 문득 침대와 벽 사이의 좁은 틈에 끼어 있는 뭔가를 발견했던 그 순간을 말이다. 26세의 헨리는 틈으로 손을 밀어넣었고, 결국 그걸 꺼냈다. 빼곡하게 글씨가 프린트된 종이 묶음이었다. 먼지가 뽀얗게 쌓인데다 표지도 없는 그 종이뭉치를, 헨리 필딩은 이리저리 돌려보고 몇 장인가는 들춰보기도 했다. 맨 위의 '스테판, 진실 혹은 거짓'이라는 제목엔 그나마 영문 첨자가 붙어 있었지만, 나머지는 도무지 무슨 내용인지 알 수 없었다. 한글로만 적혀 있었기 때문이다.

헨리는 운이 좋았다. 학교를 졸업하고 고향인 멤피스에서 아버지의 정비소 일을 돕고 있을 때, 우연히 한국이란 나라에서 영어 강사로 일할 수 있다는 걸 알게 되었다. 그는 망설이지 않고 지원했다. 숙소가 제공됐고 급여도 괜찮았다. 먼저 가본 친구들 말로는, 그야말로 천국 같은 곳이라는 것이었다. "거긴 정말 멋져. 사람들은 모두 친절하고. 게다가 일본이나 동남아시아로 놀러가기도 아주 편하다고."

헨리 필딩을 고용하기로 한 어학원은 한국의 어느 작은 도시에 있었다. 아무래도 다들 서울이나 부산 같은 대도시에 머물고 싶어 했기에 상대적으로 구인난에 시달리는 듯했다. 그들은 파격적인 조건을 내걸었다. 깨끗한 숙소에 높은 급여, 그리고 주 서른 시간의 근무. 헨리로선 손해볼 것 없는 조건이었다. 그는 곧바로 짐을 꾸렸다.

공항에서 그를 태운 차는 거의 세 시간 만에 고속도로를 벗어났다. 그들이 정차한 곳은 조용하고 깨끗한 주택가 한가운데에 있는 삼층짜리 벽돌 건물 앞이었다. "여기가 숙소입니다. 마음에 들면 좋겠어요." 그를 데려온 남자가 약간 과장된 몸짓으로 안내했다. "여긴 침실이고, 여긴 욕실, 그리고 여긴 주방. 간단히 음식도 만들어 먹을 수 있어요. 어때요? 이 정도면 마음에 들겠죠?" 방을 둘러본 헨리는 고개를 끄덕였고, 빙긋이 웃기까지 했다. 듣던 대로 깔끔하고 멋진 숙소였다. 게다가 공짜라니. 책상 위엔 몇 장의 CD가 흩어져 있었다. "그건 버리든가, 뭐, 마음대로 하세요. 전에 이 방을 썼던 사람이 두고 간 건데, 틈날 때면 노래 같은 걸 만들어 저장해두는 것 같더라고요. 어쨌든 이젠 연락도 안 되니 신경쓸 것 없어요." 남자는 어깨를 으쓱하며 다시 한번 과장되게 웃었다. "지금은 일단 관광 비자로 머무는 겁니다. 곧 E-2비자를 신청할 거고…… 아, 물론 경비는 모두 우리 부담이니까 걱정 말아요." 그러더니 남자는 푹 쉬라고 말하고는 문을 닫고 나갔다.

그제야 헨리는 침대에 벌렁 드러누웠다. 스프링이 좋은 침대는 아니었다. 하지만 상관없었다. 모든 게 갖춰져 있는 방이었으니까. 텔레비전에서부터 에어컨, 오디오 시스템까지. 그는 일어서서 오디오의 전원을 켜고 책상 위에 굴러다니던 CD들 중 하나를 집어넣었다. 몽롱한 비트의 조용한 음악이 흘러나왔다. 갑자기 긴 여행의 피로가 한꺼번에 밀려왔고, 그는 기지개를 켜며 돌아누웠다. 그리고 바로 그 순간 목이 삐끗했고, 그렇게 하여 문제의 종이 묶음을 발견하게 되었던 것이다.

며칠 뒤 헨리는 그 종이 묶음을 버리기로 했다. 일부는 이면지로 사용해볼까도 생각했지만, 결국엔 남김없이 버리는 쪽을 택했다. 원래 알레르기성 천식을 앓고 있었고, 그래서 먼지가 많은 건 뭐든 질색이었기 때문이다. 그는 몇 개의 빈 맥주병과 함께 그 지저분한 종이를 재활용품 수거함에 던져넣었다. 얼마 후 쓰레기 수거업체의 차량이 와서 그 모든 것을 쓸어담았다. 서울에서의 공연을 마지막으로 자취를 감춰버린 힙합 스타 스테판 켄달 고디가 썼을지도 모르는 회고록의 원본이 영원히 사라지는 순간이었다.

몇 년 후, 다시 고향으로 돌아와 아버지의 정비소에서 일하고 있던 헨리는 우연히 라디오에서 낯익은 음악을 들었다. 지루하리만치 조용하지만 이상하게 기분이 야릇해지는 '월드 피스'라는 제목의 명상음악이었다. 그는 그게 꽤 오래전, 그러니까 자신이 한국의 어느 소도시에서 원어민 강사로 일할 때 매일 듣던 곡이라는 걸 기억해냈고, 더불어 책상 위에 굴러다니던 몇 장의 CD도 떠올랐다. 하지만 그렇다고 해서 그때 자신이 버린 종이 묶음까지 생각해낸 건 아니었다. 어쨌든, 헨리는 잠깐 동안 휘파람으로 그 노랠 따라 불렀다. 자동차 정비소에 어울리는 음악은 아니었지만, 그렇다고 해서 채널을 돌리진 않았다. 곧이어 흘러나온 디제이와 게스트의 대화에 귀를 기울이기 위해서였다.

그들은 〈월드 피스〉 시리즈의 작곡자가 스테판이냐 아니냐를 놓고 이런저런 얘기를 떠들고 있었다. 게스트는 자기가 스테판 켄달 고디에 관한 한 전문가라고 자처했지만, 그의 노래 중 어떤 걸 가장 좋아하느냐는 디제이의 질문엔 우물쭈물했다. 그러다가 생각났다는 듯 갑자기 손뼉을 치는 통에 헨리는 깜짝 놀랐다. 여하튼 그 전문가가 가장 좋아한다는 곡은 〈내가 섹시한 걸 나도 알아〉였는데, 그건 스테판이 사라지기 전 마지막으로 부른 바로 그 노래였다.

*

그날 공연이 끝났을 때, 스테판 켄달 고디는 무척 힘들어 보였다. 모두들 조금은 예상했던 일이라 그리 걱정하진 않았으나, 그가 클럽에서 열린 애프터파티를 마친 다음 기진맥진한 상태로 돌아왔을 땐 굉장히 신경쓰였다고, 제리라는 이름의 스태프가 회상했다. "그럴 만도 했죠. 스카이블루 없이 두 시간짜리 공연을 다 소화해야 했고, 게다가 애프터파티까지 혼자서 디제잉해야 했으니까요. 하지만 그 정도 했다고 그렇게 나가떨어질 사람은 아니에요. 평소에 놀던 걸 보면 말이에요. 그래도 어쨌거나 그때 알아봤어야 하는데…… 정말 후회됩니다." 스카이블루는 스테판의 조카였고, 둘은 당시 최고로 잘나가던 일렉트로닉 힙합 듀오 LMFAO로 활동하고 있었다. 하지만 운 나쁘게도 스카이블루는 허리를 다쳤고, 결국 서울 공연엔 불참할 수밖에 없었다. 사실 스테판은 그날 공연 도중 잠깐 정신을 잃기까지 했다. 공교롭게도 기술진의 실수로 공연장이었던 서울 올림픽체조경기장이 잠시 정전되었는데, 하필 그 순간에 춤추다 말고 넘어졌던 것이다. 하지만 그는 불이 들어옴과 동시에 다시 벌떡 일어섰고, 따라서 그 일은 가벼운 해프닝 정도로만 끝나고 말았다. 무대 아래에서 춤추던 사람들 중 몇몇이 멍한 표정의 스테판을 봤지만 대수롭지 않게 여겼고, 그마저도 곧 잊어버렸다.

하지만 제리는 한 가지 이야기를 덧붙였다. 파티의 피날레를 장식한 곡은 〈내가 섹시한 걸 나도 알아〉였는데, 평소 스테판은 그 노랠 부르고 들어올 때마다 잔뜩 발기해 있곤 했다는 것이다. "그런데 그날은 축 처져 있었어요. 뭔가 이상하다고 얼핏 생각했지만, 그냥 넘어가고 말았죠." 하긴 그의 말대로, 스테판이 그 정도 무리했다고 지쳐 나가떨어질 사람은 아니었다. 그간 만들고 부른 노래들에서 알 수 있듯이, 밤샘 파티 같은 건 그에게 일상이나 마찬가지였으니 말이다.

지금도 대부분의 사람들은 모든 일이 스카이블루의 불참 때문에 일어난 게 확실하다고 믿고 있지만, 그날 밤 그를 진찰했던 주치의는 좀 다른 의견을 내놨다. "물론 간접적인 이유는 스카이블루 때문이었을지도 모릅니다. 원래 둘이 하던 걸 혼자 하려면 아무래도 많이 지칠 수밖에 없을 테니까요. 그렇습니다. 공연이 끝난 뒤에 예정되어 있던 팬 사인회를 취소시킨 건 저였습니다. 실제로 상태가 많이 안 좋았거든요. 하지만 직접적인 이유는 스테판이 샴페인을 너무 많이 마셨던 데 있습니다. 잘 알다시피 그들은 평소에도 술을 마시며 공연을 하고, 심지어는 엄청난 양의 샴페인을 사방에 뿌리기까지 하거든요. 그런데 그날 스테판은 너무 힘든 나머지 술을 뿌리는 대신 거의 다 삼켜버리고 말았던 거예요. 공연을 녹화한 동영상을 보면 알겠지만, 중간쯤부터 그는 이미 제정신이 아니었던 것 같아요. 눈이 완전히 풀려 있거든요. 하긴, 그러니 그런 헛것도 보였던 거겠지만요. 물론 그 회고록에 적힌 얘기가 모두 사실이라는 가정하에 말입니다."

결국 그날 사인을 받으려고 기다리던 사람들은 기념 티셔츠만 하나씩 사서 돌아가야 했다. 기다리고 기다리던 LMFAO의 내한공연인데 스카이블루의 불참으로 약간 김이 샌데다 사인까지 못 받게 된 걸 항의하는 이들도 있었지만, 주최 측에선 대신 모든 티켓 구매자들에게 공연 포스터를 집으로 보내주겠다고 약속함으로써 그들의 분노를 가라앉혔다. 사실 거의 대부분의 사람들은 별로 분노하지도 않았다. 충분히 신나게 놀았고 여전히 파티의 열기에 들떠 있었으므로 그 정도 해프닝엔 신경쓰고 싶지 않았던 것이다. 아침이 오려면 아직 몇 시간이나 남았기에, 그들은 서둘러 또다른 클럽을 찾아 떠났다. 어찌됐든 조금이라도 더 즐겨야 했기 때문이다.

이게 그날 밤 공식적으로 밝혀진 스테판 켄달 고디의 마지막 여정이다. 그뒤의 행적은 거의 베일에 싸여 있었지만, 나중에서야 『스테판, 진실 혹은 거짓』이 정식으로 출간되면서 세상에 조금씩 드러나기 시작했다. 그는 원래 서울에서 하루 더 묵고 다음날 아침 로스앤젤레스로 돌아갈 예정이었지만, 무슨 이유에선지 그날 밤 특별기 편으로 한국을 떠났다. 따라서 댄스팀과 스태프들이 출국할 때 공항에 몰려든 팬과 기자들은 어디에서도 스테판 켄달 고디의 모습을 보지 못했다. 대변인이라고 하기엔 뭐하지만, 평소 그런 식의 인터뷰를 도맡아 해오던 스태프 중 한 명은 스테판의 행방을 묻는 기자들에게 빙긋이 웃으며 "노코멘트"라고 말했다. 그는 스테판이 먼저 출국했다는 의미로 손가락을 들어 먼 하늘을 가리켰지만, 그건 본의 아니게 욕으로 해석됐고, 다음과 같이 뉴스의 헤드라인을 장식하고 말았다. "팬 사인회 취소한 LMFAO, 손가락 욕설까지. 한국을 무시하나?"

어쨌든, 스테판 켄달 고디는 그렇게 돌아간 후 두문불출했다. 예정된 월드 투어도 모두 취소하고 집에만 틀어박혀 지냈던 것이다. 해변에서 서핑을 하는 그를 봤다는 제보도 있었지만 모두 사실이 아닌 걸로 확인됐다. 항간엔 그와 조카인 스카이블루 사이의 불화설이 떠돌기 시작했다. 그리고 어느 날, 소문을 뒷받침하기라도 하듯 최고의 일렉트로닉 힙합 듀오 LMFAO는 해체를 선언했다. 그것도 스테판은 나오지도 않은 채 스카이블루 혼자 발표한 것이었다. 그는 조금은 어두운 표정으로 자신들은 각자 다른 길을 가기로 했다고 말한 뒤 서둘러 자리를 떴다. 삼촌인 스테판은 여러 가지 사정으로 이 자리에 나오지 못했으며 그걸 매우 유감으로 여기고 있음을 알아달라는 부탁도 잊지 않았다.

*

지금도 세계 곳곳의 대도시에 위치한 젠䄳 센터에 가면 들을 수 있는, 우주적이면서도 몽환적인 명상음악 〈월드 피스〉 시리즈의 작곡자가 바로 사라진 스테판 켄달 고디일 거라는 소문은 진작부터 있어왔다. 음악평론가들은 그 시리즈가 명상음악치고는 독특하게도 하우스에 기반을 둔 강렬하고도 감미로운 비트를 채택하고 있는데, 그 기저에 깔린 스피릿에서 전성기의 LMFAO가 가지고 있던 찰나적이고도 즉흥적인 세계관 같은 게 엿보인다고 말했다. 하긴, 그들이 그런 식으로 말할 때면, 마치 죽은 엘비스 프레슬리가 아직 어딘가에 살아 숨쉬고 있다거나 혹은 닐 암스트롱이 알고 보면 진짜로 달에 간 게 아니라 단지 나사가 만든 조잡한 스튜디오에서 사진을 찍었던 것에 불과하다고 주장하는 사람들 특유의 억지스러운 분위기가 풍겼지만 말이다. 하지만 엘비스 프레슬리나 닐 암스트롱에 대한 소문이 그저 허구였던 것과는 달리, 스테판 켄달 고디가 그 유명한 명상음악 시리즈 〈월드 피스〉를 작곡한 게 사실이라는 건 나중에 알려졌다. 왜냐하면 거기 얽힌 모든 사연이, 한국에서 처음 발견되고 이후 미국에서 출판된 회고록 『스테판, 진실 혹은 거짓』에 분명하게 서술되어 있기 때문이다.

그리고 만약 그 회고록에 적힌 내용이 정말로 사실이라면, 스테판 켄달 고디는 LMFAO 해체 후 홀연히 한국으로 왔고, 지방 소도시에 있는 어학원에 강사로 취직했으며, 틈틈이 명상음악 작곡에 심혈을 기울였다. 한국에 있는 동안 그는 철저히 자신의 신분을 감췄고, 시간을 내 한국어를 배웠다. 떠나기 전 그는 자신의 회고록을 자비로 출판했는데, 출판사에 따르면 권당 만오천원짜리 양장본으로 백 권을 주문했다는 것이다. "그 외국인이 그렇게 유명한 사람일 거라고 누가 상상이나 했겠습니까? 근데…… 참 이상하네요. 그렇게 유명한 사람이 왜 자기 돈으로 책을 찍었을까?" 오랜 후 그 책이 뉴욕에서 출판됐다는 걸 전해들은 한국의 자비출판 전문회사 직원은 의아하다는 듯 중얼거렸다.

　　모든 일은 그해 겨울, 엘에이에 있던 아버지 댁에서 시작됐다.

　　스테판은 자신의 회고록 첫 페이지에 이렇게 적고 있다. 이쯤에서 스테판 켄달 고디의 아버지인 베리 고디 주니어의 명성에 관하여 짧게나마 짚고 넘어가자면, 그는 1950년대 후반 자동차공업 도시였던 디트로이트에서 전설적인 음반회사 모타운을 설립한 사람이었다. 만약 당신이 모타운을 모른다면, 지금도 여기저기서 아무때나 들려오는 몇몇 음악을 떠올리면 될 것이다. 스티비 원더의 〈난 그저 당신을 사랑한다고 말하려고 전화했어요〉라든가, 다이애나 로스의 〈끝없는 사랑〉, 혹은 어린 마이클 잭슨이 부른 〈벤〉 같은 노래들 말이다. 아프리카계 미국인으로선 최초로 자신의 레코드사를 만든 사람답게, 그리고 백인들의 구미에 꼭 맞는 리듬앤블루스를 하루에 세 곡씩 찍어낼 줄 알았던 사람답게, 베리 고디 주니어는 빠른 속도로 부유해졌다. 그의 레이블에 속한 가수들의 노래가 빌보드 차트 상위권을 휩쓸며 이 자동차 수리공 출신 남자에게 엄청난 부를 가져다준 덕분이다. 세 번의 결혼으로 네 명의 자식을 얻은 그는, 또한 같은 수의 아이들을 혼외정사를 통해 얻었는데, 사십대 후반에 사귄 뮤직비디오 감독과의 사이에서 태어난 막내아들이 바로 사라진 힙합 스타 스테판 켄달 고디였다.

"한국에 가라고요?"

어쨌거나, 베리 고디 주니어가 아들을 불러 한 말은 바로 이것이었다. 한국에 가서 공연을 하라는 것. 물론 스테판에게도 굳이 거기 가지 말아야 할 이유는 없었다. LMFAO의 곡을 한국 유수의 자동차업체가 사들여 텔레비전 광고음악으로 사용했고, 서울 번화가의 클럽에선 밤마다 그들의 노래가 울려퍼지고 있었으니, 오히려 한 번쯤은 가야 할 곳이기도 했다.

다만, 우리에겐 한 가지 문제가 있었다. 그건 바로 내 조카 스카이 블루가 허리 부상으로 당분간 어떤 공연에도 참가하지 못한다는 사실이었다. 그 녀석이 없다면 우리의 공연은 김빠진 콜라처럼 맥없이 느껴질 게 확실했다. 그러나 내가 걱정하자, 아버지는 이렇게 말했다. "괜찮다. 대신 공연이 끝난 뒤 애프터파티를 거창하게 열면 되잖니?"

스테판에 의하면, 그때 베리 고디 주니어는 이상하리만치 강력하게 그의 한국행을 주문했다는 것이다. 사실 여든이 넘은 노인네가 굳이 다 큰 아들의 일에 관여한다는 것부터가 말이 안 되는 일이기도 했다. 하지만 나중에 스테판은 아버지가 왜 그렇게 한국으로 그를 보내고 싶어했는지 알게 된다.

그러니까 그건 일종의 향수병이었다. 죽음을 앞둔 노인이라면 누구나 그러하듯, 아버지 역시 자신의 과거를 한없이 미화하는 우울한 습관에 빠져 있었다. 그는 자신이 한창 잘나가던 이십대를 회상했다. 그때 그는 건강하고 튼튼했으며 비록 지금과 같은 엘에이의 대저택을 소유하고 있진 않았지만 그보다 훨씬 뛰어난 뭔가를 자기 안에 가지고 있었다(고 상상했다). 1951년, 그는 한국으로 건너갔다. 스물두 살의 나이로 원기 왕성했던 아버지는 사업을 하나 크게 벌여볼 심산이었고, 따라서 그에겐 밑천이 필요했다. 그가 돈을 마련하기 위해 선택한 길은 당시 전쟁의 포화에 휩싸여 있던 극동아시아의 한 나라에 육군으로 자원하는 것이었다.

"그땐 대단했지." 아버지는 툭하면 눈을 감고 한국에서의 나날을 떠올렸다. "처음엔 진짜 힘들었어. 난 강원도의 W시 일대에서 야전에 투입됐거든." 아버지는 때로 고개를 설레설레 흔들었다. 아마 떠올리기도 끔찍한 전투 장면을 기억해내는 것 같았다. 1951년 2월, 아버지는 콜먼이 지휘하는 공수여단에 소속되어 있었고, 하루에도 몇 번씩 밀고 밀리는 접전을 거듭했다. "총 삼천 톤이었어. 그날 하루 W시에 뿌려진 화약 말이야. 일본 공군기지에서 엄청나게 싣고 와서는 온통 불바다를 만들어버렸지. 그 속을 뚫고 적진으로 들어가서 놈들을 미친듯이 쐈다고." 그러나 아버지 역시 무사하진 못했다. 그는 총알에 허벅지를 관통당하는 부상을 입고 후방으로 이송됐다. 어찌 보면 차라리 다행스런 일이었다. 전방에선 치열한 전투와 지엽적인 충돌이 계속되었지만, 후방에서 아버지는 오히려 편안한 군생활을 해나갈 수 있었기 때문이다.

"하루는 불도저가 와서 산을 밀기 시작했어. 우린 모두 무슨 일인가 궁금해졌지. 알고 보니 그건 임시무대를 마련하는 작업이었단다. 맞혀봐라, 거기 대체 누가 왔을지!" 1951년 12월, 아버지가 머물던 도시를 찾은 사람은 바로 〈돌아오지 않는 강〉의 스타 마릴린 먼로였다. "아, 그녀는 정말 아름다웠어." 아버지는 한숨을 내쉬며 이렇게 말했는데, 그럴 때 그는 거의 꿈꾸는 듯한 표정이 되었다. 마릴린과 함께 온 코미디언 밥 호프 덕분에 아버지는 그날 실컷 웃기까지 했다. 다시 생각해봐도 재미있는지 빙긋이 웃으며, 아버지는 언제나 이렇게 덧붙였다. "하긴, 생각해보면 거긴 천국이었지. 게다가 그곳 사람들은 모두 우릴 아주 좋아했단다."

『스테판, 진실 혹은 거짓』의 진실성을 믿는 사람들은 바로 이 부분에 주목했다. 그들은 콜먼이란 이름을 가진 예비역 중령에 대해 수소문했다. 그리고 우여곡절 끝에 콜먼의 손녀를 만나 이제는 고인이 된 그 남자가 남긴 단 한 권의 책을 찾아낼 수 있었다. 콜먼은 두 번의 전쟁에 참가한 베테랑 군인이었다. 그의 손녀는—그

땐 이미 머리가 하얗게 세어 있었는데—콜먼의 비석 앞에 꽃다
발을 내려놓으며 말했다. "할아버지는 한국과 베트남에 파병되셨
죠." 그러면서 그녀가 내민 책은 콜먼의 고향에 있던 작은 인쇄소
에서 찍어낸 '한국전쟁의 전환점, W시'라는 제목의 회고록이었
다. "W시는, 한국에 있는 도시 이름이라더군요. 거기서 할아버지
는 세계평화를 위해 싸웠어요. 아, 그리고 이것도 좀 보세요." 콜
먼의 손녀가 내놓은 또하나의 책은 청록색 표지에 금박으로 제목
이 인쇄된 고급스러운 양장본이었다. "이건 한국어 번역본이에요.
아마 할아버지는 책을 쓰신 다음에 그걸 한국으로 보냈던 것 같아
요. 할아버지 책의 배경이 되었던 W라는 도시의 시정홍보실로 말
이에요. 거기선 책을 번역하여 시 예산으로 출판하기로 했고, 출
판기념회에 할아버지를 초청하기까지 했답니다."

　스테판 켄달 고디의 책이 진짜임을 확신하는 사람들은 그가 어
떻게 본국엔 그 존재조차 거의 알려져 있지 않았던 전쟁 회고록
을 그렇게 잘 알고 있었겠느냐고 질문했다. 그러나 반대자들은 도
리어 그 점에 의문을 제기했다. 그들은 베리 고디 주니어가 사실
은 공수여단 소속이 아니었다고 반박했다. 입대 전부터 디트로이
트의 술집에서 색소폰을 연주했던 베리 고디 주니어는 대구에 있
던 미8군 군악대에 소속됐으며, 단 한 번도 야전에 투입된 적이 없
다는 것이었다. 그가 위문공연을 온 마릴린 먼로를 만난 것도 그
렇게 대구에 머물러 있었기에 가능한 일이었다고 그들은 주장했

다. 어찌됐든, 『스테판, 진실 혹은 거짓』이 출판된 다음 『한국전쟁의 전환점, W시』 역시 재출간됐다. "20세기 최대의 전쟁에 대한 처절하고도 리얼한 기록. 사라진 스타 스테판 켄달 고디가 언급한 바로 그 책!"이라는 광고와 함께 잠시나마 아마존 베스트셀러 목록에 오를 뻔했던 그 회고록은, 얼마 후 조용히 모습을 감췄지만 말이다.

여하튼, 베리 고디 주니어는 한국에서 돌아올 즈음 꽤 많은 돈을 손에 쥐고 있었다. 그는 그 돈으로 재즈 음반을 파는 가게를 열었으나 사업은 보기 좋게 망하고 말았다. 결국 빈털터리가 된 베리 고디 주니어는 다시 포드에서 일하며 돈을 모았고 마침내 모타운을 차리게 되는데, 그게 1959년의 일이다.

공항엔 많은 팬들이 나와 있었다. 공연장으로 가는 내내 우리는 강을 따라 달렸다. '한강'이라고 했다. 올림픽체조경기장은 푸르고 드넓은 잔디밭 옆에 위치한 커다란 팔각형 건물이었다. 아니 오각형이었던가? 우리 중 누군가가 "음, 이것도 펜타곤인가?" 같은 썰렁한 농담을 했던 걸 보면 말이다.

『스테판, 진실 혹은 거짓』의 제2장에서부터 드디어 문제의 서울 공연에 대한 회고가 시작된다. 그런데, 피곤했기 때문인지 아니면 별다른 관심이 없어서였는지는 모르지만, 그들은 아무도 서울이란 도시에 대해 알려고 하지 않았다. 그래서 자신들이 공연한 체 조경기장이 1988년 서울올림픽을 위해 지어진 기념비적인 건축물이라는 것도 당연히 알지 못했다.

책에 의하면, 사실 1988년은 스테판에게도 여러모로 중요한 한 해였다. 그해에 그는 열세 살이 되었고, 첫 섹스를 했다. 당시의 분위기로 보아 그가 처음으로 여자와 잔 시기는 빠르지도 늦지도 않은 딱 적당한 때였다. 그는 또한 적당한 시기에 담배를 피우기 시작했는데, 이것 역시 그저 적합한 시기에 알맞게 이루어진 일련의 성장과정 같은 것이었다. 어쨌든 호황이었고, 아버지인 베리고디 주니어는 엘에이로 본사를 옮긴 후 한때 고전했다가 재기에 성공한 모타운을 아무 미련 없이 네덜란드의 음반사 폴리그램에 팔아버렸다. 이 회사는 나중에 합병에 합병을 거듭하여 결국 유니버설이라는 거대 엔터테인먼트 그룹의 일원이 되는데, 그러니까 바야흐로 20세기 말은 합병의 시대였다고도 할 수 있겠다.

아마 열두 살 때였던 것 같다. 어느 날 방에 들어가니 아버지가 마빈 게이의 노래를 듣고 있었다. 잘 기억나진 않지만 아마도 〈도대체 무슨 일이 일어나고 있는 거야?〉라는 곡이었던 것 같다. 그런데 자세히 보니 아버지는 눈물을 흘리고 있었다. 처음에 난 아버지가 비극적으로 죽은 마빈을 떠올리며(그는 자기 친아버지가 쏜 권총에 맞아 죽었다) 울고 있는 줄 알았다. 하지만 그게 아니었다. "아빠, 왜 울어요?" 내가 묻자, 아버지는 손에 들고 있던 책 한 권을 건네줬다. "이걸 보니 옛 생각이 나는구나." 그건 콜먼이란 예비역 중령이 쓴 전쟁에 관한 두꺼운 책이었다. 아버지는 책 맨 앞에 있는 여러 장의 흑백사진을 내게 보여줬다. 그중엔 침울한 표정으로 엄청나게 커다란 짐을 등에 지고 황량한 시골길을 걷는 사람들의 사진도 있었다. "이게 뭐죠?" "그들은 전쟁을 피해 어디론가 가는 중이야. 오래전 난 이런 장면을 수도 없이 봤지." 그러더니 아버지가 갑자기 벌떡 일어서며 외쳤다. "아무래도 다시 한번 가봐야겠어." 그리하여 아버지는 전쟁 이후 처음으로 한국을 방문하게 되었다.

여러 자료를 종합하여 검토하면, 1988년 봄 베리 고디 주니어는 미 엔터테인먼트 업계 원로이자 참전용사의 자격으로 서울에 다녀간 걸로 보인다. 혹은 유니버설이 투자한 UPI의 할리우드 영화 직배 문제로 사업차 서울을 방문했던 걸지도 모르지만 말이다. 실제로 그즈음 한국에서 발행된 주요 일간지의 문화면엔 다음과 같은 기사들이 실려 있기도 하다. "서울올림픽을 앞두고 미국영화수출협회 회장 잭 베란티를 비롯한 미 문화계의 주요 인사들이 한국을 방문하여 현안을 논의했다. 만찬을 겸하여 올림픽회관에서 열린 이번 회담에는 대한민국의 정재계 인사들도 대거 참석하였으며, 이 자리에서 베란티 씨는 서울올림픽의 성공적인 개최를 기원함과 동시에 현재 한창 논의가 진행중인 첫번째 직배 영화 〈위험한 정사〉의 순조로운 개봉이 이루어지길 바란다는 의견을 피력했다. 한편, 예정됐던 영화계의 반대 시위는 만찬 장소가 '올림픽평화구역' 안으로 결정됨에 따라 자연히 무산되었다. 참고로 정부는 인류 평화와 화합의 대제전인 올림픽의 성공을 위해 서울 주요 지역에 집회 및 시위를 금지하는 '올림픽평화구역'을 선포한 상태이다."

그러고 보면 베리 고디 주니어가 서울을 방문했던 1988년에, 그 도시는 평소보다 훨씬 더 소란스러웠다. 쿠데타를 일으킨 권력자가 올림픽을 유치했고, 덕분에 도시는 온통 축제 분위기로 들썩였다. 그곳에선 하다못해 공기의 흐름조차 금메달을 예견하듯 들떠 있었다. 그리고 거기서 베리 고디 주니어는 모타운을 판 뒤 공허해졌던 마음을 달랜 듯하다. 스테판 켄달 고디가 자신의 회고록에 이렇게 쓴 걸 보면 말이다.

한국에 다녀온 후 아버지는 자주 중얼거렸다. "서울은 멋진 도시였어. 어딜 가나 팝음악이 흘러나오고 있었지. 소리만 들어서는 그야말로 미국의 어느 거리를 걷는 것 같았단다. 게다가 사람들은 모두 우릴 극진히 환영해줬어. 아아, 정말이지, 그 일주일은 너무나 행복한 시간이었다." 또한 아버지는 엘에이로 돌아오기 전날 밤 서울 올림픽체조 경기장에서 관람한 쇼를 잊지 못했다. 그건 한국의 방송사인 KBS가 주한미군을 위해 특별히 제작한 일종의 올림픽 전야제 같은 것이었다.

놀랍게도 거기엔 왕년의 코미디언 밥 호프도 왔다. "옛날 생각이 나더구나. 밥은 많이 늙었지만, 여전히 사람을 웃게 하는 방법을 알고 있었어." 나중에 나의 서울 공연이 결정되었을 때 아버지는 그야말로 뛸듯이 기뻐했다. 아마도 1988년의 그날을 떠올리는 것 같았다. 아니, 어쩌면 그보다 더 오래전인 1951년의 임시무대를 생각했던 건지도 모르지만.

*

적어도 세 가지 버전의 이야기가 존재한다. 스테판 켄달 고디가 한국에서의 공연을 마지막으로 홀연히 자취를 감춘 것에 대해서 말이다. 『스테판, 진실 혹은 거짓』 버전에 의하면, 스테판은 그날 올림픽체조경기장에서 거대하고 기이한 환상을 봤다. 그리고 그 결과, 그는 딴사람이 됐다. 뜻밖의 장소에서 뜻밖의 신비체험을 했다는 대부분의 사람들이 그러하듯 그는 그걸 계시라고 믿었다.

사실 공연 도중 환상을 봤고 그걸 계기로 완전히 다른 삶을 살게 되었다는 스테판의 고백은 실소를 자아내기에 충분했다. 회고록이 누군가의 위작일 거라는 의심도 바로 이 마지막 부분의 황당함에 기인했고 말이다. 거기엔 어떠한 개연성도 없으며 스테판의 어조는 갑자기 돌변한다.

공연이 최고조에 달했을 무렵이다. 그때 난 내 최고의 히트곡 〈내가 섹시한 걸 나도 알아〉를 부르고 있었다. 붕 떠오르는 듯한 느낌이었고 어쩌면 실제로 둥둥 떠 있었을지도 모른다. 오직 나만을 바라보며 똑같이 춤을 추는 군중 앞에선 언제나 그런 기분이었다. 그럴 때 나는 신이나 마찬가지였다. 그때였다. 눈앞에 엄청난 섬광이 번쩍인 것은. 동시에 굉음이 들려오더니 경기장 안은 갑자기 암흑이 되었다. 빛과 소리, 곧이어 밀어닥친 어둠은 나를 압도했다. 얼마나 시간이 흘렀을까. 서서히 밝아지는 하늘 한가운데(물론 이 경우엔 체조경기장의 드높은 돔형 천장이었겠지만) 거대한 얼굴이 하나 떠오르고 있었다. 이럴 수가. 그 낯익은 얼굴의 주인공은 루크 스카이워커 아닌가. 나는 너무 놀라 아무 말도 하지 못했다. 어안이 벙벙한 채 바라보고 있자니, 얼굴은 점점 가까워지면서 커져갔다. 나와 거의 일 센티미터 정도밖에 떨어지지 않은 곳에서 드디어 루크가 이렇게 속삭였다. '스테판, 너는 세계평화를 위해 일해야 해. 그게 네 사명이지.'

글쎄, 그날 현현한 계시가 왜 하필 루크 스카이워커의 얼굴을 가져야만 했던 건지는 나도 잘 모르겠다. 다만 그때 나는 울고 있었다. 뭐라 말할 수 없는 감정이 북받쳤기 때문이다. 난 그에게 물었다. "어떻게 하면 세계평화를 위해 일할 수 있지?" 그러자 그가 그야말로 뜬금없는 대답을 하는 것 아닌가. 'W시로 가렴.' "W시?" 그건 낯설지 않은 이름이었는데, 나는 곧 그 이유를 떠올릴 수 있었다. 아버지가 젊음을 바쳤다던 한국의 그 도시. 내가 어떻게 그곳을 잊을 수 있겠는가.

"하지만 거기 가서 뭘 하지?" 내가 다시 한번 묻자, 루크는 내게 거기서 다른 외국인들처럼 그저 평범하게 살라고 명했다. 그런 다음 남는 시간엔 세계평화를 위한 명상음악을 만들라는 것이었다. '왜냐하면 오직 음악만이 인류에게 진정한 평화를 가져다줄 수 있을 테니까.' 듣다 말고 나는 또다시 물었다. "잠깐, 그런데 대체 평범하게 산다는 게 어떤 건데?" 그런 내 질문에 대한 루크의 대답은 뜻밖이었다. '영어를 가르쳐.' 결국 나는 반문하지 않을 수 없었다. "뭐라고? 난 어려서부터 공부 같은 것과는 담쌓고 살아온 사람이라고. 그런 내가 어떻게 뭔가를 가르치지?" 그러자 내 앞의 거대한 얼굴이 빙긋 웃었다. '괜찮아. 거기선 그런 걱정 안 해도 돼. 그냥 가르쳐. 그러면 저절로 길이 열릴 테니까.' "하지만 루크, 난 아직 마음의 준비가……" 그러나 내 말이 채 끝나기도 전에 루크 스카이워커는 서서히 멀어지더니 순식간에 태양계 너머로 사라져버렸다.

정신을 차려보니 나는 무대 위에 엎어져 있었다. "어이, 괜찮은 거야?" 누군가가 내려다보며 물었다. 우리 팀 스태프 중 하나였다. 이름이 제리였던가? 나는 고개를 끄덕였다. 그러고는 벌떡 일어서서 아무 일도 없었던 듯 공연을 이어갔다. 그러나 내 안에선 이미 모든 게 달라져 있었다. 왜냐하면 그 직전, 난 증명할 수 없는 어떤 것을 경험했으니까. 어느 누구에게도 설명할 수 없을 테고 설명한다 한들 믿지도 않겠지만, 그것은 엄연한 현실이었다.

그날 밤, 주치의는 깊은 한숨을 내쉬었다. 그 역시 나에게 일어난 비밀스러운 변화를 눈치채지 못한 것 같았다. 푹 자라며, 언제나처럼 신경안정제 몇 알을 처방해준 걸 보면 말이다. "자네, 너무 많이 마셨어. 팬 사인회는 취소하는 게 좋겠네." 주치의가 나간 후, 나는 그 하얀 알약을 모두 쓰레기통에 던져버렸다. 귀국하는 비행기 안에서 마음을 굳힌 내가 아버지를 찾아가자, 그는 모두 다 알겠다는 듯 고개를 끄덕였다. "그래, 누구나 자기 길을 가는 법이지. 젊은 시절엔 나도 너처럼 세상을 위해 일했다." 나는 아버지의 손을 잡았다. 내 눈에선 뜨거운 눈물이 흘러내렸다.

만약 이게 정말 스테판이 쓴 거라면, 공연 도중 마셔댄 엄청난 양의 샴페인이 그를 돌아버리게 만든 게 틀림없다고, 사람들은 믿었다. 그렇지 않고서야 체육관 천장에 뜬금없이 루크 스카이워커가 나타난다는 것이 말이 되느냐고 그들은 반문했다. 그러나 스테판 켄달 고디에게 일어난 일은 예로부터 있어온 허다한 신비체험의 일반적 사례에 불과하다는 의견도 조심스럽게 제시됐다. 여러 종교의 수많은 성자들이 말도 안 되는 장소에서 말도 안 되는 존재를 만난 뒤 회개하거나 회심하고 계시를 받았다. 그러니 현대에 와서 어느 힙합 스타가 체육관에서 할리우드 영화의 영웅—그것도 우주 전체의 악을 물리치는 역할을 맡은—을 만난 뒤 회심했다고 한들 그게 반드시 거짓이어야 할 이유는 없다는 것이었다.

몇몇 정신분석학자들은 루크 스카이워커의 현현이야말로 스테판의 무의식을 드러내는 거울임이 틀림없다고 주장했다. 그리고 이와 관련하여 그가 1980년대에 어린 시절을 보냈다는 사실이 중요한 요인으로 고려됐다. 스테판은 냉전 말기, 미 국방부가 주도했던 전략방위구상인 '스타워즈'의 시절에 동명의 영화를 보며 자라났다. 그즈음 아동기를 보낸 세계 대부분의 아이들이 그러했듯 말이다. 따라서 그에게, 또는 그와 비슷한 어린 시절을 보낸 이들에게, 세계와 우주의 평화는 어떤 강박이나 마찬가지였을 거라는 게 정신분석학자들의 생각이었다. 하물며 스테판에겐 세계평화를 위해 젊음을 바쳤다고 주장하는 아버지까지 있지 않은가.

어쨌거나, 그가 사라진 뒤로 얼마 지나지 않아 '얼굴 없는 천재 작곡가의 신개념 명상음악'이라는 카피와 함께 〈월드 피스〉 시리즈가 발표됐다. 프로듀싱은 일선에서 물러나 있던 베리 고디 주니어가 직접 맡았는데, 그런 의미에서 그는 끝까지 사업에 대한 천재적 감각을 잃지 않았던 게 확실하다. 왜냐하면 몽롱한 비트가 끊임없이 반복되며 기이한 중독성으로 사람들을 사로잡은 그 노래는 발표되자마자 단번에 전 세계 18개국의 아이튠즈 차트 1위에 오르는 기염을 토했기 때문이다.

이야기의 두번째 버전에선 모든 것이 일종의 사기극으로 마무리된다. 몇몇 연구자들은 좀 다른 방향에서 책의 진위를 의심했다. 그들은 『스테판, 진실 혹은 거짓』이 여러 유명한 회고록의 짜

깁기에 불과하다고 비판했다. 하긴, 실제로 그 책이 마이클 잭슨의 잘 알려진 전기에서 제목을 차용한 것은 거의 분명했다. 게다가 맨 앞 장에 멋들어진 필기체로 인쇄된 "인간은 하나의 동일한 삶을 사는 것이 아니다. 끝에서 끝까지 이르는 여러 다른 삶을 살며 그것이 바로 희극의 원인이다"라는 문장도 어딘가에서 베낀 게 확실해 보였다. 그들의 주장에 의하면, 스테판이 굳이 서울 공연을 마지막으로 자취를 감춘 것 역시 그저 철저하게 계산된 전략의 일환일 뿐이었다. 그런 식으로 신비로운 분위기를 조성함으로써 차후에 발매될 명상음악 시리즈의 판매고를 최대한 끌어올리려는 게 그 목적이었다는 것이다. 그 증거로, 그들은 〈월드 피스〉 시리즈의 작곡자가 사라진 힙합 스타 스테판 켄달 고디라는 사실을 여기저기 암암리에 누설한 자가 과연 누구겠느냐고 반문했다. 그것이야말로 오래전 모타운을 세우고 엄청난 사업 수완을 발휘했던 사람의 아들다운 영리하고도 치밀한 행동이었다고, 그들은 예리하게 분석했다. 신분을 감추고 한국의 소도시에서 어학원 강사 생활을 했다는 주장은 아무도 그 진위를 확인할 수 없기에 더더욱 믿을 수 없다고도 했다. 그들은 『스테판, 진실 혹은 거짓』에서 스테판 본인이 한국에 체류하고 있었다고 주장한 시기에 자메이카의 휴양지에서 그를 봤다는 몇 건의 목격담을 제시했다. 결국 연구자들은 스테판이 한국에 머문 적도 없으며, 공연 도중 쓰러진 건 사실일지도 모르나 그것 역시 술을 너무 많이 마신 탓에 벌어진 별것 아닌 해프닝에 불과하다고 결론지었다. 그가 굳이 한국에서 이런 사기극을 벌인 이유도 단지 그 나라의 역사적, 지정학적 특수성을 고려한 상업적 계산의 결과일 뿐이라는 말을 덧붙이는 것도 잊지 않았다.

가장 독특한 것은 세번째 버전이라 할 수 있다. 거기서 스테판 켄달 고디의 이야기는 모두 허구다. 사실 스테판은 그저 좀 쉬고 싶어서 자메이카의 휴양지로 떠났을 뿐이다. 그런 다음 누군가가 나머지 이야기를 상상해냈다. 아마도 한 26세 청년에 의해 버려진 종이 묶음의 저자였을지도 모를 그 상상력 풍부한 인물은, 어느 날 갑자기 인기를 끌기 시작한 〈월드 피스〉 시리즈의 작곡자가 세상에 얼굴을 드러내기 싫어한다는 점에서 사라진 힙합 스타를 떠올렸고, 그 중간에 모타운과 올림픽, 한국, 루크 스카이워커 등등의 시의적절한 키워드를 군데군데 배치했을 것이다. 하지만 이 세번째 버전엔 또다른 뒷이야기도 존재한다. 그건 바로, 힙합 스타 스테판 켄달 고디가 LMFAO를 해체하지도 않았고 당연히 사라지지도 않았으며 그저 평생 신나게 춤추며 파티를 벌이는 어떤 우주에 관한 것이다. 거기에선 그의 아버지인 베리 고디 주니어도 한국과 별다른 관련이 없으며 〈월드 피스〉라는 기이한 명상음악이 아이튠즈 차트 정상을 휩쓸지도 않는다. 물론 왕년의 힙합 스타가 극동아시아의 어느 나라에서 영어 강사 생활을 한 적도 없고, 모든 것은 완벽하게, 정상적으로―그러니까 세상에 널리 알려진 그대로―돌아간다.

*

"그렇습니다. 지금까지도 정기적으로 모임을 가지며 LMFAO의 노래에 맞춰 셔플 댄스를 추는 소수의 광적인 팬들만이 스테판 켄달 고디가 썼다는 회고록의 내용을 문자 그대로의 진실로 믿을 뿐이지요."

스테판 켄달 고디 전문가라는 그 게스트가 말을 마치자 라디오에선 〈월드 피스〉 시리즈의 마지막 곡이 흘러나왔다. 그리고 그때까지도 헨리 필딩은 여전히, 오래전의 그 CD에 대해 생각하고 있었다. 그러나 끝까지 '스테판, 진실 혹은 거짓'이라는 제목이 선명하게 인쇄되어 있던 종이 묶음에 대해서는 아무것도 떠올리지 못했다. 하긴, 떠올린다 해도 뭔가 달라질 건 없을 테지만 말이다.

어쨌거나 헨리는 문득 스패너를 내려놓고 스마트폰으로 'W시'를 검색했다. 그런 다음 가까스로 기억을 더듬어 자신이 일했던 어학원의 이름도 입력했다. 홈페이지엔 아직도 구인광고가 떠 있었다. "뭐야? 전이랑 달라진 게 하나도 없잖아?" 그는 굳이 누구에게랄 것도 없이 중얼거렸다. 마침 곁을 지나던 동료가 "방금 뭐라고 했어?"라는 듯 힐끗 쳐다봤다. 그러더니 라디오 앞으로 걸어가 채널을 돌렸다. "졸린 노랜 딱 질색이야." 그가 말하자 헨리도 고개를 끄덕였다. 누가 작곡했든 간에, 확실히 〈월드 피스〉는 자동차 정비소에 어울리는 음악은 아니었던 것이다.

18인의 노인들

시인이 편지를 발견한 것은 어느 초가을 아침이었다. 커피를 마시다가 뭔가 더 먹을 만한 게 없나 생각하며 식탁 위 쿠키 상자를 뒤적이고 있을 때, 갑자기 창밖에 한줄기 바람이 일렁이더니 어느덧 문틈에 편지 한 장이 꽂혀 있었던 것이다. 오랜 시간이 지난 후에야 그때의 일을 회상해보니, 그 순간 정원의 층층나무 가지 사이로 언뜻 토끼의 귀 같은 것이 스쳐가는 듯도 싶었으나, 확인할 길은 없었다. 어쨌든 그는 쿠키 상자를 내려놓고 그 두툼하고 하얀 봉투를 주워들었다. 그러곤 낡은 슬리퍼를 끌며 거실로 돌아와 편지를 읽기 시작했다.

사실 그는 그 나라의 대표적인 시인이었다. (편의상 그곳을 공

공복지 시스템이 잘 갖춰져 있는 유럽의 어느 국가라고 해두자. 그러니까 쉽게 말하면, 적어도 시인이 살고 있는 나라가 대한민국은 아니라는 것이다.) 어떤 이들은 그를 일컬어 '국민 시인'이라고도 했는데, 그의 시가 초등학교, 중학교, 고등학교 국어 교과서에 모두 실려 있고 그를 대상으로 한 수많은 학위논문이 국회도서관의 논문 목록에 존재하는데다 전국 각 대학의 국문과와 문예창작과엔 그의 시를 연구하고 배우는 사람이 허다하다는 것을 고려한다면, 그가 그런 칭호를 얻은 게 하등 이상할 바 없다 하겠다. 그 나라의 국민들은 그를 사랑하고 존경했으며, 대부분의 평자들은 그의 시가 발표될 때마다 극찬을 아끼지 않았다. "서정적이면서도 세상의 불의에 맞서는 힘이 있다"라든가 혹은, "우리말의 아름다움이 무지개송어처럼 펄떡펄떡 살아 뛰어오른다" 등등, 그를 칭송하는 표현들도 각양각색이었다. 그러니 시인은, 그야말로 예술가로서 가질 수 있는 모든 영예를 다 가졌다고 해도 과언이 아니었다.

그럼에도 불구하고 시인은 매년 초가을이 되면—문학계에선 그 시절을 보통 '노벨상의 계절'이라고 불렀다—마음이 허전했다. 그의 평온한 표정에 근심이 어리는 것도 항상 그즈음이었는데, 그것은 모두 시인의 가슴속에 깃든 남모르는 열망 때문이었다. 아무도 모르게 숨겨둔 그 열망은 시인의 내면을 좀먹어들었고 그래서 그의 심장은 벌레 먹은 나무 이파리처럼 서서히 쏠아들어갔던 것이다. 가을이 올 때마다 그는 어디선가 흘러올지도 모를 그 소식에 온통 귀를 기울였다. 하지만 소식은 언제나 바람처럼 그의 귓가를 맴돌다가 그저 심장만을 뒤흔들어놓은 채 소리도 없이 사라지고 마는 것이었다. 그렇게 쓸쓸하고 허무한 가을을 보내고 나면 시인의 심신은 극도로 쇠약해졌고, 가까스로 기나긴 겨울을 견뎌냈다. 추운 겨울 내내 그는 난로 앞에 쭈그리고 앉아 시를 썼는데, 그럴 때 쓴 시들은 대개 장중하고 음울하며 염세적이기 그지없었다.

시인은 언젠가부터 매년 노벨문학상 후보로 거론되고 있었다. 하긴, 저잣거리에 나가면 그의 시 한 번쯤 흥얼거리지 않는 국민이 없을 정도로 널리 알려진 위대한 시인이니만큼, 오히려 그런 대단한 상의 후보로 거론되지 않는 것이 이상할 정도로 그것은 당연한 일이었다. 어쨌거나 그의 이름이 오르내리기 시작하면서부터, 시인의 시집에 대한 판권을 소유한 펭귄출판사(혹 오해의 소지가 있을 것에 대비하여 미리 말해두자면, 이 출판사는 나중에 랜덤하우스와 합병하여 '펭귄랜덤하우스'라는 거대 다국적 출판 그룹이 되는 그 펭귄북스와는 아무 관계가 없다. 다만 이 회사의 사장이 처음 출판업을 시작하기로 마음먹은 장소가 우연히도 동물원의 펭귄 우리 앞이었기에 그런 이름을 지은 것뿐이다)는 더욱 홍보에 박차를 가하였다. 각국의 번역가들에게 시인의 작품을 맡겼고, 해외의 유수 일간지 및 잡지의 문학 담당 기자들에게 때

맞춰 자료를 돌리는 수고도 마다하지 않았던 것이다. 시인의 나라에서도 그의 노벨상 수상을 위한 지원을 나름대로 아끼지 않았다. 어찌됐든 간에 자국의 문인이 그런 상을 받는다는 것은 국가적으로도 좋은 일일 거라는 게 행정기관에 속한 사람들의 생각이었기 때문이다.

시인은 지난해 노벨문학상이 발표되기 전날 밤의 열기도 생생히 기억하고 있었다. 그때 그의 저택 앞 골목은 미리 와서 진을 치고 있는 기자들로 발 디딜 틈이 없었다. 이번에야말로 때가 무르익었고 그 어느 해보다도 시인의 수상 가능성이 높다고 점쳐지고 있었기에(런던의 도박사들마저도 저기 먼 동양의 소설가인 무라카미 하루키를 제치고 그에게 최다의 베팅을 한 상태였으니 알 만하지 않은가) 모두들 흥분해서 발표의 순간만을 기다리고 있었던 것이다. 게다가 들리는 소문에 의하면 그의 시를 읽은 한림원 회원들 중 여럿이 눈물까지 흘리며 감동했다는 확인되지 않은 얘기까지 떠돌고 있었다. 시인 역시 초조한 심정을 억누를 길이 없었다. 물론 그런 것엔 관심도 없는 듯 보이기 위해 집안의 불이란 불은 다 끄고 일찌감치 침대에 들어 있었으나, 기대와 설렘으로 심장이 미친듯이 뛰는 바람에 한숨도 자지 못한 채 뜬눈으로 밤을 새웠던 것이다.

그러나 아침에 들려온 소식은 모두를 실망에 빠뜨렸다. 수상자가, 지금까지 거의 알려지지도 않았던 에티오피아의 어느 여자 소설가였기 때문이다. 그녀의 이름은 "에티오피아의 소수 계층에 해당하는 아프리카계 유대인들의 삶과 역사를 사실적이면서도 몽환적인 필체로 녹여내어 읽는 이에게 무한한 감동을 안겨준다"는 한림원의 선정 이유와 함께 전 세계에 울려퍼졌다. 골목길을 가득 메웠던 기자들은 짐을 챙겼다. 카메라도 다시 잘 접어서 가방에 넣었다. 노트북 닫는 소리가 여기저기서 들려왔다. 그런 다음 그들은 돌아갔다. 시인의 저택에서 공영주차장까지는 거리가 꽤 되기에, 기자들은 모두 무거운 발걸음으로 터벅터벅 걸었다. 그 발소리를 들으며 시인은, 커튼이 내려진 어두운 창가에 가만히 서 있었다. 쓸쓸하고 차가운 가을 아침이었다.

그러니까 그 의문의 편지를 처음 발견했을 때, 시인은 작년 가을의 우울과 절망을 떠올리며 입술을 깨물던 참이었다. 정말이지 그동안 되는 일이라곤 하나도 없었어. 그는 중얼거렸다. 딱히 그 이유 때문만은 아니겠지만, 후보로 거론되기 시작한 이후부턴 왠지 기분도 다운되어 그는 벌써 몇 년째 절필 아닌 절필 상태를 이어오고 있기까지 했다. 여하튼 시인은 소파에 앉아 커피를 한 모금씩 삼키며 편지를 읽었다. 그러면서 그의 심장박동은 점점 빨라졌는데, 왜냐하면 거기 적힌 내용이 그만큼 충격적이고도 괴상했기 때문이다.

한참 뒤 장문의 편지를 다 읽은 시인은 부들부들 떨리는 손으로 종이를 움켜쥔 채 멍하니 허공을 노려보았다. 이게 정말일까? 그는 의혹에 가득차 다시 한번 편지를 들여다보았다. 하지만 믿지 못할 것도 없다는 게, 시인의 생각이기도 했다. 실제로 지금까지 노벨문학상은 모두의 허를 찌르겠다는 의도밖엔 없는 듯한 결정을 너무나도 자주 내리지 않았던가. 결과를 예측하는 것이 거의 불가능하다는 의미에서, 노벨문학상 수상자를 결정하는 권한을 가진 스웨덴 한림원의 18인의 종신회원들은 '신'이라고까지 불리고 있었다. 하긴 그들의 손만 거치면 어떠한 시나 소설도 하루아침에 세계 최고의 작품으로 변신할 수 있었으니, 일견 합당한 별명이기도 했지만 말이다. 어쨌든, "당신은 아직도 노벨상을 기다리고 있습니까?"라는 질문으로 시작되는 그 편지는 기이하기 이를 데 없는 내용으로 뒤덮여 있었다.

노벨문학상은 한림원의 18인의 노인들(종신회원의 선출 조건 중 하나가 '존경받을 만한 나이에의 도달'이었기에 그들은 모두 노인일 수밖에 없었다)에 의해 선정된다. 스웨덴 문학계의 거물들로만 이루어진 심사위원단은 매년 봄이면 한림원에 모여 그해 후보들에 대해 대충 의견의 일치를 본 뒤 헤어졌다. 그런 다음엔 여름 내내 북구의 희미한 햇살이 비쳐드는 각자의 서재에 틀어박혀 후보들의 작품을 분석하고 연구했다. 그렇게 시간이 흘러 드디어

10월이 되면 18인의 노인들은 이 세상 누구보다도 엄숙한 표정으로 한림원에 나타났고, 거기서 그해의 수상자를 발표해왔던 것이다. 그런데 편지는 바로 그들, 열여덟 명의 노인들이 실상은 어떤 식으로 매년 노벨상 수상 작가를 결정해왔는지에 대한 엄청난 비밀을 밝히고 있었다.

보낸 사람의 이름을 적는 칸에 '문학을 사랑하는 독자들의 비밀결사'라고 기재되어 있는 걸 빼면, 편지엔 발신자에 관한 어떠한 정보도 적혀 있지 않았다. 그런데 소인도, 우표도, 보낸 이의 주소나 그 밖의 어떤 것도 없다는 사실이 시인에겐 오히려 편지의 진실성을 증명해주는 듯 여겨졌다. 왜냐하면 시인의 집 현관은 마당을 통하여 들어와야 했고, 그리로 들어오는 대문은 언제나 굳게 닫혀 있는데다, 집을 두르고 있는 담장은 드높았으며, 그마저도 사설 경비업체에 의해 24시간 철저하게 감시되고 있었기 때문이다. (몇 년 전 팬을 자처하는 한 남자가 집에 몰래 숨어들어와 서재 깊숙이 보관되어 있던 자필 원고 뭉치를 훔치려고 했던 사건 이후로, 시인은 가족들의 등쌀에 못 이겨 경비업체의 계약서에 서명을 한 적이 있다.) 따라서 만약 누군가가 그런 철통같은 보안을 뚫고 그의 집 현관문에 편지를 밀어넣었다면, 그자야말로 어떤 '비밀결사'의 일원이 아니고서야 불가능하지 않겠는가 말이다.

여하튼, 편지에 적힌 바에 의하면, '독자들의 비밀결사'가 추구하는 것은 문학의 테러리즘이라고 했다. 그들은 이렇게 말하고 있었다. "우리는 문학에 테러를 일으키고자 합니다. 문학에 테러를 가하는 이유는, 그렇게 함으로써 죽어가는(혹은 죽어간다는 소문에 휩싸여 있는) 문학에 생기를 불어넣어 아주 오래전 문학이 생생히 살아 숨쉬며 삶의 펄펄 뛰는 단면을 보여주고 그것이 독자들에게 무한한 즐거움과 감동을 주던, 그 시절의 영광을 재현하기 위해서입니다." 비밀결사의 편지는 또한 이런 식으로 이어지고 있었다. "그런데 우리는 얼마 전 어떤 비공식적이고도 비밀스러운 루트를 통하여, 세계 문학계를 좌지우지하는 스웨덴 한림원에서의 노벨상 수상 작가 선정 방식에 대한 충격적인 실상을 접하게 되었던 것입니다. 그들, 18인의 종신회원들이 여름 내내 후보작을 연구하고 분석한다는 것은 새빨간 거짓말이었습니다. 열여덟 명의 노인들은 북구의 짧은 여름을 피오르가 내다보이는 아름다운 휴양지에서 편안히 쉬며 보낼 뿐이었지요. 사실 어쩌면 종신회원들은 정말로 열심히 작품들을 연구, 분석하고자 했을지도 모릅니다. 하지만 언젠가부터 노안이 너무 심해져 장시간 글을 읽는 것 자체가 불가능해졌던 겁니다. 결국 궁여지책으로 그들이 고안해낸 게 바로 제비뽑기였습니다. 즉, 모든 작품을 읽고 검토하는 대신 그냥 후보들의 이름이 적힌 종이가 든 항아리에서 아무나 한 명을 무작위로 뽑아버렸던 것입니다."

시인은 특히 이 부분을 읽고 또 읽었다. 왜냐하면—거기 적힌 걸 정말로 믿어야 할지 말아야 할지는 차치하고라도—편지를 읽는 동안 이상하게도 그간 쌓여왔던 분노와 억울함 같은 것들이 약간은 사라지는 듯 느껴졌기 때문이다. 사실 작년 수상자였던 에티오피아 여자 소설가의 작품은 암만 읽어봐도 뭐가 그리 뛰어나다는 건지 전혀 알 수 없었고(시인은 인터넷 서점에서 그녀의 책을 모조리 구입한 뒤 밤새워 읽었던 것이다), 밤마다 피를 토해가며 써온(그렇다고 실제로 토한 것은 아니지만) 자기의 시에 비해 진정성도 없어 보였다. 그런데 이런 모든 것들이 그저 다 운이라면? 그냥 항아리에 들어 있는 몇 장의 종이 중 누가 무엇을 움켜쥐는가에 따라 결정되는 것에 불과하다면? 순간 시인은 피식 웃었다. 마치 자신이 신들의 비밀을 눈치챈 선지자라도 된 기분이었다. 이젠 자기를 제치고 그 누가 상을 받는다 해도 결코 마음이 흔들리지 않을 것 같았다.

그러나 편지는 계속되고 있었다. "비밀을 알게 된 우리는 드디어 진정한 문학에의 테러를 이루기 위하여 결단을 내릴 수밖에 없게 됐습니다." 결단? 시인은 그들이 내렸다는 결단이 궁금했다. 대체 뭘 하려는 건가, 이자들은? "우리는 문학이 황금기를 되찾으려면 이번 노벨상 수상 작가로 보란듯이 당신이 선정되어야 한다는 데 의견의 일치를 보았습니다. 당신이야말로 천재적인 영감을 소유한 진짜 예술가이자 진정한 국민 시인이며 삶과 함께 살아 숨쉬는 위대한 언어의 마술사이니까요! 그간 차근차근 준비해온 덕택에 이제 모든 것은 완벽해졌고 드디어 때는 무르익었습니다. 곧 우리 비밀결사의 최정예 요원들이 스웨덴으로 숨어들 것이고, 거기서 제비뽑기가 이루어지는 한림원으로 아무도 모르게 침투할 예정입니다. 그런 다음 요원들은 제비뽑기용 항아리 안에 담긴 종이를 쥐도 새도 모르게 바꿔치기할 텐데, 바꿔 넣은 쪽지엔 모두 당신의 이름만이 적혀 있을 테니, 18인의 노인들 중 누가 손을 넣더라도 오직 당신만이 올해의 수상자로 선정될 것입니다. 어떻습니까? 정말 멋지지 않습니까? 우리의 이 원대한 계획 말입니다. 게다가, 우리가 수많은 위험을 무릅쓰고 이 모든 일을 행하는 대가로 당신에게 바라는 것은 오직 한 가지뿐입니다." 여기까지 읽었을 때, 봉투에서 뭔가가 툭 떨어졌다. 비행기 탑승권이었다. "네, 바로 그것입니다. 당신은 문학을 되살리려는 우리의 위대한 여정에 그저 동참해주시기만 하면 됩니다. 즉 우리와 함께 스톡홀름으로 날아가 한림원에 같이 들어가달라는 거지요. 독자로서, 존경하는 시인인 당신에게 경건하면서도 애절하게 부탁드리는 바입니다."

시인은 소파에 앉은 채로 생각에 잠겼다. 분명 이들은 제정신이 아니다. 그렇지 않고서야 누가 노벨문학상 수상자를 바꿔치기할 생각을 하겠는가. 그런데도 이상하게 시인은 그 편지에 마음이 끌렸다. '독자들의 비밀결사'라는 매혹적인 이름이 그의 영혼을 뒤흔들어놓은 탓이었다. 그는 독자를 사랑했다. 아니, 그 자신부터가 원래 독자였고 앞으로도 영원히 그러할 것이었다. 그러나 어느

날 도무지 알 수 없는 일들이 서서히 진행되더니, 너도 나도 독자
는 죽었다고 선언하기 시작했다. 이렇게 생생하게, 마치 갓 잡아
올린 물고기들처럼 펄떡펄떡 뛰며 살아 있는 존재들에게, 그 누가
감히 그런 말을 할 수 있단 말인가. 결국 비행기 표를 다시 한번
바라본 시인은 벌떡 일어서서 간단한 짐을 꾸리기 시작했다.

　며칠 후 공항 로비에서 시인은 서성이고 있었다. 그는 '문학을
사랑하는 독자들의 비밀결사' 요원들을 기다리는 중이었다. 그때
저쪽에서 한 남자가 그에게 손을 흔들며 걸어오는 게 보였다. 그
런데 남자는 비밀결사의 요원이라면 누구나 입을 법한 검은 양복
을 착용하지도 않았고, 시인이 잠시나마 상상했던 것처럼 험상궂
은 외모를 하고 있지도 않았다. 평범하기 그지없는 낡은 잠바에
면바지를 받쳐 입은 남자는 시인에게 다가오더니 반갑게 외쳤다.
"역시, 당신이라면 우리와 같이 행동해주리라 믿고 있었어요." 시
인의 손을 잡고 다짜고짜 흔들던 남자가 갑자기 시계를 봤다. "이
런, 어서 출발해야겠습니다. 시간이 그리 많지 않아요." 그러면서
그는 곧장 출국 수속대로 걸어갔다. "다른 일행은 없습니까?" 조
금 불안해진 시인이 뒤를 돌아보며 묻자, 남자는 빠르게 앞서 걸
으며 대답했다. "네, 실은 우리 둘이서만 가는 겁니다. 그건 당신
과 나, 둘만으로도 충분한 일이니까요."
　스톡홀름의 하늘은 맑고 차가웠다. 이곳까지 비행기를 타고 오

는 동안 그들은 거의 아무 말도 하지 않았다. 옆자리의 남자는 술을 약간 마셨고, 그런 다음엔 잠을 잤다. 시인도 잠깐씩 잠을 잤고, 중간에 깨어선 창밖의 구름을 내다보았다. 비행기 안에서 몇 마디 나눈 이야기에 의하면, 남자는 오래전 문학가를 지망했다. 그는 열심히 시를 썼지만 언제나 출판을 거절당했고, 공모전에 낼 경우엔 매년 심사평에서 '참 아까운 작품'으로만 소개되는 불운을 겪어왔다는 것이다. "시를 쓰기 시작한 지 꼭 십 년째 되던 날, 꿈을 접었습니다." 남자는 아무렇지도 않다는 듯 창밖을 보며 말했다. "그런데 그때 이 비밀결사를 알게 된 겁니다. 거기엔 나처럼 영원히 출판되지 않을 글을 쓰고 있는 사람들이 많았지요." 그러더니 남자는 가방에서 얇은 책 한 권을 꺼냈다. "이걸 받아주십시오." 시인은 그가 내민 책을 받아들었다. 그것은 오십 페이지가 조금 넘는 시집이었다. 표지는 엉성하고 인쇄 상태는 고르지 못했다. "이건……?" "네, 맞아요. 저의 시집입니다. 작년에 그동안 쓴 시들을 모아서 자비로 출판했어요. 그렇게 백오십 부를 찍었지만 아직까지 아무에게도 주지 않았지요. 하긴, 딱히 주고 싶은 사람도 없었지만 말입니다. 이제 당신에게 한 권을 드렸으니, 내 서가엔 149권의 시집이 남아 있다고 할 수 있겠네요." 말을 마친 남자는 웃었다. 그러나 시인이 뭔가를 더 물어보려고 하는 순간, 그는 잠든 척 눈을 감아버렸다.

스톡홀름 시내에서 좀 떨어진 한림원 건물 앞에 도착한 것은 어둑어둑해져가는 저녁 무렵이었다. 남자는 택시에서 내리자마자 마치 전에 와본 적 있는 사람처럼 성큼성큼 앞서 걸었다. 그들은 한림원 건물 뒤편으로 돌아 울창한 침엽수로 둘러싸인 정원으로 들어섰다. 겹겹이 드리워진 나무 그림자 가운데 커다란 화강암 하나가 희게 빛나고 있었다. 남자는 그쪽으로 걸어갔다. 그러더니 그 앞에 무릎을 꿇고 앉아 두 손으로 돌을 더듬기 시작하는 것 아닌가. 시인은 지금이라도 이런 말도 안 되는 바보짓에서 손을 떼야 한다는 생각과, 동시에 대체 이 남자가 뭘 하는 건지 알고 싶다는 이상한 호기심 사이에서 갈팡질팡하며 서 있었다. 그때 갑자기 남자가 외쳤다. "아, 찾았어요." 남자는 화강암의 어느 한구석에 손을 얹고 있었다. "이 아래, 그 비밀스런 장소로 들어가는 숨겨진 길이 있어요. 그리고 그곳으로 통하는 문을 여는 버튼은 이렇게 반드시 손으로 만져봐야만 알 수 있답니다. 눈을 감고 정신을 집중한 채 말이에요. 어떤 이는 이 돌 자체가 고정된 형태가 아니라고도 하더군요. 돌의 모양은 끊임없이 변하고, 그렇기에 비밀의 통로를 여는 버튼 역시 아무에게나 모습을 드러내는 건 아니라는 겁니다. 그리고 만약 그 말이 사실이라면, 오늘 우리는 정말 운이 좋은 셈이에요. 이렇게 단번에 통로를 열 수 있게 됐으니 말입니다!"

남자가 돌 위에 얹은 손에 힘을 주자 덜컹, 하는 소리와 함께 시인의 발밑 땅이 움직이며 서서히 열리기 시작했다. 열린 틈으론 땅속으로 향하는 어두운 통로가 보였다. 남자는 메고 있던 가방에서 등燈이 달린 광산용 헬멧을 꺼내더니 재빨리 자기 머리에 눌러 썼고, 그런 다음 먼저 통로로 들어섰다. 그가 저 아래 땅속에서 시인에게 어서 내려오라고 부르는 소리가 메아리처럼 들려왔다. "이 봐요, 내 헬멧은 없소?" 시인이 머뭇거리자 남자가 다시 한번 외쳤다. "미안해요. 짐을 최대한 줄이느라 그만 당신 것은 준비하지 못했어요. 하지만 괜찮습니다. 내가 앞에서 갈 테니 당신은 잘 따라오기만 하면 돼요." 결국 시인은 몸을 잔뜩 웅크린 채 어둡고 축축한 통로로 들어섰다. 머리 위쪽으로 서서히 문 닫히는 소리가 들려오더니, 주위엔 오직 암흑만이 가득해졌다. 저 앞에 가는 남자의 헬멧에서 나오는 노란 불빛만이 어떤 이정표처럼 시인의 앞길을 비춰주고 있었다. "이 통로는 초기 문학상 심사를 맡았던 18인의 종신 회원들이 만든 거라고 합니다. 어렵게 구한 한림원의 역사와 비밀을 다룬 책에서 우린 그걸 알게 되었죠. 그러니까 몇 년도였더라, 여하튼 초기에, 정말 자격이 있던 당대의 위대한 작가 대신 별로 좋지도 않은 작품을 쓰던 한 작가에게 완전히 문학 외적인 이유로 상이 수여되자, 그 결정에 심하게 분노한 한 무리의 독자들이 한림원에 난입한 사건이 있었거든요. 그들은 소리 높여 외치며 책임자와의 면담을 요구했습니다. 물론 그들에게 특별히 폭력적인 의도 같은 게 있었을 린 없어요. 아시다시피 책을 좋아하는 이들은 원래 그런 것과는 거리가 머니까요. 다만 그 독자들은 해명을 듣고 싶었던 것뿐입니다. 문학이, 문학이 아닌 것에 의해 모멸을 당하게 된 연유에 대해서 말입니다." 남자는 통로를 걸어가며 말했다. 어디로부턴가 찬바람이 불어오고 있었고 정체를 알 수 없는 작은 동물들(시인은 그것들이 쥐며느리나 땅강아지일 거라고 상상했다)이 발밑으로 빠르게 지나갔다. "그러나 18인의 노인들은 두려움에 빠져들었어요. 누구 하나 책임지고 앞으로 나가 경위를 설명하려 하지 않았죠. 그러자 독자들 중 누군가가 종신회원들이 모여 있는 방의 문을 쾅쾅, 두드렸던 겁니다. 그런데 마침 그날은 스웨덴 경찰청 창립기념일이던가, 뭐 그런 날이었고 그래서 비상 인력을 제외한 대부분의 경찰들이 시내 종합운동장에서 체육대회를 하고 있었기에, 신고를 한 지 꽤 오래됐음에도 불구하고 아무도 출동하지 않고 있었나봅니다. 결국 떨며 경찰을 기다리던 노인들 중 하나가 문 두드리는 소리에 놀라 쓰러졌고(다행히 옆에 있던 또다른 노인이 심장약을 꺼내 입에 넣어준 덕에 별일 없었지만 말이에요) 종신회원들이 있던 방은 아수라장이 되었던 것입니다. 다행히 그 순간, 화장실에 다녀오느라 잠깐 자릴 비웠던 경비원이 되돌아왔고 경광봉을 휘두르며 독자들을 모두 해산시켰습니다. 그렇게 사건은 마무리되었지만 그 일로 인하여 18인의 노인들은 앞으로 언제 또 이런 일이 발생할지 모른다는 공포에 떨게 되었고, 마침내 만약의 사태에 대비하여 언제든 몸을 피할 수 있는 비밀통로를 건설하기로 의견의 일치를 보았던 겁니다. 하지만 그후론 비슷한 일이 다시는 일어나지 않았습니다. 왜냐고요? 어느 날부턴가 그들 18인의 종신회원들이 신적인 존재로 군림하게 되었기 때문입니다. 그건 독자들이 문학에 대해 말할 권리를 상실하게 된 것과 정확히 같은 시기에 일어난 일이기도 하고요. 결국 통로는 무용지물이 되었고, 어느덧 시간이 흘러 초대 종신회원들이 모두 죽고 난 뒤로, 다른 회원들은 이런 비상통로가 존재한다는 사실조차 모르게 되고 말았던 겁니다." 그런 이야기들을 하며 앞서 걷던 남자가 갑작스레 멈추는 바람에 시인은 하마터면 남자의 등에 부딪칠 뻔했다. "다 왔습니다." 고개를 들어보니, 그들 앞엔 한림원의 문장紋章이 새겨진 거대한 녹슨 철문이 버티고 서 있었다.

육중한 철문은 끼익 소릴 내며 열렸다. 안쪽에 세워져 있는 가파른 철제 사다리를 기어오르자 머리 위로 둥근 문(마치 맨홀 뚜껑처럼 생긴)이 보였는데, 남자는 이게 바로 18인의 노인들이 제비뽑기를 하는 방의 바닥에 뚫린 출구라고 속삭였다. 사다리에 매달린 채 그 문을 밀어올리자 수십 년간 쌓인 먼지가 우수수 쏟아져내렸다. 문틈으로 보니, 그곳은 둥근 원탁이 한가운데 놓인 커다란 방이었다. 게다가 열여덟 개의 의자로 빙 둘러싸인 원탁 정중앙엔 정말로 유리로 된 항아리가 하나 놓여 있는 게 아닌가. "자, 아무도 없군요. 지금이 바로 기회예요. 올라오세요." 남자는 철문을 밀어올렸다. 그러고는 재빠른 몸놀림으로 뛰어오르더니 시인에게 손을 내밀었다. 시인은 그의 손을 잡고 힘겹게 방으로 올라섰다. "우리가 입수한 정보에 따르면, 앞으로 삼십 분 후 그들이 여기로 들어올 겁니다." 손목시계를 보며 남자가 말했다. 시인은 그의 말을 대충 흘려들으며 원탁 앞으로 다가갔다. 그것은 은은한 빛을 내는 대리석으로 만들어져 있었는데, 그 굳건한 형태는 마치 어느 누구에게도 귀기울이지 않고 오직 자신들의 뜻대로 제비뽑기를 하겠다는 18인의 노인들의 고집을 드러내는 것처럼 보였다. 원탁의 중앙에 놓인 항아리는 고대 그리스의 유물을 본떠 만들어진 듯했다. 판에게 강간당하는 님프들이 부조로 새겨져 있고, 포도덩굴이 그 위와 아래를 빙 둘러싸고 있는 고풍스러운 모양이었다. 그때 남자가 다가왔다. "서둘러야 합니다." 그는 항아리를 번쩍 들더니 그 안에 든 것을 원탁 위에 쏟았다. 거기서 우르르 쏟아진 것은, 정말로 딱지 모양으로 꼼꼼하게 접혀 있는 종이쪽지들이었다. 시인이 그중 하나를 펼쳐보니 '아도니스'라는 이름이 멋들어진 필기체로 적혀 있었다. "아도니스." 시인은 감탄 어린 목소리로 중얼거렸다. 그 역시 매년 노벨문학상 후보로 거론되는 시리아의 대시인 아니던가. 다른 종이를 펼쳐보려는 순간, 남자가 그것들을 모두 쓸어모아 가방에 쑤셔넣기 시작했다. "지금 이러고 있을 때가 아닙니다. 서둘러야 해요." 종이를 모두 가방에 넣은 남자는, 이번엔 다른 쪽 주머니에서 똑같이 접힌 또다른 제비뽑기용 쪽지들을 꺼냈다. "이제 이걸 여기 넣기만 하면 됩니다. 여기엔 모두 당신의 이름만 적혀 있으니, 우리의 테러는 멋지게 성공하는 거지요." 남자가 그 종이들을 항아리에 넣으려는 순간, 갑자기 밖에서 발걸음 소리가 들려왔다. 꽤 여럿이 한꺼번에 걸어오는 듯한 소리였다. "이럴 수가! 그들이 오고 있나봅니다. 아직 시간이 많이 남은 줄 알았는데. 어쨌든 여길 피해야 합니다. 자, 이리로 오세요." 남자가 시인의 손을 잡아끌었다. 그때 시인의 눈에 띈 건 남자가 미처 항아리에 넣지 못하고 원탁 위에 쏟아놓은 종이들이었다. "잠깐, 먼저 저걸 치워야 하지 않소?" 허둥지둥 그러모으며 뒤를 돌아보니, 남자는 이미 아까의 그 출구를 혼자서 빠져나가는 중이었다. "이봐, 혼자 도망치겠다는 거야?" 그러나 시인의 허무한 외침과 함께 순식간에 맨홀 뚜껑은 닫혔고, 결국 그는 혼자 덩그러니 원탁 앞에 남겨지고 말았다. 방안을 이리저리 둘러본 시인은 대충 긁어모은 종이들을 주머니에 쑤셔넣은 뒤 창가로 달려갔다. 거기엔 바닥까지 닿는 보라색 커튼이 길게 드리워져 있었는데, 그가 그 뒤로 몸을 숨기는 순간 곧바로 문이 열렸다.

쿵쿵 뛰는 심장을 억누르며 살며시 커튼을 젖히자 검은 옷을 걸친 18인의 종신회원들이 한 사람씩 천천히 걸어들어오는 게 보였다. 그들의 옷자락은 마치 중세의 수도사처럼 음울하고 길게 늘어져 바닥에 끌리고 있었고 검은 두건을 눌러쓴 탓에 얼굴은 하나도 보이지 않았다. 무엇보다도 18인의 노인들은 모두 말이 없었다.

그들이 들어오자 음울한 침묵이 방 전체를 가득 메웠다.

말없이 원탁에 둘러앉은 종신회원들을 보며, 시인은 독자들의 비밀결사(라는 진짜 존재하는 건지도 알 수 없는 의문의 단체)의 요원이라는 낯선 남자를 따라 여기까지 온 스스로를 책망했다. 아마 그 남자는 저 혼자 통로를 내달려 탈출한 뒤, 지금쯤은 이미 공항에서 비행기를 기다리고 있을지도 모를 일이다. 그리고 이제 자신은 '노벨문학상에 한 맺힌 미치광이 시인, 한림원에 무단침입하다'라는 타이틀과 함께 전 세계 신문에 대서특필될 일만 남은 것이다. 그런 생각을 하며 소리 없이 깊은 한숨을 내쉬던 시인은 자기도 모르게 헉! 하고 외칠 뻔했다. 잘못 본 게 아닌가 싶어 눈을 비비며 커튼 밖을 다시 한번 내다본 시인은 혹시 자신이 꿈을 꾸고 있는 건 아닌지 잠깐 동안 심사숙고했다. 그래, 이건 꿈일 거야. 그는 확언하듯 속으로 중얼거렸다. 꿈이 아니라면 지금 보고 있는 이 괴이한 광경을 설명하기란 아예 불가능했기 때문이다. 그렇다. 원탁에 둘러앉아 두건을 벗은 18인의 노인들은 모두, 토끼였다.

그들의 몸집은 사람만큼이나 컸다. 귀는 길고 눈은 빨갰으며 털가죽은 기분 나쁘리만치 새하얬다. 원탁에 빙 둘러앉은 토끼들은 아무 말도 하지 않았지만, 그건 당연한 일이었다. 시인이 알기로 원래 토끼들은 별다른 소릴 내지 않는 종족이니 말이다. 어쨌든 그 열여덟 마리의 노인들, 아니 토끼들은 마치 텔레파시라도 나누듯 서로를 바라보며 귀를 접었다 폈기도 하고 눈을 데굴데굴 굴리기도 했으며 코를 움찔대거나 실룩거리기도 했다. 그러더니 드디어 그중 한 마리가 자리에서 일어나 항아리 안쪽을 들여다보는 것 아닌가. 이제 끝장이라고, 시인은 생각했다. 곧 그 우두머리(로 추정되는) 토끼는 항아리가 텅 비어 있다는 걸 알아차릴 테고, 뭔가 이상하다는 걸 눈치챌 것이며, 결국 모두 일어서서 방안을 샅샅이 뒤진 끝에 커튼 뒤에 숨어 있는 낯선 이를 찾아낼 게 확실했다. 시인은 괴물처럼 거대한 흰토끼 열여덟 마리에게 둘러싸일 자기 자신을 상상했고, 그러자 서서히 얼굴이 창백해지기 시작했으며, 나중엔 숨쉬는 것조차 힘든 지경에 이르렀다. '다 끝났어.' 그는 속으로 중얼거리며 모든 걸 체념한 사람 특유의 멍한 표정으로 원탁을 응시했다.

그러나 우두머리 토끼는 항아리 안을 한참 동안 들여다보더니 그냥 자리에 앉았다. 다만 빨간 눈이 잠깐 커지는 듯싶더니 다시 작아졌을 뿐이었다. 잠시 후, 토끼들은 서로 항아리를 돌려가며 그 안을 들여다보고 다시 무언의 대화 비슷한 걸 나누기 시작했다. 마지막으로 아까의 그 우두머리 토끼가 좌중을 둘러보며 고개를 끄덕였다. 그런데 바로 그 순간 거대한 흰토끼들이 일제히 일어섰다. 그러고는 길고 털이 수북한 귀를 잘 접어 검은 두건 밑으로 밀어넣고는 고개를 푹 숙인 채 한 마리씩 밖으로 걸어나가는 것 아닌가.

그때 시인은 자신이 서 있는 바닥 한가운데가 들썩이더니 살짝 열리는 것을 보았다. "다들 나간 거 맞아요?" 그 틈으로 남자가 얼굴을 내밀고 묻고 있었다. "뭐요? 혼자 도망친 거 아니었소?" 그러나 그는 시인의 질문엔 대답도 않고 그저 눈짓만 한번 하더니, 열린 틈으로 손을 뻗어 헝겊 주머니 하나를 획 던지는 것이었다. "잠깐, 이게 뭐야?" 시인이 외쳤지만, 맨홀 뚜껑은 이미 닫힌 뒤였다. 결국 시인은 방에 아무도 없다는 걸 다시 한번 확인한 다음 후다닥 뛰어나가 헝겊 주머니를 집어들었다. 놀랍게도 주머니 안엔 토끼풀이 잔뜩 들어 있었다. 어찌나 꽉꽉 눌러 담았는지, 열자마자 한줌의 토끼풀이 바닥으로 우수수 떨어질 지경이었다. 주머니 입구엔 딱지 모양으로 접은 편지가 한 장 매달려 있었다. 시인은 그걸 펴서 빠르게 읽었다. "지금까지 당신을 속인 걸 용서해주십시오. 우리 비밀결사의 진짜 목적은 바로 저 사악한 토끼들의 암살이었습니다. 당신도 보았다시피, 18인의 노인들은 모두 토끼입니다. 물론 저들이 토끼라는 것은 한림원도 전혀 모르고 있는 사실이지만요. 왜냐하면 그들은 언제나 귀를 잘 접어서 뒤통수에 착 붙인 뒤 몸 전체를 덮는 긴소매 옷을 입고, 그것도 모자라 사람 모양의 얼굴 가죽까지 쓰고 다니니까요. 우리가 조사한 바에 따르면 저들은 외계에서 왔습니다. 어쩌면 이미 눈치챘을지도 모르지만, 밤하늘에 보이는 달이 바로 저들의 고향이지요. 그러니까, 그

동안 일은 이런 식으로 진행되어왔던 겁니다. 먼저 새로이 종신회원으로 선출된 학자나 문인이 아무것도 모른 채 한림원으로 옵니다. 위임장을 받아야 하니까요. 임명식장으로 들어가기 전 그들은 반드시 작은 방을 하나 거쳐야 하는데(거기서 새로운 종신회원은 옷을 갈아입습니다. 평소 착용하던 잠바와 바지 대신 권위와 위엄이 넘치는 검고 긴 옷으로 바꿔 입는 거지요) 그때 미리 숨어 있던 토끼가 그의 몸과 영혼을 차지해버리고 마는 것입니다. 일종의 신체 강탈자라고나 할까요. 아니, 영혼 강탈자라고 하는 편이 더 어울릴지도 모르겠군요. 여하튼 그렇게 한림원 회원으로 변신한 거대 토끼들이 그간 자기들의 정체를 철저히 감춘 채 지구의 문학계를 지배해왔던 겁니다."

그 일이 언제 처음 일어났는지는 확실치 않다고, 남자는 쪽지에서 말하고 있었다. 다만 독자들의 비밀결사가 알아낸 바에 의하면, 1969년 닐 암스트롱이 달에 착륙했을 때 성조기를 든 그 앞에 나타난 이들이 바로 저 거대 토끼들이었다는 것이다. 혼비백산한 암스트롱이 미친듯이 뛰어서 우주선 안으로 도망치려 하자 토끼들은 일제히 빙 둘러서서 앞길을 막았는데, 공포와 두려움으로 약간의 착란상태에 도달한 그에게 그 기묘한 외계 종족이 내민 것은 일종의 각서였다. 사실 토끼들이 암스트롱과 그의 동료 올드린에게 원한 건 단 하나였다. 바로 비밀을 지켜달라는 것. 그리고 그들의 영역을 침범하지 말아달라는 것. 암스트롱은 지체 없이 거기에 사인을 했고, 머뭇대는 올드린에겐 꽥 소리를 지르기까지 했다. "이봐, 어서 서명하지 않고 뭐해? 살아 돌아가고 싶지 않은 거야?" 그리하여 그들은 무사히 지구로 귀환할 수 있었고, 한동안 토끼들은 그런대로 편안히 달에서의 생을 이어갈 수 있게 되었다는 것이다. 그러나 원래 사람 만나기를 좋아하는데다 술 마시는 것도 즐기던 닐 암스트롱이 어느 깊은 밤 시끌벅적한 술집에서 옆에 동석한 미모의 아가씨에게 달에서 겪은 기이한 일을 털어놓기까진 그리 오랜 시간이 걸리지 않았다. 그리고 모든 독자들의 예상에 한 치의 어긋남도 없는 일이 벌어졌으니, 그녀는 바로 정보국의 미녀 첩보원이었고 이후 벌어진 사건들 역시 그런 유의 이야기들처럼 천편일률적이었던 것이다(예를 들자면, 달의 거대 생물체를 생포하기 위한 비밀작전, 거기에 파견된 특수부대 요원들의 맹활약, 토끼들의 반격과 영웅의 희생, 결국 붙잡혀서 줄줄이 끌려가는 토끼들 같은 것 말이다). 그러나 얘기는 여기서 끝난 게 아니었다. 거대 토끼들은 그때 완전히 멸종하지 않았으며, 살아남은 일부가 달세계의 지하로 숨어들어 훗날을 도모했기 때문이다. 생존자 토끼들은 일단 안전한 곳으로 피신해야 한다는 결론을 내렸고, 결국 등잔 밑이 어둡다는 속담에 기대어 적지인 지구로 숨어들기로 의견의 일치를 보았던 것이다.

"그리하여 어느 날 밤, 토끼들은 일제히 땅으로 내려왔습니다. 모두 정확히 열아홉 마리였죠." 남자는 계속해서 적어내려가고 있었다. "지구에 착륙한 그들은 바로 이곳, 스웨덴 한림원으로 조용히 스며들었던 것입니다. 토끼들은 복수를 꿈꾸고 있었습니다. 그들은, 인류가 달을 정복하고 그 아름다운 월면月面을 더럽힌 것에 보복하기 위하여 지구인의 정신세계를 지배하기로 했습니다. 오랜 토의와 면밀한 분석 끝에 그들은 지구인의 거의 대부분은 일명 '독자층'에 해당한다는 걸 알게 되었지요. 사실 그것은 토끼들에겐 일종의 충격으로 다가왔는데, 왜냐하면 달에선 대부분의 거주민들이 독자나 평자이기 이전에 창작자였기 때문입니다. 여하튼 토끼들은, 노벨문학상이라는 기이한 상을 수여하는(하긴, 토끼들에겐 특정한 예술작품을 골라 상을 준다는 사실 자체도 이해 불가능한 것이었지만 말입니다) 한림원이라는 기관의 존재를 알게 되었고, 그 상의 수상자를 결정하는 종신회원의 수가 열여덟 명이라는 사실까지 파악하게 되었던 것입니다. (덧붙이자면, 처음에 지구로 온 열아홉 마리 중 한림원 종신회원이 된 열여덟 마리 외에 남은 한 마리가 어디로 사라졌는지는 아직까지 아무도 알아내지 못했습니다.) 어쨌든 이후 일어난 일은 당신에게 알려드린 그대로입니다. 그들은 신체(혹은 영혼) 강탈자가 되어 18인의 노인들 행세를 했고, 지구의 독자들에겐 제비뽑기로 뽑은 책을 던져줌으로써 문학을 희화화하는 데 성공했습니다. 그러니 만약 '독자들의 비밀결사'가 그 엄청난 실상을 알아내지 못했더라면(용서해주십시오. 그걸 어떻게 알아냈는지 밝힐 수 없음을 말입니다) 앞으로도 수백 년간 그들은 그런 사악한 장난을 계속했겠지요. 그러나 우린 그것을 알아냈고, 기나긴 회의 끝에 놈들을 모두 제거하고 그 말도 안 되는 짓거리를 중단시키기로 결정했던 것입니다. 그리고 그 모든 걸 행동으로 옮기기 전에 가장 먼저 당신에게 장문의 편지를 썼던 거고요. 왜냐하면 우리에겐 당신 같은 위대한 시인(왜냐하면 이제 세상에 진정한 시인은 얼마 남지 않았으니까요)이야말로 일종의 수호신 같은 존재이기 때문입니다. 오래전 중세의 십자군이 동방으로 머나먼 여정을 떠나며 가슴에 성상을 품었듯, 우린 당신과 동행하고 싶었던 것입니다. 이해하시겠습니까, 우리들의 마음을? 물론 지금 이 글을 읽고 있을 당신의 심정을 모르는 바는 아닙니다. 당신은—관대하고 위대한 시인답게—저 토끼들이 불쌍하다고 생각하겠지요. 어쨌거나 결국은 삶의 터전을 잃고 이 머나먼 지구까지 쫓겨온 존재들이니까요. 하지만 어쩔 수 없습니다. 이대로 둔다면 언젠가 지구의 문학은 완전히 변모해버릴 테니까요. 아마도 사막처럼 황량해지겠지요. 그러니 부탁드립니다. 우리에게 협조해주십시오. 저 사악한 열여덟 마리의 토끼들을 제거할 수 있도록 도와달라, 이 말입니다." 그러니까 남자가 시인에게 던진 헝겊 주머니에 든 풀은 바로 암살에 쓰일 도구였다. 거기엔 치명적인 신경독이 발라져 있었고, 따라서 거대 토끼들이 그것을 단 한 줄기만이라도 씹는다면 곧장 그 자리에 쓰러져 죽게 될 것이었다. "그 토끼풀을 한 무더기씩 원탁에 놓아주십시오. 잠시 후 다시 돌아올 토끼들이 그걸 먹도록 말입니다. 그러면 당신은 문학의 구원자가 되어 역사에 길이 이름을 남기게 될 것입니다." 남자의 편지는 이렇게 끝나 있었다.

시인은 편지를 대충 구겨 주머니에 넣고 헝겊 주머니를 들여다봤다. 풀냄새가 코를 찔렀다. 이건 정말이지 어릴 때 맡았던 냄새와 똑같지 않은가. 시인은 혼자 중얼거렸다. 어린 시절 시인의 어머니는 매일 아침마다 강가 나루터에서 배를 타고 밭일을 나갔다. 시인이 학교에서 돌아오면 집은 언제나 텅 비어 있었다. 그렇지만 시인은 외롭지 않았다. 마당 너머 강둑에 서 있던 커다란 미루나무에 바람이 스치는 소릴 들으며 숙제를 했고, 그런 다음엔 마루에 누워 낮잠을 잤다. 어느 여름 오후 그렇게 깜빡 잠들었던 시인은 누군가가 자신의 볼을 만지는 것 같은 느낌에 퍼뜩 잠에서 깼다. 눈을 뜨니 거대한 하얀 토끼가 그를 내려다보고 있었다. 어찌나 가까이 있는지 토끼의 뻣뻣한 수염이 입술에 닿는 걸 느낄 수 있을 정도였다. 토끼의 숨에선 풀냄새가 났다. 토끼는 소년의 귀에 뭐라고 속삭였다. "네? 뭐라고요?" 그러나 소년이 화들짝 놀라며 눈을 떴을 때, 이미 토끼는 사라지고 없었다. 미루나무엔 여전히 바람이 스치고 있었고, 소년은 마당 너머에서 토끼의 하얀 귀가 얼핏 사라지는 걸 본 것 같다고도 느꼈었다. 그런데 지금 이곳, 머나먼 북구의 땅인 스톡홀름의 어느 비밀스러운 건물에서, 그는 까맣게 잊고 있던 그 꿈을 기억해낸 것이다. 게다가 신기하게도 그 여름 오후에 나타났던 커다란 흰토끼가 그에게 뭐라고 속삭였는지도, 시인은 한꺼번에 기억해냈다.

"넌 언젠가 시인이 될 거구나."

토끼는 그날 분명히 그렇게 말했다.

그때 누군가 뒤에서 그의 어깨를 잡았다. 돌아보니 어느새 남자가 뒤에 서 있었다. "서두르지 않고 뭐합니까?" 남자의 눈엔 핏발이 서 있었다. 약간 섬뜩함을 느낀 시인이 한 발 뒤로 물러섰다. "꼭 그래야만 하겠소? 그러니까 내 말은, 저 토끼들을 굳이 죽여야 할 필요가 있냐는 거요." 시인은 이 방에서 우르르 나가버린 토끼들을 생각했다. 어쩌면 그들과 대화를 할 수 있을지도 모른다. 잘 타일러서 그들을 고향인 달로 되돌려보내는 일도 불가능하지만은 않을 것이다. 그러나 남자는 단호했다. "아니, 이건 꼭 필요한 일입니다. 제가 말하지 않았습니까? 독자들의 비밀결사는 문학의 테러리즘을 원하고 있다고요." 그러더니 그는 헝겊 주머니에서 토끼풀을 한줌씩 꺼내 원탁에 늘어놓기 시작했다. 순간 시인은 남자가 놓아둔 풀을 움켜쥐고 사방에 던지기 시작했다. "그래도 이건 아니잖아. 생명은 소중한 거라고!" 그는 외쳤다. 하지만 시인은 곧 남자에게 밀려 힘없이 넘어졌다. "이봐, 당신이 대체 뭘 안다고 그러는 거지?" 남자는 시인의 옷깃을 쥐고 그의 눈을 똑바로 들여다보며 말했다. "우리 같은 평범한 독자들의 마음을, 알기나

하냐고! 우린 제대로 된 시를 읽고 싶을 뿐이야. 횡설수설 헛소리가 아닌 진짜 소설을 읽고 싶은 거고 말이야. 듣자 하니 아주 오래전 어느 시대엔 당대의 대시인인 단테의 『신곡』을 저잣거리의 생선 장수들까지 외워 불렀다더군. 그런데 지금은 어떻지? 당신 같은 사람들, 우리보다 자신들이 더 위에 있다고 착각하는 인간들, 혹은 우리에게 반드시 책에 대해 설명해줘야 한다고 믿는 족속들…… 당신들은 그런 식으로 우릴 무시하고 얕봤던 거야. 그래, 나도 알아. 여기서 떼죽음당할 열여덟 마리의 토끼들은 그저 희생양에 불과하다는 것을. 하지만 어쩔 수 없잖아. 때로 세상엔 혁명이 필요해. 그걸 테러라고 불러도 상관없어. 그리고 우린 지금 그것을 하려는 것뿐이야. 그러니 이제 좀 비켜주면 좋겠어. 토끼풀을 놓아두고 어서 여길 떠야 하니 말이야."

남자는 시인의 옷깃을 잡고 있던 손을 놓더니 다시 토끼풀을 한줌씩 늘어놓기 시작했다. 아마도 토끼들은 아무 생각 없이 그 풀을 먹을 것이고(토끼들이란 원래 본능적으로 토끼풀을 먹어치우는 존재 아니던가), 시인은 결국 토끼 학살자가 될 것이었다. 그는 힘이 풀려 부들부들 떨리는 다리로 겨우 일어선 뒤 비틀거리며 남자의 등뒤로 다가갔다. "안 돼! 아무리 그래도 이런 방법은 아니야. 뭔가 다른 수가 있을 거요. 우리 한번 얘기해봅시다." 그는 있는 힘을 다해 남자를 뒤에서 끌어안았다. 남자가 시인의 팔에서 풀려나오려고 몸부림을 치는 바람에 둘은 그대로 바닥에 넘어졌고, 엎치락뒤치락하며 몇 바퀴를 굴러갔다. 쿵, 하는 소리와 함께 그들이 부딪친 곳은 방으로 들어오는 육중한 철문이었다. 그리고 동시에 끼익, 하며 문이 열렸다. 놀란 그들의 눈에 보인 것은 희고 부드러운 털로 뒤덮인 두툼한 토끼의 발이었다. 그 발은 그들 앞에 가만히 멈춰 있었다.

잠시 후 그들은 열여덟 마리의 거대 토끼들에 의해 방구석으로 끌려갔다. 토끼들은 소란스러워 보였다. 여전히 아무 소리도 내지 않았지만, 긴 귀가 수시로 접혔다 펴지고 빨간 눈이 이리저리 흔들리는 걸로 보아 토끼들 역시 꽤나 놀랐다는 걸 알 수 있었다. 시인과 남자는 무릎을 꿇고 앉아 토끼들을 멍하니 바라보았다. 잠시 후, 그중 한 토끼가 앞으로 나서더니, 등에 메고 있던 검은 가방에서 뭔가를 꺼내 머리부터 뒤집어썼다. "헉!" 순간 시인은 자기도 모르게 외마디 비명을 질렀다. 방금 전까지 서 있던 토끼 대신 그 앞에 나타난 이는 바로 스웨덴 최고의 시인이자 한림원 회원인 요하네스 뵈르겐센이었기 때문이다. 뵈르겐센은, 아니 뵈르겐센 토끼는 시인에게 다가오더니 그의 손을 잡아 일으켜세우며 물었다. "당신은 누구입니까?" 시인이 황급히 주머니에서 명함을 꺼내 내밀자 뵈르겐센은 주의깊게 그것을 앞뒤로 살폈다. "호오, 당신도 시인이로군요. 그럼 옆에 계신 분은?" 뵈르겐센이 여전히 무릎을 꿇은 채 앉아 있는 남자에게로 고개를 돌렸다. 방금 전까지 살의에 불타던 남자는 어느새 저자세로 변해 있었는데, 아무래도 말로만 듣던 북유럽의 대시인을 직접 본 충격과 감동에서 헤어나지 못하고 있는 것 같았다. "저…… 저는 그저 독자일 뿐입니다." 남자가 머뭇거리며 대답하자 뵈르겐센이 그의 손을 꽉 잡았다. "독자! 아아, 나는 언제나 독자를 사랑해왔습니다. 잘 오셨소." 그런 다음 그들은 뵈르겐센의 안내에 따라 원탁으로 이동했고, 의자에 앉았다. 뵈르겐센, 아니 뵈르겐센 토끼는 자신의 시와 똑같은 관조적이고 차분하면서도 북구의 장중함이 서린 목소리로 이야기를 이어갔다. "놀라게 했다면 죄송합니다. 그래요, 당신들이 본 그대로입니다. 우린 토끼들이지요. 그런데 우리가 왜 여기로 왔는지, 당신들은 이미 알고 있더군요. 좀 아까 장문의 쪽지를 읽는 걸 봤으니까요." 시인은 흠칫 놀라 뵈르겐센을 바라봤다. "그럼 당신은 아까부터 우릴 지켜보고 있었단 말입니까?" 그러자 요하네스 뵈르겐센이 빙긋 웃었다. "그럼요, 우린 처음부터 모든 걸 알고 있었어요. 그리고 당신들을 기다리고 있기도 했고요. 어쨌든, 언젠가는 우리도 이 희극적인 놀음을 끝마쳐야 할 테니까요." 그러더니 뵈르겐센 토끼는 깊은 한숨을 내쉬었다. "사실 지구인의 거의 대부분을 차지하는 '독자층'을 골탕먹이려던 우리의 복수는 실패한 거나 마찬가지입니다. 그걸 우린 뒤늦게야 깨달았지요. 처음부터 우린 지구 문명의 특수성을 감안하지 못했습니다. 그냥 달세계와 비슷할 거라고 착각했던 거지요. 그래서 문학계만 접수하면 지구인의 정신세계를 지배할 수 있다고 오판했던 거고요. 그러나 우리가 문학을 휘두르든 말든, 인류는 별로 신경쓰지 않았습니다. 그냥 무관심했다고나 할까요. 그들은 우리가 매년 수상자를 발표할 때에만 잠깐씩 뉴스에 귀기울일 뿐이었습니다. 그러고는 그들 중 몇몇이 서점으로 향했고…… 그걸로 끝이었던 겁니다. 나중에야 우리는 정말로 지구인의 정신을 지배하려면 차라리 할리우드로 갔어야 했다는 걸 깨달았습니다. 하지만 이미 때는 늦고 말았지요. 아아, 그러고 보면 우리들의 지도자(그는 달에서 가장 존경받는 시인이었습니다. 처음부터 그 위대한 시인은 우리들의 계획에 반대했고—그는 그런 일이 옳지 않다고 말했습니다—혼자서 어디론가 뛰쳐나가버렸던 겁니다. 그래서 처음에 열아홉이었던 우리 일행은 이렇게 열여덟만 남게 된 거고요. 여하튼 떠도는 소문에 의하면, 그는 대륙 여기저기를 바람처럼 떠돌며, 미래의 시인이 될 아이들에게 영감을 불어넣어주는 보람된 일을 하고 있다고 하더군요)가 옳았습니다. 처음부터 그의 말을 들었어야 했지요. 여하튼 이제 우린 이 괴상한 복장을 벗어던지고 (그러면서 뵈르겐센은 종신회원의 상징인 검은 두건이 달린 길고 음울한 옷을 가리켰다) 지구를 떠날 생각입니다. 그리고…… 그래서 하는 말인데, 뒷일을 당신들에게 부탁해도 될까요? 그러니까 이 항아리 안에서 종이를 뽑아("아까 당신들이 텅 비워버린 걸 우리가 다시 채웠어요. 이번엔 정말 멋진 이름들로만 채웠으니, 아마 기대해도 될걸요?"라고 말하며 뵈르겐센 토끼는 눈을 찡긋했다) 올해의 수상자를 결정해달라는 거지요." 말을 마친 뵈르겐센은 시인에게 고대 그리스 유물처럼 생긴 그 항아리를 내밀었다.

망설이던 시인은 남자 쪽으로 항아리를 밀었다. "역시 이건 당신이 뽑는 게 나을 것 같소. 어차피 이곳으로 오자고 제안한 이도 그쪽이니 말이오." 그러나 남자는 손사래를 쳤다. "무슨 소립니까? 그건 당연히 위대한 시인인 당신의 몫이지요." 그렇게 둘이서 실랑이를 벌이는 사이, 저쪽에 서 있던 또다른 토끼 한 마리가 가방에서 꺼낸 뭔가를 얼굴에 뒤집어썼다. 그러자 그녀는, 아니 그 토끼는 뛰어난 미모와 감성 어린 문체로 유명한 소설가 엘리스 비요르크가 되었다. 그리고 그런 식으로 나머지 토끼들도 차례로 스웨덴 문학계의 거물들로 변해가는 것 아닌가. 어쨌든, 엘리스 비요르크가 앞으로 나서더니 높은 톤의 목소리로 외쳤다. "어서요. 시간이 없어요. 창밖을 보세요. 벌써부터 기자들이 우글거리고 있다고요. 올해의 노벨문학상이 누구에게 돌아갈지 알고 싶어서 말이에요. 게다가 우리는 다시 돌아가야 하잖아요."

마침내 시인은 항아리에 손을 집어넣었다. 그런 다음 종이들이 잘 섞이도록 휘저었다. 접힌 모서리의 매끄러운 느낌이 손끝을 타고 전해졌다. 그는 마치 어떤 영감을 받아들이기라도 하듯 그중 한 장을 움켜쥐었다. 그러다가 문득 생각난 듯 떨리는 목소리로 물었다. "혹시 그 사라진 토끼, 그러니까 아이들에게 영감을 준다는 그 위대한 시인이 어디 있는지 알 수 있을까요?" 그러자 뵈르겐센은 쓸쓸히 웃었다. "우리도 그의 행방은 모릅니다. 다만, 마지막으로 그를 본 사람의 말에 의하면, 안데스산맥 인근의 어느 마을에서 라마 털로 짠 담요를 두른 채 남미의 민요를 읊고 있었다고도 하는데…… 글쎄요, 운이 좋으면 언젠가 우리는 모두 다시 만나겠지요."

시인은 고개를 끄덕였다. 그러고는 손에 쥐고 있던 종이를 조심스럽게 건넸다. "여기 있습니다." 뵈르겐센은 그가 내민 딱지 모양의 쪽지를 받아 천천히 펼치더니, 뭐라 말할 수 없이 미묘한 표정을 지으며 창밖을 바라보는 것이었다.

그리고 계속되는 밤

그날 밤 참호 안에서, 그는 그녀를 처음 만났던 어느 여름 오후를 떠올렸음이 틀림없다. 혹은 그저 서서히 잠들었던 건지도 모르지만.

— 당신에게 영생을!

도시의 검은 하늘을 배경으로 거대한 전광판이 우뚝 서 있다. 현란하게 빛나며 명멸하는 글자들이 약속하는 것은, 영원한 삶이었다.

글자가 하나씩 사라진 허공에 활짝 웃는 여자의 얼굴이 떠올랐다. 한참을 웃던 여자는 문득 정색을 하고 똑바로 도시 전체를 내려다봤다. 그다음 다시 한 글자씩, 라이프사이언스사社의 광고가 전광판을 스쳐갔다.

―영원히 살고 싶습니까? 그렇다면 우리에게 오십시오.

광고의 마지막엔 언제나 '보건복지부 협찬'이라는 일곱 글자가
또렷하게 새겨졌다. 그렇다. 라이프사이언스는 정부의 엄청난 보
조금으로 사업을 해나가고 있었다. 일종의 민자사업인 셈이다.

"탈 거요, 안 탈 거요?"

기사가 신경질적으로 물었을 때에야, 나는 허겁지겁 승차했다.
광고판을 올려다보느라 버스가 도착한 줄도 모르고 있던 것이
다. 바짓단 안쪽에서 우웅, 하는 기계음이 요란하게 들렸다. 인공
관절의 모터가 작동하는 소리였다. 나는 당황했다. 분명 아침에
기계 상태를 점검했다. 미세하게 마모된 곳엔 윤활유를 발랐고,
암시장에서 구한 중고이긴 하지만 부품을 갈아끼우기도 했다. 아
내는 식탁의자에 앉아 그런 내 모습을 보고 있었다.

"그게 다 무슨 소용이에요?"

어눌하게 발음하는 그녀는, 이젠 말하는 것조차 힘들어 보였다.
턱관절을 교체한 지도 한참 됐으니 어찌 보면 당연한 상태였다.

"어쩔 수 없잖아. 할 수 있는 한 오래 써먹어야지."

나는 다시 한번 나사를 조이고, 시험가동까지 해본 후 일부러
긴바지를 입었다. 모터로 작동하는 인공관절을 보고 싶어하는 사
람은 아무도 없었다. 뭐랄까, 그건 구시대의 유물이나 마찬가지였
다. 인간이 원래는 노화하는 존재였다는 사실을 떠올리게 하는 일

종의 증거 같은 것. 그러니 한여름이라도 긴 옷으로 몸을 가리는 편이 나았다. 하지만 면접관은 소매가 긴 셔츠를 입은 나를 보자 얼굴부터 찡그렸다. 어떤 종류의 인간인지 다 알겠다는 듯, 경멸이 가득 담긴 표정이었다. 면접 지원자의 사회적 계급에 대한 편견이 일절 금지되어 있었기에, 그는 나와 눈이 마주치는 순간 서둘러 미소 지었다. 어떻게든 자신의 실수를 감추고 싶어한다는 것을 나는 알았다. 하긴 그로서는 그렇게라도 해야 할 것이다. 요즘엔 면접관 얼굴에서 근육의 미세한 움직임을 포착한 후 그것을 홍채에 내장된 카메라로 촬영하는 사람들도 있었다. 그들은 그렇게 녹화한 영상을 지역 인권위원회 차별방지분과에 증거물로 제출했다. 어쨌든 법적으론 어떤 종류의 차별도 금지되어 있으니, 신고가 들어오면 위원회에서도 무엇이든 조치를 취해야 했다. 물론 그렇다고 해서 증거 영상을 제출한 자들이 일자리를 얻게 되는 건 아니지만 말이다. 사실 나는 그들, 그러니까 나 같은 사람을 차별하는 이들을 이해하는 편이었다. 내가 면접관이라도 다 낡고 망가진 육체를 질질 끌고 다니는 사람보단 영생을 약속받은 이들을 뽑고 싶을 것이다.

하여튼, 내 목소리가 떨리기 시작한 건 그때부터였다. 가면 같은 면접관의 얼굴에 어렴풋이 경멸의 미소가 어리는 것을 본 그 순간 말이다.

질문은 극히 일상적인 것들이었지만 이미 평정을 잃고 만 나는 횡설수설했고, 결국 탈락했다. 결과가 발표된 건 아니었지만, 면접을 마치고 자리에서 일어설 때 난 그들이 서로 곁눈질하며 묘한 미소를 주고받는 것을 목격했다. 그리고 그쯤 되면 굳이 결과를 들어볼 필요조차 없다는 것도 잘 알고 있었다.

집에 돌아오니 아내는 자고 있었다. 깊이 잠들어 꿈까지 꾸고 있는 듯한 그녀의 숨소리엔 다 낡은 자동차 엔진에서나 날 법한 괴상한 잡음이 섞여 있었다. 기관지와 폐마저 갈 데까지 갔다는 증거였다. 서둘러 새것으로 교체하지 않으면, 혹은 적어도 암시장에서 밀거래되는 중고 장기로라도 바꾸지 않으면, 어느 순간 그녀의 허파는 숨쉬기를 멈출 테고 결국엔 '그녀'라는 생체 기계 역시 더이상 작동하지 않을 게 확실했다. 그리고 그런 식으로 하나의 덧없는 생도 끝나고 말 것이었다.

나는 아내가 깨지 않도록 조용히 욕실 문을 닫았다.

저 여자 없이 살아갈 수 있을까. 우리는 너무 긴 시간을 같이 지내왔고―그래, 거의 한 세기 반이 아니던가―그래서 둘 중 어느 쪽이 진정한 자기 자신인지조차도 헷갈릴 정도였다. 어쩌면 우리의 영혼은 서로 바뀌어버려, 내가 아내의 육체를 차지하고 아내의 영혼이 나의 육체를 뒤집어쓴 채 살아가고 있는 건지도 모른다. 때로 그녀의 눈동자를 들여다보고 있으면―그 또한 이미 초점을 잃은 지 오래된 낡아빠진 인공 수정체에 불과했지만―그런 의문에 사로잡히곤 했다. 그리고 그럴 때마다 아내 역시 똑같은 감정을 느낀다는 것도, 나는 알고 있었다. 어쨌든 중요한 것은, 지금 내가 그녀 없인 살아갈 수 없다는 사실이다.

면접 결과를 들려주면, 아내는 별거 아니라는 듯 웃을 게 분명하다. 그러고는 내 어깨에 손을 얹으며 말하겠지. 괜찮아요. 난 그냥 이대로가 좋아요. 그러나 나는 견딜 수 없었다. 모든 걸 체념한 그녀의 눈빛도, 그리고 아내 몸의 망가진 장기들을 새것으로 바꿔줄 수 없는 이 거지같은 상황도. 도대체 요즘 같은 세상에 제대로 된 새 장기를 구하지 못해 속절없이 죽어가는 인간이 존재한다는 게 말이 되는가 말이다.

쾅! 하는 소리에 깜짝 놀란 건 그 순간이었다. 정신을 차려보니 움켜쥔 주먹에서 피가 흘러내리고 있었다. 나는 충혈된 눈으로 깨진 거울을 노려봤다. 내 앞에 서 있는 한 남자. 여섯 개의 조각으로 갈라진 얼굴을 한 채 피부를 실룩이고 있는 한 노인. 아니, 노인인 듯 보이지만 사실은 젊은이라고 해도 좋을 만큼 팽팽하고 매끄러운 얼굴을 가진 그. 그러나 자세히 보면 각각의 유릿조각 속에 있는 얼굴들은 부자연스러우리만치 인공적이다. 그렇다. 아무리 부정하고 싶어도, 그는 결국 나 자신이다. 분노와 불안을 견디지 못해 거울에 주먹이나 날린 채 망연자실한 표정으로 스스로를 응시하는 한심한 인간. 싸구려 인공피부를 부착한 티가 너무 심하게 나는 바람에 대인기피증에 걸리고 만 별 볼 일 없는 남자. 그게 바로 나였다.

국경의 사막은 조용했다. 바로 얼마 전까지도 이곳에서 격렬한 전투가 벌어졌다는 사실이 믿기지 않을 정도로. 한 무리의 군인들이 걸어가고 있었지만, 위장복을 입은 탓에 눈에 잘 띄진 않았다. 그저 모래바람이 천천히 불어왔다가 다시 불어가는 것처럼 보일 뿐인 그들의 움직임은, 그러나 시간이 갈수록 점점 느려지고 있었다. 맨 앞의 소대장이 걸음을 멈춘 것은 그때였다. 그는 손을 들어 수신호를 했다. 군인들은 일제히 동작을 멈췄고, 허리춤에 달린 수통을 열어 물을 마셨다. 그들 중 일부는 손을 떨고 있었다.

오래전 처음으로 새 피부를 시술받았을 때의 일을, 나는 잊지 않고 있다. 그때 이미 '영원한 젊음'은 시대의 화두가 되어 있었고, 나 역시 거기서 자유로울 순 없었다. 시간의 흐름에 따라 생겨나는 주름은 더이상 지혜나 연륜의 상징이 아니었다. 피부 진피층의 석회화로 인해 생성된 그 깊고 어두운 고랑은 그저 빈곤과 무능력의 은유이거나 혹은 허술하고 태만한 자기관리의 직접적인 증거에 불과했다. 줄기세포를 분화시켜 새로운 인체 장기를 만들어내는 조직공학과 재생의학 산업이 호황을 누리기 시작한 것도 그즈음이었다. 그러니까, 쉽게 말하면 누구나 자신의 낡고 오래된 몸을 새롭고 싱싱하게 리셋하는 것이 가능해졌다는 뜻이다. 하지만 나는 버틸 수 있는 한 버텼다. 주름이 늘어나는 것을 막기 위해 어딜 가든 자외선차단제 바르는 걸 잊지 않았고, 저녁이면 노화를 늦춰준다는 항산화 비타민을 한 무더기씩 입안에 털어넣었다. 아무리 의료보험 혜택을 받을 수 있다고는 해도, 장기나 피부를 바꾸는 데엔 돈이 들었다. 그것도 엄청난 돈이. 그건 아무나 감당할 수 없을 정도의 큰 금액이었고, 따라서 언젠가부터 세상은 두 부류의 사람들로 나뉘기 시작했다. 팽팽하고 매끈한 피부와 맞춤형 재생 장기를 장착한 소수의 사람들과 늙고 쭈글쭈글한 얼굴에 구형 모터식 인공관절을 달고 다니는 그 나머지들.

하지만 쉰 살이 되던 해, 난 처음으로 피부 교체 시술에 대해 심각하게 고민하게 되었다. 그때 나는 꽤 큰 전자제품 회사의 서비스 기사로 일하고 있었는데, 어느 날 센터장이 내게 무심코 어떤 말을 했던 것이다. 아니, 어쩌면 일부러 던진 걸지도 모르겠다. 어쨌든, 너무 오래전의 일이라 잘 기억나진 않지만―생각해보라. 도대체 누가 백여 년 전의 일을 정확히 기억하겠는가―그날 아침 센터장은 나에게 미친듯이 욕을 퍼붓고 있었다. 다른 동료들은 모두 고개를 숙인 채 최대한 눈을 마주치지 않으려 했고, 그래선지 그는 온통 나에게만 분노를 쏟아냈다. 그는 내 눈앞에 실적표를 들이밀며 소리쳤다.

"박씨, 당신 성적이 제일 안 좋아. 자, 보라고."

제길, 그래서 어쩌라고. 나도 할 수 있는 데까진 했어.

이렇게 말하는 대신 최대한 공손하게 머리를 숙이며 손을 내밀었지만, 그는 실적표를 내 등뒤로 던져버렸다. 사실 센터장은 나보다 한참 어린 인간이었다. 차별금지법 때문에 타인의 정확한 나이를 알아내는 것은 불가능해진 지 오래였지만, 그의 부드럽고 팽팽한 피부를 보면 놈이 나보다 적어도 열 살 이상은 젊다는 걸 알 수 있었다. 물론 그렇다고 해서 그 젊음이 자연스러웠다는 건 아니다. 자세히 보면 센터장의 얼굴은 어딘지 모르게 인공적인 분위기를 풍겼다. 모공 하나 없이 반들반들한 표면이 그랬고, 세심하게 면도한 자국을 낸 턱은 기이하리만치 짙은 푸른색을 띠고 있었으니 말이다. 그리고 보면, 언젠가 동료인 김과 나는 이런 대화를 나눈 적도 있다. 그날 우린 '신도시'라고도 불리는 D구역(도심에서 멀리 떨어진 낡고 거대한 아파트 밀집 지구의 이름이 '신도시新都市'라는 건 그야말로 아이러니였다. 오래전 한때는 부촌이었다는 소문이 도는 그 황량한 거주 구역엔 더이상 일을 할 수 없는 병든 연금 수급자들이 모여 살고 있었다)에 가서 세탁기를 수리해주고 돌아오는 길이었는데, 그때 차 안에서 김이 말했던 것이다.

"센터장 얼굴, 가까이서 봤어?"

"아니, 왜?" 나는 발치에 아무렇게나 놓인 공구 가방을 옆으로 밀며 대답했다. 그러자 그는 마치 대단한 비밀이라도 알려주겠다는 듯 내 귀에 입을 가까이 한 채 속삭였다. "그 새끼, 인공피부잖아. 그런데 문제는 완전 싸구려라는 거지. 아마 어디서 모조품 따위 구해다가 처바른 걸 거야." 그때 내가 뭐라고 대답했던가. 아마 별말 하지 않았을 것이다. 솔직히 말하면 센터장의 처지 역시 우리와 별반 다르지 않다는 생각에 묘한 안도감을 느꼈던 것도 같다. 도자기처럼 매끄러우면서도 진짜 자연산처럼 보이도록 적당한 모공에 미세한 솜털까지 세공되어 있다는 최고급 인공피부의 가격은, 그야말로 상상을 초월했기 때문이다. 문득 나는 센터장의 나이가 궁금해졌다. 어쩌면 그는 내가 생각했던 것보다 수십 배는 더 오래 산 사람일지도 몰랐다. "이봐, 그 인간 몇 살인지 알아?" 순간, 김은 불안한 표정으로 사방을 둘러보더니 낮게 중얼거렸다. "센터장이 몇 살이나 먹었는지 난들 알겠어? 하여간, 그런 건 얘기를 꺼내는 것조차 금지돼 있으니 자네도 입조심하라고."

하긴, 그의 말이 옳았다. 나이에 관한 이야기를 꺼내는 건 금기 중에서도 가장 큰 금기였다. 인공피부와 새로 만든 맞춤형 장기로 거의 영생에 가까운 삶을 누리는 자들이 생겨난 이후론 그랬다.

어쨌거나 그날 아침 센터장이 내 눈앞에 들이민 실적표는 참담했다.

"여기 보라고. 모두 불만족이야. 도대체 서비스를 어떻게 하고 다니기에 이 모양이냔 말이야. 당신 때문에 우리 센터 전체에 대한 평가도 형편없이 떨어졌다는 거, 알아?" 나는 천천히 종이를 주워들었다. 도무지 뭐가 문제였던 건지 알 수 없었다. 난 최선을 다했고 비굴하리만치 친절하게 굴었다. 단 한 번도 경어를 빠뜨리지 않았고, 굳이 내가 하지 않아도 되는 잡일까지 해줬다. 그런데 대체 왜?

본사 콜센터에선 서비스를 마친 뒤 하루나 이틀쯤 지나면 어김없이 고객들에게 전화를 걸고는 기사에 대한 만족도를 물었다. 감동/만족/보통/불만 중 하나를 고르라는 콜센터 직원의 재촉에, 사람들은 그냥 별생각 없이 감동했다거나 만족했다거나 혹은 보통, 불만이라고 대답했다. 우리의 모든 행위는 언제나 그렇게 단 두 음절의 단어로 요약됐고, 그 외엔 어떤 이유나 설명, 이의도 부연될 수 없었던 것이다.

"정말 모르겠어, 박씨? 거울 좀 보라고. 도대체 어떤 사람이 다 늙어서 얼굴이 쭈글쭈글한 서비스 기사를 좋아하겠냐고, 응?" 센터장이 이런 말을 중얼거리며 내 옆을 지나간 건, 바로 그때였다. 대부분의 항목에 '불만'이라는 붉은색 도장이 찍힌 실적표를 멍하니 들여다보고 있을 때 말이다.

나는 그가 회의실 문을 소리 나게 닫고 사라질 때까지 가만히 서 있었다. "지금 자네한테 늙었다고 한 거 맞지? 저 새끼, 48조 위반인 거 모르나? 박씨, 그러지 말고 위원회에 신고해. 지금 당장이라도 말이야. 저런 놈은 본때를 보여줘야 한다니까." 그때까지 아무 말도 없던 김이 그제야 닫힌 문에 대고 외쳤지만, 이미 내겐 아무 소리도 들리지 않았다.

48조는 개정된 차별금지법의 핵심 조항이었다. "어떤 이유로도 타인에게 그의 생물학적 나이에 관해 언급해서는 안 된다"라는 이 조항을 골자로 하는 차별금지법이, 사실은 점점 더 영생에 가까워져가고 있는 극소수의 인간들을 위해 만들어졌다는 걸 모르는 사람은 없었다. 그 법에 따르면 누군가가 타인에 대하여 어떤 판단을 내려야 할 때 근거로 삼을 수 있는 것은 오직 육안으로 관찰할 수 있는 상대의 외적 상태뿐이었다. 그리고 영생을 얻은 자들이 인공피부와 새로 바꾼 맞춤형 장기들 덕분에 점점 더 젊어지고 있을 때, 나 같은 인간, 그러니까 암시장용 싸구려 피부도 구할 수 없는 자들은 점점 더 늙어가기만 했던 것이다.

그날 저녁 김과 함께 술을 마시고 나서, 나는 뒷골목의 어느 병원을 찾았다. 약도를 준 사람은 김이었다. 술에 취한 그는 사실은 자기도 인공피부를 시술받았다고 털어놨다. 그가 밝힌 나이는 내 짐작보다 훨씬 많았다. 깜짝 놀라는 나를 보며 김이 피식 웃었다. "몰랐어? 난 또, 아는데도 모른 척해주는 줄 알았지." 그는 완전히 타버린 곱창을 뒤집고는, 내 쪽으로 얼굴을 내밀었다. "자, 보라고. 그나마 이걸 한 뒤론 나도 실적표가 많이 나아졌어. 아무래도 보기가 좋잖아. 그리고 보면 센터장 말도 어느 정도 일리는 있어. 이렇게라도 안 했으면 나도 지금쯤 D구역 신세를 면치 못했을 테니까."

D구역. 그 말에 난 멈칫했다. 그 단어는 무덤이나 요양원과 동격이었다. 아니 어쩌면 그보다 더할지도 모른다. 언젠가 가본 D구역의 유령 같은 회색 아파트를 떠올리며 나는 다시 한번 몸을 떨었다. 더이상 일자리를 구할 수 없는 사람들이 쥐꼬리 같은 연금으로 연명하며 살아가고 있다는 그곳. 반쯤은 비어 있는 건물들 사이로 지나다니는 희뿌연 형태의 인간들이 삶과 죽음 중 어느 쪽에 더 가까운지 가늠한다는 것은 거의 불가능했다. 내 창백한 얼굴을 보며 김은 잔에 남은 술을 들이켰다. 그러더니 주머니에서 수첩을 꺼내 뭔가를 쓱쓱 그리고는 북 찢는 것이었다. "자, 여길 가봐. 알 만한 사람은 다 아는 데야. 의사는, 믿어도 좋아. 파산한 뒤로 중고품 밀매에 손을 대서 그렇지, 원래는 엄청 잘나가는 작자였다더라고." 내가 일어설 때도 여전히 곱창을 뒤집고 있던 그는 내 뒤에 대고 이렇게 외쳤다. "참, 너무 기대하지는 마. 싼 게 비지떡이라잖아. 뭐, 그렇다고 못 볼 꼴로 만들어놓진 않을 테지만 말이야."

가격 흥정은 오래 걸렸지만, 시술은 의외로 빨리 끝났다. 의사는 가운 주머니에 손을 넣은 채 말했다. "마취가 풀리면 약간의 통증이 느껴질 거요. 그땐 이 알약을 복용하면 되고…… 아마 바뀐 모습에 적응이 좀 힘들 텐데, 시간이 지나면 차차 나아지겠지." 병원 문을 열고 나와서 나는 곧장 화장실로 향했다. 한참을 망설이다 거울에 내 얼굴을 비춰봤다. 얇은 고무를 한 겹 덧씌워놓은 것 같은 기이한 인간이 지저분한 유리 너머에서 이쪽을 보고 있었다. 결국 난 토하고 말았다. 찌르는 듯한 통증이 내 안을 가로질렀다.

아내는 내 얼굴을 보고 한동안 가만히 있었다.

그렇지만 곧 아무렇지도 않은 말투로 물었다. "저녁은요?" 그날 밤 그녀는 내 얼굴을 만졌다. 그러나 아직 아물지 않은 상처와 제대로 재생되지 않은 신경망 때문에 아무런 감각도 느끼지 못했다.

센터장은 바뀐 내 모습을 마음에 들어했다. 그건 아마 고객들도 마찬가지였던 것 같은데, '불만'보다는 '만족'이 조금씩 더 많아졌던 걸 보면 확실히 그렇다. 하지만 아내와 나는 점점 더 괴기스러운 관계로 변해갔다. "당신도 여기 가봐. 이 정도는 이제 지불할 수 있거든." 내가 자신만만하게 말하며 병원의 약도를 내밀었을 때 그녀는 고개를 저었다. "난 이대로가 좋아요." 아내는 피부를 바꾸지 않겠다고 버텼다. 오랜 후엔 어쩔 수 없이, 그야말로 좀더 살기 위해 낡은 관절과 생명 유지에 필수적인 장기 몇 개를 교체했지만, 이상하게도 그녀는 끝까지 검버섯이 잔뜩 피고 쭈글쭈글해진 자신의 피부를 고집했다. 결국 어느 날부턴가 나와 아내는 아들과 어머니 같은 모습을 띠기 시작했다. 주름진 얼굴에 서서히 등이 굽어가는 여인과 부자연스러우리만치 매끄러운 인공피부의 남자. 그게 우리였다.

김과는 그후로도 꽤 오랫동안 함께 일했다. 시간이 흐를수록 그의 얼굴은 심하게 허물어져내렸는데, 그건 보통 중고품으로 이식한 피부가 면역거부반응을 일으킬 때 나타나는 증세였다. 김은 아침마다 거울을 보며 껍질처럼 켜켜이 일어나는 피부 조각들을 뜯어냈다. "아무래도 D구역으로 가야 할까봐." 그는 떨어져나간 피부가 눈에 띄지 않도록 재생크림을 잔뜩 바르며 말했지만, 다음날 갑자기 출근하지 않았다. 사인死因은, 폐기능 정지라고 했다. "바보 같은 놈." 센터장은 혀를 찼다. "겉으로 보이는 껍데기에만 신경썼지, 속은 곯아 있었다는군. 그 오래된 폐로 지금까지 버텼다는 거야."

하지만 그런 말을 한 센터장도 나중엔 대뇌의 전반적인 기능 부전으로 더이상 일을 할 수 없게 되고 말았다. 그게 언제였더라. 잘 기억나진 않지만, 여하튼 그렇게 됐다. 그런데 그는 더 기괴한 선택을 했다. 시 외곽에 있는 폐기물처리장 굴뚝에 기어올라가서 뭐라고 외치며 내려오지 않았으니 말이다. 나는 몇몇 동료와 함께 센터장을 보러 갔다. 텅 빈 광장엔 거대한 굴뚝만 덩그러니 솟아 있었는데, 아무리 눈을 가늘게 뜨고 올려다봐도 까마득하게 높은 어딘가에 있을 센터장은 보이지 않았다. 그가 무슨 말을 외치는지도 당연히 들리지 않았다. 본사에선 아무도 오지 않았다. 하긴, 그들이 모습을 드러낼 필요는 원래부터 없었다. 어차피 우린 모두 용역회사 소속이었기 때문이다.

어쨌거나 한참 후 센터장은 제 발로 굴뚝에서 내려왔다. 그러고
는 회의실로 돌아와 얌전히 짐을 챙겼다. 한 세기를 넘겨 일했을지
도 모르는 그의 짐은, 의외로 간단했다. 작은 마분지 상자 하나에
다 들어갈 정도였으니 말이다. 센터장은 그 상자를 옆구리에 낀 채
우리를 둘러봤다. 이제 어떡할 생각이냐고 물었더니 고개만 저을
뿐 대답은 하지 않았다. 글쎄…… 모르겠다. 그 또한 결국 D구역
으로 갔는지는. 그러고 보니 언젠가 마지막으로 그곳에 출장을 나
갔을 때, 회색의 휑뎅그렁한 건물 사이로 스르륵 지나가던 한 사
람이 센터장의 얼굴을 하고 있었던 것 같기도 하다. 잠깐, 그런데
얘길 하면서 생각해보니, 어쩌면 센터장이 굴뚝에 올라간 게 먼저
고 그다음에 김이 죽었던 걸지도 모른다. 아니, 솔직히 말하면 내
가 말한 것들은 모두 실제로 일어난 일이 아닐 수도 있다. 거의 두
세기를 살고 나니, 이젠 모든 일이 거짓처럼 느껴진다. 혹은 그 반
대이거나.

지상군을 투입하기로 한 건 말도 안 되는 결정이었다. 그것도 이런 사
막 한가운데에 말이다. 무엇보다도 국경이란 원래 유동적인 것이었다.
그것은 오늘은 여기에, 내일은 또 저기에, 그리고 또 언젠가는 더 멀거나
가까운 어딘가에 만들어지기 마련이었다. 그러니까, '적'들이 모습을 드
러내는 곳이 곧 국경이었다. 따라서 때로 국경은 도시의 가장 안쪽에 형
성되기도 했다. 물론 그럴 땐 아무도 그걸 알아차리지 못했지만.

적의 정체에 대해서는 말들이 많았다.

지금은 지도에도 표시되어 있지 않은 어느 오래된 대륙이 그들의 고향이었는데, 그들이 그 땅을 떠난 이유에 대해서도 여러 종류의 이야기가 존재했다. 그들은, 내전이나 기근을 피해 떠난 이들이기도 했고 또 한편으론 그저 자기가 살고 있던 곳이 싫어져서 무작정 출발한 자들이기도 했다. 중요한 건, 어떤 버전의 스토리에서나 그들이 결국 떠돌아다니는 존재로 전락하고 만다는 사실이다.

정착할 수도, 다시 돌아갈 수도 없게 된 그들은 서서히 약탈자로 변해갔다. 적어도 사람들 사이에 전해지는 이야기에 의하면 그랬다. 물론, 그 자들이 빼앗아간 게 무엇인지는 아직까지 정확히 알려진 바가 없다. 그저 소문만 무성할 뿐이었으니 말이다.

어쨌든, 마침내 사람들은 그들을 두려워하게 됐다. 혹은 두려워하기로 결정했다. 왜냐하면 국경의 안쪽에 살기 위해 반드시 필요한 덕목 중의 하나가 바로 그것, 즉 두려움이었기 때문이다.

결국 전쟁은 피할 수 없는 것이 됐고, 국경엔 긴장이 감돌았다.

"더는 가망이 없습니다. 길어봤자 육 개월이죠."

아내를 부축하여 병원에 갔을 때, 의사는 말했다. "이 정도면 사실 쓸 만큼 쓴 겁니다. 그 이상은 버티기 힘들어요." 그는 이렇게도 덧붙였다.

"그럼, 어떻게 해야 합니까?" 떨리는 목소리로 묻자, 의사는 고개를 저었다. "잘 알지 않습니까? 최대한 빠른 시일 내에 새 장기로 교체하는 수밖에 없다는 걸." 그러더니 그는 책상 위 파일에서 종이 한 장을 꺼내 빠르게 서명했다. "라이프사이언스에 의료보험을 신청하려면 반드시 첨부해야 할 소견서입니다. 장기의 노후 정도를 설명하고 교체 필요성이 어느 레벨에 해당하는지 확정하는 거지요. 어디 보자, 아내분은…… 좋습니다, 레벨5로 해드리겠습니다. 사실 꽤 높게 잡아드렸다는 걸 알아주셔야 합니다. 그나마도 사정이 딱해서 이렇게 해드리는 거니, 딴 데다 얘기하진 마시고요."

라이프사이언스의 직원들은 친절했다. 아니, 그 거대한 건물자체가 친절했다고도 할 수 있다. 입구엔 진짜 총으로 무장한 두명의 보안요원이 있었지만 들어가는 사람을 특별히 제지하진 않았다. 오히려 그들은 우리가 회전문을 쉽게 통과할 수 있도록 돕기까지 했다. "조심해서 올라가십시오. 상담실은 십오층에 있으니, 거기서 내리면 됩니다." 15라는 숫자가 반짝이며 엘리베이터 문이 열리자 어디선가 향긋한 냄새가 풍겨왔다. 은은한 조명으로 밝혀진 복도엔 푹신한 카펫이 깔려 있었다. 잠깐 기다리자 저쪽에서 누군가가 걸어왔다. 말끔하게 머리를 빗어 넘긴 젊은 남자였다.

그는 우리를 안쪽의 상담실로 안내했다. "차라도 한잔하시겠습니까?" 나는 괜찮다고 했지만, 그는 굳이 녹차 두 잔을 가져왔다.

내 긴바지와 긴소매 윗옷을 훑어볼 때 얼핏 그의 표정이 변하는 듯도 싶었지만, 그건 내 망상이었는지도 모른다. 한물간 구형 모터식 인공관절을 장착하고 있다는 데서 기인하는 일종의 콤플렉스 같은 것. 사실 그는 시종일관 부드러운 미소를 잃지 않은 채 끝까지 내 말을 경청했다. 그런 그의 태도가 어찌나 진지했던지, 의사가 써준 소견서를 건넬 즈음엔 지금 당장이라도 아내의 폐와 기관지를 새걸로 교체할 수 있으리란 말도 안 되는 희망에 사로잡힐 정도였다. 남자는 차분한 태도로 서류를 읽었다. 미간을 찌푸리지도 않았고 입가가 굳어지지도 않았다. 그야말로 완벽하게 친절한 직원의 전형이었던 셈인데, 그래서인지 신청서를 거절하는 순간까지도 그는 부드럽기 그지없었다. 서류를 살펴본 남자는 처음과 조금도 다르지 않은 목소리로 말했다.

"안타깝지만, 이 정도로는 보험금 전액 보조가 불가능합니다. 잘 아시겠지만, 보조금을 필요로 하는 사람들은 기하급수적으로 증가하고 있습니다. 그러나 관련 예산은 수십 년째 동결 상태죠. 글쎄요, 전쟁 때문이라고도 하는데, 자세한 사정은 일개 기업인 우리가 알 바 아니니까요. 여하튼, 중요한 건 아내분보다 훨씬 위중한 사람들, 그러니까 몸의 거의 대부분을 바꿔야 할 정도의 중증 질환자들도 전액 보조 같은 건 꿈도 못 꾼다는 사실입니다. 그리고 혹시 잊고 계신 것 같아 알려드리는데, 여기 국세청 통합 자료를 보십시오. 당신은 현재 집을 갖고 있어요. 즉, 전액 보조는커

넝 반액 보조를 받아야 할 만큼도 빈곤하지 않다는 뜻입니다."

나는 이 친절한 남자 앞에서 무슨 말을 해야 할지 몰라 머뭇거렸다.

"그건 다 쓰러져가는 낡은 공동주택이야. D구역의 유령 건물보다 별로 나을 것도 없다고." 어쩌면 이렇게 말했어야 하는지도 모른다. 아니면 "제길, 아내는 이제 육 개월밖에 살지 못해. 그전에 장기를 최대한 빨리 교체해야 한다고!"라고 외치며 그 깔끔한 남자의 멱살이라도 잡아야 했던 걸지도 모르고 말이다. 하지만 나는 그저 가만히 앉아 있었다. 차라리 그가 피식 웃었더라면? 그러면서 "이봐, 당신. 싸구려 인공피부에 구형 관절을 달고 있지? 아까 엘리베이터에서 내릴 때부터 알아봤거든. 그런데 과연 당신 같은 사람이 그 엄청난 비용을 감당할 수 있을까? 난 불가능하다고 봐. 그러니 돌아가라고. 가서 조용히 눈감을 날이나 기다리라니까"라고 말했더라면, 그럼 나는 적어도 그를 한 대 치기라도 했을 것이다. 그러나 남자는 끝까지 친절했다. 그는 재빨리 일어서서 내가 아내를 부축하는 것을 도왔고 엘리베이터 버튼도 대신 눌러줬다. "그럼 안녕히 가십시오. 만약 시술비가 준비되면 언제든 전화하시고요. 그땐 누구보다도 먼저 교체받을 수 있도록 최대한 편의를 봐드릴 테니까요." 문이 닫히기 전 한번 더 뒤를 돌아보니, 남자는 이미 복도 저쪽으로 빠르게 걸어가고 있었다.

모래바람이 불어올 때마다 그 희뿌연 공간에선 적들이 출몰했다.

아무도 그들을 보지 못했지만 그렇다고 해서 그들이 존재하지 않는 것은 아니었다. 마치 유령처럼, 살아 있지만 살아 있지 않은 자들처럼, 그들은 소리 없이 움직였다.

매일 수십 대의 전투기가 국경을 넘어가 그들의 근거지를 폭격했다. 하지만 과연 그렇게 하여 스러져간 것은 무엇일까. 아침마다 공중으로 날아오르며, 조종사들은 스스로에게 그런 질문을 던졌다. 이제 전쟁은 장기전으로 치닫는 듯했다. 그럴 수밖에 없는 것이, 적은 꼭꼭 숨어 있었고 하늘에서 내려다보면 광대한 사막 어디에서도 눈에 띄지 않았기 때문이다.

"적들은 게릴라전술을 펼치고 있습니다. 우리가 놈들을 발견하지 못하는 건 바로 그런 이유 때문이지요." 사령관이 말했을 때 각료들은 모두 고개를 끄덕였다. "지상군의 투입이 필요합니다. 죽음을 두려워하지 않는 자들이어야겠지요. 가장 끔찍한 전투가 기다리고 있으니까요." 이번에도 역시 모두가 동의했다. 끝없이 계속될 지상전은 그렇게 시작됐다.

"걱정 마, 어떻게든 방법이 있을 테니."

돌아오는 버스 안에서 내가 말하자, 아내는 고개를 저었다. 차창 밖으로 보이는 거대한 전광판엔 전쟁에 관한 소식이 한창이었다. 편대를 이루어 비행하던 수십 대의 전투기가 적들의 근거지에 폭격을 쏟아붓자 불꽃놀이 같은 화염이 하늘을 향해 치솟았다.

"개새끼들." 나는 누구에게랄 것도 없이 중얼거렸다. 국경에서 툭하면 나타나 약탈을 일삼는다는 놈들 때문에 세상은 언제나 불황에서 벗어나지 못했다. 밤마다 보는 텔레비전 뉴스에서 아나운서와 고색창연한 의상을 갖춰 입은 전문가들은 그렇게 말했다. 그 사악한 약탈자들만 사라져준다면 모든 것이 완벽하게 정상적으로 돌아갈 거라고 또한 그들은 말하곤 했다.

하지만 적들은 과연 언제 사라질 것인가. 벌써 두 세기가 넘도록 계속되고 있는 전쟁이었다. 내가 태어났을 때 세상은 이미 전쟁중이었는데, 그게 정확히 언제부터 시작된 건지 아는 사람은 아무도 없었다. 하긴 적이 누구인지 무엇을 약탈하는지 신경쓰는 이 역시 아무도 없었다. 그러니까 그 거지같은 전쟁은 언제나 현재진행형이고 우린 그저 여기서 제 할 일만 하면 되는 것이다.

전광판에선 여전히 전쟁에 관한 얘기가 흘러나오고 있었다. 곧 지상군이 투입될 거라는 뉴스가 나오고 이어서 화려하게 빛나는 글자들이 검은 하늘을 배경으로 천천히 흘러갔다. —국가는 당신의 자원입대를 환영합니다.

"면접, 어떻게 됐어?"

경비실 문을 열자, 의자에 쭈그리고 앉아 컵라면을 먹고 있던 윤이 물었다. 내가 고개를 젓자 그는 한숨을 쉬었다. 라이프사이언스에 지불할 돈을 구하기 위해 투잡을 뛰려고 한다는 걸 윤은 알고 있었다. 그래서 면접을 보러 가는 나 대신 교대근무를 서준 것이다. 라면을 마저 먹는 윤의 목에서 귀에 거슬리는 꾸르륵 소리가 들린다. "식도가 오늘내일해." 처음 출근한 날, 아파트를 한 바퀴 돌며 윤은 자기 얘길 간단히 들려줬다. "뭐, 그렇다고 다른 덴다 쌩쌩한 것도 아니지만 말이야. 흐흐." 그는 자기가 한 말이 꽤 재미있다고 생각했는지 혼자 웃었다. "결국 우린 D구역에서 다 만나게 될 거야. 아무리 발버둥쳐봤자 소용없다니까. 차라리 그전에 죽어버리면 모를까." 그는 이렇게도 말했는데, 그러면서도 부지런히 길에 떨어진 자잘한 쓰레기들을 집게로 주워 담고 있었다.

"그런데 박씨, 그거 알아?"

라면을 다 먹은 윤이 보온병에서 커피를 따르며 말했다. 그는 종이컵에 든 커피를 나에게 주고, 자기는 병째 마셨다. "자원입대 공고가 떴어. 자네가 관심 있을 것 같아 스크랩해놨지." 윤은 모니터 화면을 가리켰다. "나도 여기나 지원하려고. 제기랄, 어차피 죽거나 아니면 살아 돌아오거나, 둘 중 하나일 테니까."

거기엔 전광판에서 본 것과 똑같은 글자들이 떠 있었다.

―국가는 당신의 자원입대를 환영합니다.

"그래서 뭐? 누가 우리 같은 사람들을 받아주기나 한대?"

그러자 윤이 웃었다. 그는 왠지 기분이 좋아 보였고, 어딘지 모르게 들떠 있는 듯도 했다. "그러니까, 내 말이. 거기 말고 그 아래, 공고문 좀 자세히 읽어보라니까." 그렇게 말하면서는 내 어깨를 툭툭 치기까지 했다.

'자연인 우대'

나는 모니터 앞으로 바짝 다가섰다. 한 대뿐인 컴퓨터 앞에 앉아 있던 윤을 밀어내며 얼른 주머니에서 안경을 꺼냈다. "뭐야? 아직도 안경을 쓰는 거야?" 얼마 전 뒷골목 암시장에서 중고 각막을 구해 교체 시술을 받은 윤이 혀를 쯧쯧 찼지만 들은 척도 하지 않았다. 내 눈엔 오직 '자연인 우대'라는 다섯 글자만이 들어올 뿐이었다.

48조가 발효된 이후, 인간의 나이를 나타내거나 암시하는 표현을 쓰는 것이 엄격히 금지됐는데, 그 대표적인 게 '노인'이나 '젊은이' 같은 단어들이었다. 그런데 나도 우연히 알게 된 거지만, 아주 오래전엔 사람들이 아무렇지도 않게 그런 말을 썼던 것 같다. 어쩌다 본 옛날식 종이책엔 듣기에도 껄끄러운 그 단어들이 한 페이지에 열 개도 넘게 인쇄되어 있었으니 말이다. 그러고 보면 예전에, 아직 서비스 센터에서 잘리기 전, 나는 간혹 도서관이란 델 갔다. 더럽게도 재미없는 책들뿐이었지만, 어쩌다 남는 시간을 죽이기엔 딱 좋은 곳이었기 때문이다. 무엇보다도 그런 걸 보다보면, 그러니까 빛바랜 종이 위에 검은 잉크로 찍힌 글자들이 한 줄씩 늘어서 있는 광경을 보다보면, 수면제 없이도 절로 잠들 수 있다는 점이 좋았다. 그럴 때마다 김은 나를 놀려댔다. 그는 공구 가방을 발치에 놓고 꾸벅꾸벅 졸다가 깜짝 놀라며 눈을 뜨고는, "뭐야, 또 종이로 된 책을 보는 거야? 잠깐, 제목 좀 보자고"라면서 내가 들고 있던 책을 빼앗곤 했다. "노인과 바다? 거참 뻔뻔하네. 어떻게 책 제목에 저런 말을 쓸 수가 있지?" 하긴 나도 그게 의문이긴 했다. 노인과 바다, 라니.

차별금지법이 선포된 뒤 나 같은 사람들을 부르는 새로운 단어가 생겨났다. 자발적이든 비자발적이든 장기를 교체하지 않아 점점 온몸이 낡아가며 구형 인공관절에선 삐걱대는 소리가 들리는, 게다가 피부 역시 하도 오래되어 쭈글쭈글해진 사람들을 칭하는 단어. 그것이 바로 '자연인'이었다. 어원은 당연히 모르지만, 듣기론 오래전 전문가들이 우리 같은 이들을 '정치적으로 올바르게' 대하기 위해 만들어낸 신조어라는 해석이 대세였다. 하지만 그래봤자 자연인이란 결국 기계로 치면 거의 폐품에 가까워진 인간에게나 쓰는 말에 불과했다. 노인이나 자연인이나 그게 그거였다는 뜻이다.

그날 밤 경비실에서, 우린 나란히 입대 원서를 썼다.

어차피 윤의 말마따나 죽거나 아니면 살아서 한몫 챙겨오거나 둘 중 하나였다. 물론 죽을 가능성이 더 높았다. 아니, 월등히 높다고 하는 게 맞을 거다. 지상군은 원래 그런 목적으로 투입되는 거니까. 윤과 나는 서로 모르는 척했지만, 굳이 우리 같은 자연인을 우대하는 이유 역시 잘 알고 있었다. 영생을 얻기는 애당초 그른 존재들, 다 낡아서 사막 한가운데 쓰러져 몇 조각의 부품 덩어리로 남는다 해도 별로 아까울 게 없는 인간들. 그게 바로 자연인이었다.

그러나 막상 지원서를 내러 갔을 때 내 손은 또 떨리기 시작했다. 의외로 엄청나게 많은 사람이 몰려들었기 때문이다. 그들은 적어도 내가 보기엔 나보다 훨씬 멀쩡해 보였다. 면접관은 날 보더니 빙긋 웃었다. 마치 스캔이라도 하듯 그는 나의 몸을 머리부터 발끝까지 빠르게 훑었다. 특히 긴소매 윗옷과 긴바지를 그는 자세히 보았다.

"구형 모터식 관절이로군요? 한번 달려보시겠습니까?" 그의 말이 끝나자마자, 난 자리에서 벌떡 일어서서 최대한 빠른 속도로 시험장 끝까지 달려갔다. 우웅, 하는 모터 소리가 귀에 거슬렸지만 신경쓰지 않았다. 여기선 자연인을 우대한다. 그 사실이 내게 이상한 용기를 줬다. "좋습니다. 아주 좋아요." 그가 만족스러운 얼굴로 서류에 뭔가를 쓰는 걸 보며, 난 내가 합격했다는 걸 알았다. 건너편에선 윤이 달리고 있었다. 그의 관절에서 나는 끼이익 소리가 시험장에 날카롭게 울려퍼졌다. 그렇지만 윤 역시 아무렇지도 않은 표정이었다. 달리면서 그는 내게 한쪽 눈을 찡긋했다. 난 엄지손가락을 세워 보였다.

이후의 절차는 간단했다. 너무 간단해서 싱거울 지경이었다.

나와 윤, 그리고 그 밖의 합격자들은 강당에 모여 약식 오리엔테이션 같은 걸 치렀다. 입대 날짜는 일주일 뒤로 정해졌다. 그날까지 약간의 짐을 챙겨 다시 모이면 되는 거였다. 소령이라는 자가 단상에서 짧은 연설을 하는 동안, 우린 마치 어린애들처럼 들떠서 장난을 쳤다. 그는, 국가를 위해 용기 있게 지원해주신 여러분에게 심심한 감사를 드립니다, 라는 말로 얘기를 시작했지만 그 뒤엔 뭐라고 떠들었는지 나도 모른다.

끝으로 우린 각각 작은 방으로 안내됐다. 담당자들이 최종적인 서류 작성을 위해 기다리고 있었다. 내 앞의 남자는 얼마 전 라이프사이언스에서 만난 그 직원과 많이 닮았다. 게다가 친절한 것까지 똑같았다. 그는 종이 한 장을 내놓으며 말했다. "그럼, 간단히 설명드리겠습니다. 지상군은, 알다시피 무척 위험한 임무를 수행합니다. 따라서 전투수당이 일반적인 초고위험 직업군의 생명수당에 비견될 정도지요. 그러니 만약 살아서 돌아온다면ㅡ물론 당연히 그렇게 되겠지만 말입니다ㅡ그야말로 단번에 큰돈을 벌 수 있는 겁니다. 그렇지만, 이미 이 점도 잘 알고 계시겠지만, 당신은 영원히 돌아오지 못할 수도 있습니다." 내가 고개를 끄덕이자, 남자가 말을 이었다. "그럴 경우를 대비해서 출발 전에 수당과 보험금의 수령자를 지정해둬야 합니다. 자, 여기 서류가 있으니 읽어보고 적어주시겠어요?" 나는 그가 건넨 종이를 꼼꼼히 읽고 내 수

당이 어떤 식으로 지불되어야 할지를 세세하게 적었다. 절반은 유족연금에 기탁할 것. 그리고 나머지 절반은 라이프사이언스사에 지급할 것.

모든 수속이 끝나고 윤과 헤어진 뒤, 나는 휴대폰을 꺼냈다. 전화번호부엔 그 친절한 직원의 번호가 저장돼 있었다. 그는 반가워했다. 그리고 나의 입대 소식을 진심으로 안타까워해줬다. 아내의 안부를 묻는 것도 잊지 않았다. "그럼요, 당연하지요. 당장 시술 날짜를 잡아드리겠습니다." 그는 국가가 지급보증을 서는 전투수당과 보험금이라면 바로 일을 추진할 수 있다고 자신 있게 말했다.

오래전, 아내와 함께 다큐멘터리를 하나 본 적이 있다. 그때 우린 아직 늙지 않았고 그래서 노인이라든가 자연인, 혹은 그 밖의 모든 일들에 대해 별다른 생각이 없었다. 그런 건 우리와는 동떨어진 문제에 속했다.

어쨌든, 그날 텔레비전엔 이상한 사람들이 나왔다. 순전히 자발적으로 자연인의 길을 택한 사람들 말이다. 뭐, 무슨 종교라나. 이름은 기억나지 않지만, 여하튼 그 종교의 신자들은 낡아가는 몸의 어떤 부분도 교체하지 않았다. 그렇게 자연스러운 상태로 살다가 겨우 한 세기도 채우지 못한 채 죽음을 맞는다고 했다. "저 사람들 미친 거 아니야? 저러고 멍하니 앉아서 죽음을 기다린다고?" 내가 그렇게 말했을 때, 아내도 고개를 끄덕였던가.

그 기이한 종교의 신자들이 다시 떠오른 건 며칠 전이었다.

나는 아내에게 군에 지원했다는 걸 말하지 않았다. 다만 라이프 사이언스에 접수한 국가보조금 신청서가 이제야 통과됐다고만 말했다. "내일이 시술일이니까 푹 자둬." 방문을 닫고 나와서는 한동안 거실에 앉아 있었다. 이제 그녀는 좀더 생명을 연장할 수 있게 됐다. 그리고 이렇게 조금씩 조금씩 늘려간다면 우린 영생을 얻을지도 모른다. 적어도 영원한 삶 비슷한 그 무엇까지 다가갈 것이다. 왜 굳이 그렇게 살아야 하는지 묻는다면 할말은 없다. 왜 태어나는가, 혹은 왜 섹스하는가, 왜 먹고 잠자는가. 이런 질문에 답이 없는 것과 마찬가지로 말이다.

밤이 꽤 깊었지만 잠은 오지 않았다. 뭘 해야 하지? 읽을 책이 있는 것도 아니고, 수백 개의 케이블 채널을 돌려가며 말도 안 되는 헛소리를 듣는 것도 이제는 지겨웠다. 아내는 여전히 그 괴상한 기계음, 낡아빠진 고물 자동차에서나 날 법한 숨소리를 내며 잠들어 있었다. 나는 방문을 열고 들어가 그녀의 가슴에 손을 얹었다. 부드러웠다. 아니, 그냥 사실대로 말하자. 그래, 아내의 가슴은 살아온 시간에 비해선 부드러웠다. 내가 더 아래쪽으로 손을 움직이자 그녀는 마치 여전히 잠들어 있다는 듯 깊은 숨을 내쉬며 돌아누웠다. 기관지와 허파가 그 모양이 된 뒤로 생긴 아내의 버릇이었다. 다시 거실로 나와 컴퓨터를 켠 나는, 문득 오래전의 그 다큐멘터리를 떠올렸다. 아무런 시술도 받지 않고 어떤 장기도 바꾸지 않은 채, 그냥 인간 본래의 수명만큼만 살고 가길 자발적으로 택한다는 이들. 그런 생각을 하는 자들의 머릿속이 궁금했다. 혹시 그들은 이미 수없이 여러 번 중고품으로 장기를 교체한 끝에 조합이 맞지 않는 싸구려 조립자동차처럼 변해버린 사람들도 받아주는 걸까. 어쩌면 우린 아직 늦지 않았을지도 모른다.

그러나 그날 밤, 난 그 종교단체를 찾아내지 못했다. 검색어를 치고 엔터키를 누르려는 순간, 누군가가 내 어깨에 손을 얹었기 때문이다. 뒤를 돌아보니 아내가 서 있었다. 우린 방으로 들어갔다. 그렇다. 난 아직 살아 있고 우리는 몇 번이라도 더 절정에 이를 수 있다. 비록 그럴 때마다 들리는 삐걱대는 소리가 침대에서 나는 건지 아니면 우리들 자신에게서 나는 건지 헷갈리겠지만 말이다.

드디어 밤이 내리기 시작했다.
모두가 가장 두려워하는 시간이었다.
적은 언제나 어둠을 틈타 나타났고 소리도 없이 국경을 넘었다.
아침이 오면 참호 안에선 항상 누군가가 한 명씩 사라져 있었지만, 남은 이들은 마치 아무것도 못 본 것처럼 그리고 자기들에게는 영원히 그런 시간이 다가오지 않을 것처럼 태연하게 굴었다. 그들은 일부러 왁자지껄 큰 소릴 내며 식사를 했고, 지급받은 담배를 피웠다. 하지만 수통을 열어 물을 마실 때 손끝이 미세하게 떨리는 것까진 감출 수 없었다.

어쨌든, 오늘밤의 불침번은 노인이었다.

그는 참호에 바짝 몸을 기댄 채 차갑고 건조한 공기를 폐부 가득 들이켰다.

문득 그는 자신이 지금 생전 처음으로 국경의 바깥에 나와 있다는 걸 깨달았다. 두 세기 가까이 살면서 그는 단 한 번도 외국에 나가본 적이 없었다. 항상 여행을 꿈꾸며 가이드북을 읽고 텔레비전의 여행 다큐멘터리를 보았지만, 꿈은 실현되려는 순간 반드시 한 발짝씩 뒤로 멀어지곤 했었다. 이렇게라도 나오는구나. 노인은 혼자 중얼거렸다.

밤의 사막을 천천히 이동하는 거대한 사구를 보고 있던 노인이 갑자기 소총을 움켜쥔 건 그로부터 꽤 긴 시간이 흐른 뒤였다. 달빛에 하얗게 빛나는 지평선 너머에서 뭔가가 조용히 움직이고 있었다. 두런두런 바람 같은 소리를 내는 것들이 이쪽으로 떼 지어 다가오는 걸 보며 그는 정확히 그쪽으로 총구를 겨눴다. 아주 잠깐 어떤 여름을 떠올렸지만, 그게 무엇에 관한 기억인지는 알지 못했다. 그러기엔 모든 것이 너무나 섬광 같았기 때문이다. 다만 그는, 어떻게 두 세기나 되는 기나긴 시간이 한순간의 번쩍임—스스로는 그 의미를 결코 파악할 수 없는—으로 압축될 수 있는 건지 궁금해했을 뿐이다.

국경의 밤은 점점 더 깊어갔다. 노인은 전혀 두렵지 않았다. 이제 그는 세상에서 가장 긴 여행을 시작하려는 참이었다.

지상에서 영원으로

어느 날 아침 지질학자가 창가에 서 있을 때 우편배달부가 벨을 두 번 울렸다. 그는 오토바이를 골목 입구에 세워놨는데 시동은 끄지 않은 상태였다. "등기 왔습니다." 지질학자는 편지를 받고 서명을 한 뒤 마당을 지나 다시 거실로 돌아왔다. 보낸 사람의 이름은 낯설었는데, 평소라면 얼른 봉투를 열고 내용물을 확인했겠지만 그날따라 지질학자는 좀 바빴다. 곧 발표할 논문을 마무리하느라 정신이 없었기 때문이다. 그는 "요즘 세상에도 이런 식으로 편지를 보내는 사람이 있다니"라고 중얼거리며 봉투를 대충 주머니에 쑤셔넣은 뒤 곧 잊고 말았다. 따라서 누군가가 종이에 정성스레 적어내려간 그 기이한 사연은 이후 외출 준비를 하던 지질학자가 아무렇게나 벗어놓은 바지와 함께 세탁소로 직행하게 되는 슬픈 운명을 맞이했던 것이다.

그러나 다행히 세탁소 주인은 무척이나 꼼꼼한 사람이었고, 그
래서 고객들이 맡긴 옷 속에 뭔가 귀중품이 들어 있진 않은지 찬
찬히 살피는 버릇을 가지고 있었다. 그는 지질학자의 늙은 어머니
가 맡기고 간 세탁물 꾸러미에서 두 장의 지폐, 열쇠고리 하나, 알
수 없는 용어들(예를 들자면 모호로비치치불연속면이라든가 베
게너의 대륙이동설 같은)이 잔뜩 적힌 조그만 수첩 한 권, 그리고
마지막으로 꽤나 두툼한 편지 한 통을 발견했다. 그런데, 사람이
라면 누구나 가지고 있을 엿보고 싶은 욕망을 이기지 못한 세탁소
주인은 그만 봉투를 개봉했고, 어느덧 정신을 차리고 보니 하던
다리미질도 멈춘 채 열심히 그걸 읽고 있는 자신을 발견하게 되었
던 것이다.

긴 편지를 다 읽고 난 세탁소 주인은 완전히 얼이 빠진 표정이
었다. 한동안 종이를 움켜쥔 채 멍하니 허공을 응시하던 그는, 갑
자기 다리미 전원을 끄고 '금일 휴업'이라는 푯말을 문밖에 건 뒤
가게에 딸린 작은 방으로 들어갔다. (한쪽 구석에 삼 인용 전기밥
솥이 덩그러니 놓여 있는 그 방은 세탁소 주인의 거처나 마찬가
지였는데, 그가 어떤 이유로 그렇게 늦은 나이에 혼자 사는 신세
로 전락했는지에 대해서는 나중에 설명하는 편이 나을 것이다. 하
루 온종일 다리미질을 하고도 제대로 된 생활을 꾸려나갈 수 없
는 사람들에 관해 쓰자면, 아마도 사회경제적 지표를 나타내는 각

종 통계로 뒤덮인 한 권의 방대한 논문이 필요할지도 모르기 때문이다.) 세탁소 주인은 방안을 두리번거리더니 장롱 위에서 낡아빠진 배낭을 꺼냈다. 거기에 갈아입을 약간의 옷과 세면도구를 챙긴 뒤, 그는 뒷문으로 조용히 빠져나갔다. 마침 저녁거리를 사가지고 오던 건물주 노파가 세탁소 주인과 마주쳤는데, "오늘은 문을 일찍 닫았네?"라는 인사에 그가 아무 대답도 하지 않아 무척 기분이 상하고 말았다. 노파는 '버릇없는 놈'이라고 속으로 중얼거린 뒤 위층의 조그만 자기집으로 올라갔고, 곧이어 전국 각지의 풍물과 특산품을 소개해주는 저녁 방송 시청에 빠져들었다. 텔레비전 볼륨이 워낙 컸던 탓에 노파는 골목길 초입까지 나갔던 세탁소 주인이 다시 돌아오는 소리를 듣지 못했으며, 따라서 그가 자기 몸집만큼이나 커다란 삽을 하나 지고 도로 문밖으로 걸어나가는 모습도 보지 못했다. 삽은, 건물 뒷마당 구석에 세워져 있던 건데, 잔뜩 녹이 슨데다 손잡이는 거의 빠지기 일보 직전인 무척이나 낡고 오래된 물건이었다.

세탁소 주인이 사라진 것을 가장 먼저 발견한 사람은 동네 주민인 박모씨였다. 사흘 전 맡긴 세탁물을 찾으러 왔던 박씨는 대낮인데도 굳게 잠긴 세탁소 유리문을 들여다보고는 순식간에 사태의 전말을 파악했다(고 생각했다). "이런 제길." 그는 주먹으로 문을 한 번 쾅 두드린 뒤, 곧바로 파출소를 향해 달렸다. "저러고 튀어버린 게 어디 한두 번이었어야지." 경찰 앞에서 미친듯이 떠들던 박씨의 말에 의하면, 이미 그 동네에선 두 명의 세탁소 주인이 종적을 감춘 바 있었다. 그들은 세탁소 안에 드라이클리닝하다가 만 옷들을 그대로 내팽개친 채, 깊은 밤중에 가족들을 이끌고는 어디론가 사라져버렸다. 한발 늦게 달려온 사채업자가 입에 담지 못할 욕을 퍼부으며 돌아다니는 동안 주민들은 팔짱을 낀 채 그 광경을 지켜보곤 했다. 개중엔 맡겨둔 옷을 찾지 못하여 사채업자보다 더 큰 소리로 갖은 욕을 쏟아내는 사람도 없지 않았다. 그럴 때마다 박씨 역시 구경꾼들 틈에 끼어 있었는데, 세탁소 두 곳이 문을 닫는 동안 다행히 그는 단 한 번도 옷을 잃어버리지 않았던 것이다. 그러나 이번엔 달랐다. 하필 주말에 있을 친지 결혼식에 입고 갈 정장의 드라이클리닝을 부탁해뒀었기 때문이다. "집주인이 문을 열어주자마자(그는 이런 경우 아무리 건물주라고 해도 함부로 세탁소 문을 열어줄 순 없다는 경찰의 말을 깡그리 무시했으며 오히려 이렇게 소리치기까지 했다. "아니 그럼, 결혼식에 등산복을 입고 가란 말이야?") 뛰어들어가서 내 옷부터 찾았어. 뭐, 다행히 없어지진 않았지만 다림질도 안 된 채 다 구겨져 있더라고." 기가 찬다는 듯 말하며 박씨는 다시 한번 팔짱을 꼈다. 세탁소 주인이 왜 사라졌을 거라고 생각하느냐는 경찰의 질문에, 그는 피식 웃었다. "그야 뻔한 거 아닌가? 또 어디서 사채라도 끌어다 썼겠지. 말이 좋잖아. 불경기라나 뭐라나. 하지만 그건 다 헛소리라고.

부지런하게 일하면 왜 보란듯이 성공을 못하겠어? 사실 말이 나왔으니 말이지만, 내가 젊었을 땐 그야말로 한시도 쉬지 않고 열심히 일했다고." 그러면서 박씨가 갑자기 젊은 시절 동평화시장에서 봉제 공장 운영하던 얘길 꺼내는 바람에, 경찰은 어쩔 수 없이 그 기나긴 과거사를 다 들어줘야만 했다. 그래서 건물주 노파를 찾아갔을 땐 이미 골목이 어둑어둑해지고 있었다.

"걱정이 많아 보였어. 아니야, 잠깐. 생각해보니 좀 들떠 있던 것 같기도 하고." 세탁소 주인의 마지막 모습을 묻는 경찰에게, 노파는 기억을 더듬어가며 말했다. 뭔가 잃어버린 물건은 없느냐는 질문엔 고개를 저었다. "그럴 사람은 아니야. 월세를 제때 못 내서 그렇지, 얼마나 성실했는데." 이렇게 중얼거리며 어두워진 뒷마당을 돌아보던 노파는, 잠시 이상한 기분에 사로잡혔다. 잡초가 우거진 마당 한구석이 평소보다 약간은 더 휑뎅그렁하게 느껴진 탓이었다. 그렇지만 결국 녹이 슨데다 손잡이까지 망가져 있던 오래된 삽 한 자루를 기억해내진 못했다.

가게 안은 의외로 깨끗했는데, 옷들은 모두 가지런히 걸려 있고, 다만 황급히 나간 듯 다리미만이 옆으로 쓰러져 있을 뿐이었다. 방안의 세간은 단출했다. 사실 이미 마음속으론 세탁소 주인 실종사건에 대한 보고서의 결말을 작성해뒀지만—그건 아마도 '사업 실패로 인한 도주' 정도의 짧고 간단한 한 줄이 될 게 확실했다—그래도 경찰은 뭔가 조사하는 듯한 모습을 보이기 위해 최선을 다했다. 그는 텅 빈 서랍을 열어봤고, 그런 다음엔 방바닥에 떨어져 있던 종이들을 주워 대충 훑어본 뒤 파일에 끼워넣었다. 거기엔 생소하기 그지없는 외국인의 이름과('존 클리브스 심스'나 '미구엘 살바도르' 같은 것들) 생전 처음 들어보는 학회의 명칭('제186차 지구공동설이론학회 서울 대회') 등이 적혀 있었지만, 그 밖에 단서가 될 만한 것은 어디에도 없었다.

어쨌든 세탁소 주인은 그렇게 실종됐다. 지질학자는 경찰에게서 열쇠고리와 지폐, 그리고 수첩을 돌려받았다. 그는 세탁소 주인이 사라졌다는 걸 전혀 모르고 있었으며, 그날 자기 대신 세탁물을 맡기러 간 노모에게서도 별다른 얘길 듣지 못했다고 진술했다. (그의 늙은 어머니는 마침 1박 2일간의 효도관광을 떠난지라, 어쩔 수 없이 아들인 지질학자가 대신 경찰을 만났던 것이다.) 평소에도 세탁물은 직접 맡기는 편이 아니냐는 질문엔, 그렇다고 대답했다. "연구를 하다보면 아무래도 사사로운 데 신경쓸 시간이 없으니까요." 그는, 혹시 결혼은 했냐는 경찰의 질문엔 상당히 기분 나쁜 표정을 지었고 그런 사적인 문제가 사라진 세탁소 주인과 무슨 관계가 있느냐며 날카롭게 반응했다. 그러나 주로 무슨 연구를 하는지 물었을 땐—비록 그 질문이 의례적이고도 아무 의미 없는 것이었음에도 불구하고—즐겁고도 흥미진진한 얼굴로 장광설을 늘어놓았는데, 경찰은 그가 하는 말이 무슨 뜻인지 도무지 알아들을 수 없었다.

"……그러니까 말입니다, 결론은 바로 다음과 같아요. 즉, 기이하게도 어느 정도 깊이까지 파고들어가면, 이곳의 지층 구조와 암석의 종류가 그곳과 똑같다는 겁니다. 그런데 놀라운 건 말입니다, 구조와 종류만이 아니라 형성된 연대까지 일치한다는 사실입니다. 정말 신기하지 않습니까? 이렇게 멀리 떨어진 두 장소에서 어떻게 그런 일이 일어난 걸까요?"라면서 지질학자가 벽에 걸린 지도의 두 지점을 톡톡 칠 때에야, 경찰은 일종의 가수면 상태에서 깨어났다. 지질학자는 유라시아 대륙 맨 끝에 있는 한반도와 서태평양 한가운데의 어느 섬—그곳이 필리핀이라는 걸 그때 경찰은 알지 못했다—을 손가락으로 짚고 있었다. 그때까지 들은 말을 이해하지 못해 멍하니 쳐다보는 경찰의 표정을 지구 내부 구조에 대한 강한 흥미의 표현으로 받아들인 지질학자는, 그럴 줄 알았다는 듯 빙긋 웃었다. "놀라실 줄 알았습니다. 하긴, 보통 주류 학계에선 이런 데이터를 아예 믿으려 하지 않지요. 탐사가 잘못됐거나 혹은 누군가의 조작일 거라고 치부해버리고 마는 겁니다. 물론 그런 태도는 아주 좋지 않아요. 자기만의 틀에 갇혀서 새로운 사실을 결코 인정하려 하지 않는 거니까요. 하지만 그렇다고 해서, 이 데이터야말로 지구공동설地球空洞說의 새로운 증거라고 지레짐작하며 흥분하는 일부의 시각이 옳다는 건 결코 아닙니다. 지구 내부에 동굴처럼 거대한 공간이 있다는, 거의 음모론에 가까운 그런 주장들은 사실 너무나 비과학적이거든요. 여하간, 난 이 데이터를 지금까지 한 세기 넘도록 지질학계를 지배해온 대륙생성 이론의 반박에 사용할 예정입니다. 따라서 만약 지금 쓰고 있는 논문이 완성된다면 그야말로 엄청난 센세이션을 불러일으킬 테니 두고 보십시오."

마침내 모든 이야기가 끝났을 때 지친 얼굴로 현관을 나서던 경찰은 문득 주머니에 편지 하나가 남아 있다는 사실을 떠올렸다. 사라진 세탁소 주인의 다리미대 위에 덩그러니 놓여 있던 그 봉투 겉면엔 분명 이 지질학자의 이름과 주소가 적혀 있었다. 그는 대문 앞에서 잠시 멈칫했다. 되돌아가서 편지를 주고 와야 한다는 것은 잘 알고 있었지만, 지질학자가 늘어놨던 한도 끝도 없이 긴 이야기를 생각하자 굳이 그럴 필요까지 있을까 하는 의문이 들었다. 망설인 끝에 그는 편지를 그냥 대문 편지함에 던져넣었다. 조만간 그것은 다시 지질학자에게 전달될 것이었다. 만약 운이 좋다면 말이다.

*

아마도 경찰이 조금만 덜 바빴더라면, 세탁소 주인이 방바닥에 남겨두고 간 종이에 적혀 있던 메모들을 꼼꼼히 살펴봤을지도 모른다. 아니, 사실 그는 성실한 경찰이었으므로, 파출소로 돌아오자마자 인터넷 검색창에 '존 클리브스 심스'라는 이름(특히나 여기에 세탁소 주인이 여러 번 밑줄을 그어뒀기 때문이다)을 입력하긴 했다. 그러나 순찰 나갔던 동료 경관이 술에 잔뜩 취한 중년 남자를 데리고 들어오는 바람에 모니터에 뜬 다음과 같은 글을 읽지도 못한 채 닫아야만 했던 것이다.

존 클리브스 심스 대위는 살짝 맛이 간 사람이었다. 실제로 어땠는지는 모르지만—왜냐하면 그는 1812년 미영전쟁에 참전한 군인이었고, 그러므로 이미 죽은 지 오래됐다. 그렇기에 그가 정말로 어떤 정신 상태를 가졌었는지를 확인할 길은 전무한 것이다—후대의 역사가들은 주로 그렇게 기록했다. 물론 대부분의 역사책엔 그런 사람의 이름은 나오지도 않는다. 하다못해 그의 전문분야였던 지질학사地質學史 같은 데에도 언급되지 않는 경우가 허다하다. 원래는 용맹한 군인이었던 그가 어쩌다가 그런 말도 안 되는 상상에 빠져들었는지에 대해서도 거의 알려진 바가 없다. 다만 그에 대한 전기인『심스 대위의 생애와 지구공동설』에서 저자이자 과학사가인 J. R. 쿠삭이 이렇게 말한 적이 한 번 있을 뿐이다. "심스가 미쳐버린 것은 전쟁중 끔찍한 광경을 너무 많이 봤기 때문이다. 그는 벌판에 나뒹구는 썩어 문드러진 시체들 앞에서 점점 더 현실감을 잃어갔으며 마침내는 현실 자체를 부정하기에 이르렀다. 그리고 그 대안으로서 땅속에 있을 지고지순한 세상을 꿈꾸게 되었다." 말 그대로, 심스 대위는 어느 날부턴가 뜬금없는 주장을 하기 시작했다. 지구 내부에 거대한 동굴 같은 또다른 세상이 존재하며, 그곳에선 선하고 아름다운 종족이 지복의 삶을 누리고 있다는 것이었다. 그 증거로 그는 각종 자연현상의 미스터리를 예로 들었고 자기만의 논리로 그것을 증명하고자 했다. 급기야는 사재를 털어 논문을 작성했고 그걸 미국과 유럽 전역의 학자들에게 발송했으며—물론 당연히 비웃음의 대상밖엔 되지 않았지만—마침내 마차를 타고 이리저리 돌아다니며 자신의 이론을 설파하기에 이르렀던 것이다. "그 땅의 이름은 '심조니아'입니다." 그는 사람들 앞에서 힘주어 외쳤다. 때론 박수가 터져나오기도 했지만—주로 가난한 시골 장터에서 연설할 경우 그런 반응을 얻었다—대부분은 피식 웃고 말았다. 기록에 의하면, 그는 자신을 불러주는 그 어떤 곳에서라도 강연을 했지만 강연료는커녕 밥 한 그릇 얻어먹지 못했다. 그리고 마침내 어느 더운 여름 합승 마차를 타고 이동하던 중 장염에 걸렸으며, 목적지인 모 읍내의 마을회관에 도착하자마자 그대로 앓아누운 채 세상을 떠났다.

—소설가 K의 블로그 〈온갖 기록들의 박물관〉,

2014년 5월 9일 자 포스트에서 발췌

결국 그래서 경찰은 존 클리브스 심스와 그가 만들어낸 세상 '심조니아'에 대하여 더이상 아무것도 알아내지 못하고 말았다. 또한 그리하여 그는, 지구상엔 아직까지도 그 괴이한 군인의 말을 믿고 따르는 한 무리의 사람들이 존재한다든가, 혹은 그들이 결성한 단체의 이름이 '지구공동설이론학회'라든가 하는 사실들을 알아낼 기회도 놓쳐버리고 말았다. 당연히 제186차 지구공동설이론학회가 서울 모처에서 개최될 예정이라는 것도 알지 못했지만, 혹여 알게 되었다 한들 그가 관심을 가질 리는 어차피 만무했다. 국내 대부분의 지질학자들조차 모르는 행사를 어떻게 그 분야의 문외한인 동네 파출소 경관이 일일이 챙길 수 있겠는가 말이다.

말이 나왔으니 말이지만, 대다수의 지질학자들은 그런 이상한 학회가 서울에서 열린다는 것을 알지 못하고 있었다. 그런데 그들이 자기들의 전문분야에 관련된—비록 지구 내부에 거대한 동굴이 존재한다는 학설이 완전히 사이비에 말도 안 되는 얘기라곤 해도, 어쨌거나 지질학에 속하는 문제인 것만은 확실했으니까— 국제학회의 소식을 전혀 듣지 못했던 데에는, 주최 측의 무성의한 홍보도 한몫했다고 볼 수 있다. 지구공동설이론학회 한국지부는 초대권이나 팸플릿도 만들지 않았고, 하다못해 학자들에게 이메일조차 발송하지 않았던 것이다. 하지만 무조건 주최 측 탓만을 하기엔 좀 무리가 있는 게, 그들이 얼마 안 되는 예산(학회의 운영비는 극소수 회원들이 자발적으로 내는 회비로 충당됐다. 본부에서 매년 아주 약간의 돈을 보내오긴 했지만, 그건 해마다 줄어들어 이제 거의 제로에 가까워지고 있었다. 덧붙이자면, 본부에서 주는 돈은 존 클리브스 심스의 유일한 저서인 『지저地底세계의 비밀』 판매 수익금에서 나오는 것이었다)을 엄청나게 아껴 쓰며 근

근이 지부를 운영해나가고 있었기 때문이다. 지부장 겸 총무 한 사람과 서기 한 사람으로 구성된 주최 측은 머리를 맞대고 고민했지만 어디에도 돈 나올 구멍이라곤 없었다. 이미 예산의 절반 이상을 강당과 마이크 및 앰프, 파워포인트용 스크린 대여에 써버린 상태인데다, 어쨌든 서울까지 찾아올 각국의 귀빈들에게 한정식 한 끼 정도 대접할 돈은 남겨둬야 하지 않겠는가 말이다. 결국 그들은 홍보비를 전액 삭감한다는 고통스런 결단을 내렸다. "어차피 대부분의 지질학자들은 초대권을 보내도 안 올 겁니다." 서기가 어두운 목소리로 말하자 지부장 겸 총무는 고개를 끄덕였다. "그러니 괜히 돈을 들여서 초대권과 팸플릿을 제작하는 대신, 꼭올 것 같은 사람들에게만—즉, 몇몇 비주류 지질학자들을 말합니다—편지를 보내는 게 어떨까요?" 이번에도 지부장 겸 총무는 말없이 고개만 끄덕였다. 그는 점점 쇠락해가는(그렇다고 해서 언제 한번 번영한 적도 없었지만) 학회의 미래를 생각했고, 그런 다음엔, 편지를 쓰겠다며 서랍에서 종이를 찾고 있는 서기를 물끄러미 쳐다봤다.

전적으로 지부를 꾸려가는 일에만 매달려 있는 자신과 달리, 서기는 낮엔 휴대폰 대리점에서 땀흘려 일했고(한겨울에도 그는 언제나 땀에 절어 있었는데, 왜냐하면 이 스물여덟 살짜리 젊은이가 하는 일이란 게 폴리에스테르 솜으로 속을 채운 휴대폰 모양의 옷을 입고 대로변에서 춤을 추며 호객행위를 하는 것이었기 때문이다), 밤이면 이곳, 다 쓰러져가는 사무실로 출근해 갖가지 업무를 처리하고 있었다. 사실 지역신문에 구인광고를 낸 며칠 뒤 젊은이가 찾아왔을 때, 지부장 겸 총무는 이렇게 뛰어난 조건을 갖춘 사람이 왜 이런 허드렛일을 하려고 하는지 의아히 여겼다. 그가 들고 온 이력서가 어찌나 화려한지―보유한 자격증만 해도 웃음치료사, 레크리에이션지도사, 농산물품질관리사, 연예인관리사, 속기사, 토종식물해설사, 반려동물장례관리사 등등 수십 가지가 넘었으니 말이다―오히려 진실성이 의심될 정도였던 것이다. 그러나 "자네 같은 사람이 뭐가 아쉬워서 이런 델 지원하나?"라고 물었을 때, 젊은이는 겸연쩍게 웃었다. 그는 자신의 스펙이 아직도 한참 부족하다고 했고(그의 목표는 토목과 건설업을 주력으로 하는 모 그룹의 신입사원이 되는 것이었다), 솔직히 말하자면 여기가 뭘 하는 곳인지는 모르지만 지질학 관련 일에 종사했던 경력이 나중에 큰 도움이 될 것 같아 지원했다는 대답도 덧붙였다. 하지만 말은 그렇게 했어도, 역시 대단한 이력을 가진 사람답게 젊은이는 여러 가지 일을 잘 해냈다. 그는 컴퓨터를 능수능란하게 활용해 학회의 회보를 멋지게 제작했고(비록 8절지 한 장 정도의 분량에 연 4회 발간되는 것이긴 했지만), 간혹 해외 인터넷 사이트에 올라오는 믿거나 말거나 식의 지구공동설에 관한 기사들을 수집, 번역하여 지부장에게 보고하기도 했다. 그리고 그러는 와중에 '미구엘 살바도르'라는 남자와 그의 기이한 체험담도 찾아내게 된 것이었다.

어쨌거나, 몇몇 비주류 지질학자들에게 보낼 편지를 열심히 쓰고 있는 서기를 뒤로하고, 지부장 겸 총무는 사무실(로 쓰고 있는 자기집 옥탑방) 밖으로 조용히 나왔다. 왠지 젊은이에게 피로회복제라도 한 병 사다줘야만 할 것 같은 생각이 들었기 때문이다. 참고로 말하자면, 그는 수년 전 명예퇴직한 지구과학 교사였다. 퇴직금을 장남의 전자대리점 사업에 쏟아부었다가 모두 날린 뒤 구립도서관에서 하릴없이 인터넷 서핑이나 하고 지내던 중 거의 운명처럼 지구공동설이론학회 홈페이지에 접속했던 그날을, 전직교사는 여전히 잊지 못하고 있었다. 그러니까 그때 그는 특별한목적도 없이 구글링을 하다가 문득 프레드 진네만 감독의 명작 영화 〈지상에서 영원으로〉를 떠올렸던 것이다. (그나마 행복했던 시절, 즉 아직 아내가 살아 있고 아이들이 쑥쑥 자라고 있을 때, 그리고 국가와 민족…… 뭐, 이런 것들이 점점 발전하고 있다는 느낌에 사로잡혀 있던 시절에 그는 주말의 명화로 방영된 〈지상에서 영원으로〉를 감명깊게 본 적이 있었다. 물론 그렇다고 해서 인터넷 서핑을 하던 중 별다른 이유도 없이 이 영화를 떠올린 전직 교사의 심리를 단순히 '과거에 대한 무조건적인 향수' 같은 걸로 속단해선 안 되겠지만 말이다.) 그러나 그가 검색창에 '지상에서 영원으로'를 입력했을 때, 모니터에 떠오른 결과는 약간 이상했다.

구글코리아 엔지니어들의 실수거나 혹은 그들의 독특한 취향 덕분인지는 몰라도, 검색엔진이 교사가 상상했던 바와는 다른 결과들을 제멋대로 산출해냈기 때문이다. 따라서 목록의 맨 위에 뜬 것은 영화 〈지상에서 영원으로〉가 아니라, '지상에서 영원으로—지구공동설이론학회'라는 이름을 가진 괴상한 단체의 홈페이지였다. 하긴, 만약 그가 예전에 다른 과목을 가르쳤더라면, 당연히 두 번째 줄에 있던 프레드 진네만의 영화 제목을 클릭했을 것이다. 하지만 그는 전직 지구과학 교사였고, 따라서 베게너의 대륙이동설이라든가 모호로비치치불연속면 같은 용어들을 여전히 기억하고 있었다. 무엇보다도 그는 '지구공동설'이 무엇을 의미하는지 알고 있는 몇 안 되는 사람들 중 하나였다. 전직 교사는 한동안 마우스에 손을 얹고 있었다. 아직까지도 그런 말도 안 되는 이론을 믿으며 단체까지 결성해서 활동하는 사람들이 있다는 사실에 좀 놀랐던 것이다. 그러나 곧 그는 사이트를 클릭했다. 사범대를 다니던 시절부터 명예퇴직을 하던 순간까지 단 한 번도 가져보지 않았던 어떤 의문이 뇌리에 퍼뜩 떠오른 탓이었다. "뭐, 안 될 것도 없잖아?"

지구공동설이론학회는 원래 심스 대위가 말년을 보냈던 미 오하이오주 해밀턴이라는 소도시에 본거지를 둔 작고 폐쇄적인 회합에 불과했다. 사십대 중반의 나이에 쓸쓸히 죽어간 아버지를 기리기 위해 그 아들인 존 클리브스 심스 2세가 주변 지인들을 동원하여 만든 그 소규모 모임은 거의 한 세기 이상이 지나도록 마을 회관의 친목단체 수준을 벗어나지 못했다. 간혹 심조니아의 환상에 빠진 몇몇 사람들이 편지와 약간의 후원금을 보내오기도 했지만, 어차피 그런 단체가 거대한 조직으로 변한다는 것은 애당초 불가능한 일이었다. 굳이 뭔가를 숨겨본 적이 없음에도 불구하고 본의 아니게 비밀스런 조직이 되어버린 이 단체가 갑자기 유명해진 것은 인터넷이라는 매체의 발달과 무관하지 않았다. 혹은 20세기 후반의 인류에게 심조니아라는 새로운 세상이 그만큼 절실해졌기 때문인지도 모르지만 말이다. 어쨌든, 1990년대 중반 인터넷 서핑을 통해 지구공동설이론학회 홈페이지에 찾아든 사람들은 공통적으로 이런 질문을 던지곤 했다. "안 될 것도 없잖아요? 땅 밑에 다른 세상이 있다는 게 뭐 잘못인가요?" 그들은 스스로 조직을 확장시켰고 입소문을 냈으며 해밀턴시의 고문서 보관소 한구석에 반쯤 부스러진 채 꽂혀 있던 심스 대위의 책을 찾아내 다시 출간했다. 세계 각지에 흩어져 있던 회원들이 드디어 한곳에 모인 것은 1998년의 어느 더운 여름날이었다. 타향을 떠돌던 존 클리브스 심스가 갑작스런 장염으로 쓸쓸히 눈감은 날을 기념하여 만난 그들은, 1829년에 치러진 대위의 장례식을 제1차 총회로 명명할 것에 합의했다. 그리고 그런 식으로 역추산해보니, 자신들이 모인 날이 바로 제170주년 기념일에 해당한다는 걸 알게 됐던 것이다.

그러나 학회는 그리 번영하지 못했다. 초기에 지구공동설에 그토록 열광했던 사람들은, 인터넷 서핑중 찾아낸 더 놀랍고도 흥미진진한 얘깃거리들을 좇아 서서히 사라져버렸고, 무엇보다도, 21세기 초반 등장한 구글 스트리트 뷰는 남북위 90도에 해당하는 극점까지 안방의 모니터를 통해 살펴볼 수 있게 만듦으로써 학회의 쇠락을 촉진하는 데 일조했다. "지금은 과학이 충분히 발달하지 않아 직접 가볼 수 없지만, 아마 언젠가는 남극과 북극에 뚫린 깊고 거대한 구멍을 두 눈으로 확인하게 될 것입니다. 우린 그곳을 통해 심조니아로 들어갈 수 있을 거예요." 죽기 얼마 전 어느 외진 마을의 작은 초등학교에서 열린 마지막 강연에서, 심스 대위는 이렇게 말했다. 따라서 구글이 세계 구석구석을 고해상도 화면으로 보여주기 전까지만 해도, 회원들은 지구 양끝에 지하세계로 들어가는 통로가 존재할 것임을 믿어 의심치 않았다. 각국 정부가 파견한 탐험대가 그런 구멍은 존재하지 않는다고 수없이 단언했음에도 불구하고, 회원들은 믿지 않았다. 정부란 원래 언제나 음모를 꾸미고 뭔가를 숨기는 음험한 집단이며, 따라서 만약 정부가 극점에 구멍이 없다고 한다면 그것은 곧 구멍이 있다는 말과 동일한 의미를 지닌다는 것이 그들의 주장이었다. 하지만 구글이 남극점을 보여주고, 곧이어 북극점을 보여줬을 때, 그들은 두 눈을 의심했다. 남극엔 두꺼운 얼음 대륙뿐이었고, 북극에도 당연히 차갑게 얼어붙은 바다만이 끝없이 펼쳐져 있었던 것이다. 결국 회원들의 이탈은 가속화됐다. "하긴, 그럼 그렇지. 또다른 세상이 어떻게 가능하겠어?" 지구공동설이론학회 홈페이지에서 탈퇴 절차를 밟으며, 그들은 자조적으로 중얼거렸다.

한없는 쇠락을 거듭하던 학회 사무실에 약간의 활기가 돌기 시작한 것은 미구엘 살바도르라는 이름을 가진 한 필리핀인 때문이었다. 그는 2014년 여름, 서울 도심 한복판에 생겨난 구멍에서 머리에 묻은 흙을 털며 걸어나왔다. 그런데 자신을 미구엘 살바도르라고 소개한 그 의문의 남자의 말이 옳다면, 심조니아로 통하는 길은 애초부터 극지에 있던 게 아니었다. 그것은 지표면 여기저기에 마치 숨구멍처럼 숭숭 뚫려 있는 것이었다. 게다가 마음만 먹으면 누구나 쉽게 찾아낼 수 있는 것이기도 했다. "네, 삽 한 자루만 있으면 충분하다니까요. 땅 밑에서, 난 그렇게 십오 년을 돌아다녔습니다. 지상 이곳저곳에 뚫린 구멍을 넘나들면서 말이에요." 그는 자신이 처음 땅속으로 들어간 날짜까진 정확히 기억하지 못했다. "워낙 오래전이니까요. 하지만 이거 하나는 확실합니다. 내가 살던 곳이 마닐라 남쪽에 있던 다부다부라는 마을이었다는 거요. 음…… 그리고 내가 출발한 해는 아마도 1999년이었을 겁니다. 그렇습니다. 확실해요. 그때 아세안 정상회담이 열린다고 온 도시가 떠들썩했던 게 기억나거든요."

사실 처음에 지구공동설이론학회 한국지부는 미구엘 살바도르의 말을 믿지 않았다. 구글 맵에 '다부다부'라는 마을이 나타나지 않았기 때문이다. 하지만 끈질기게 검색을 하던 서기가 어느 오래된 웹문서에서 '다부다부'라는 이름을 찾아냈다. 작성된 지 거의 십 년도 넘은 그 문서엔 다부다부라는 마을에 대하여 이런 내용이 적혀 있었다. "다부다부는 마닐라 남부 파사이 지역에 있던 대규모 판자촌이다. 이 마을은 제3차 아세안 정상회담을 앞두고 대대적으로 도시를 정비하던 1999년 중반 철거되었는데, 그 과정에서 다수의 사상자가 발생하기도 하였다."

  하지만, 땅 밑 세계를 통과한 끝에 본의 아니게 한국으로 밀입국하게 된 남자의 사연이 지질학 관련 뉴스로 처음 세상에 알려진 것은 아니었다. 미구엘 살바도르의 이야기는 불법체류자들의 인권 문제를 주로 다루는 어느 소규모 인터넷 신문에 조그맣게 게재됐다. 거기서 기자는, 자신이 땅 아래 있는 거대한 동굴을 지나 이곳에 도달했다고 주장하는 그 필리핀인에게 동정 어린 시선을 보내고 있었다. 그는 지상의 모든 국가가 땅속에 뚫린 기이한 공간을 통해 하나로 연결돼 있다는 미구엘의 증언을 자기 마음대로 은유적으로 해석했고, 그래서 이런 흔해빠진 말로 기사를 마무리지었다. "그렇다. 국경이란 아무 의미 없는 경계선에 불과하다. 하늘을 나는 새에게 국경이 있던가? 또는 바람에 날리는 홀씨들이 국경에서 여행을 멈추던가? 미구엘 살바도르의 말대로 우리는 지구 어디로든 갈 수 있으며, 당연히 그래야만 한다. 그것이야말로 자연의 섭리인 것이다."

따라서, 미구엘의 말을 문자 그대로의 의미—지구 내부에 실제로 거대한 공간이 존재한다는—로 받아들인 이는 지구공동설 이론학회 한국지부의 지부장과 서기, 단둘뿐이었다. 열심히 인터넷을 뒤지던 중 그 기사를 찾아낸 서기(웬일인지 그 젊은이는 서류전형에 열아홉번째 낙방한 뒤부터 갑자기 심조니아의 열광적인 신봉자로 변모해 있었다)는 그걸 재빨리 프린트하여 지부장에게 건넸고, 그런 다음엔 카메라와 녹음기 등을 챙겨 직접 인터뷰에 나섰다. "미구엘 살바도르의 체험담을 이번 186차 학회의 주요 안건으로 상정하면 어떨까요?" 이런 제안을 먼저 한 쪽도 서기였는데, 그는 그 필리핀인이 임시로 머물고 있는 외국인보호소까지의 왕복 교통비와 점심 식대도 자비로 부담하겠다며 엄청난 의욕을 보였다. 그리하여 어느 맑은 오후, 서기는 노트북까지 집어넣어 꽤나 무거워진 배낭을 등에 멘 뒤 발걸음도 가볍게 버스 정류장으로 향했다. 그가 돌아온 것은 거의 해가 져가는 어스름한 저녁이었다. 지부장은 설레는 마음으로 사무실 안에서 이리저리 서성이고 있었는데, 드디어 문이 열리더니 젊은이가 들어오는 걸 보고 반갑게 외쳤다. "왔어? 수고했네! 그래, 그 미구엘인가 뭔가 하는 남자는 잘 만났고?" 하지만 서기는 왠지 지친 표정이었다. 그는 지부장 겸 총무를 한참 동안 쳐다보더니, 천천히 대답했다.

"네, 잘하고 왔어요. 그야말로 리얼하게 땅속을 통과한 얘길 들려주더라고요. 그럼요, 잘 받아 적었죠. 저녁요? 아니, 괜찮습니다. 이상하게 배가 안 고프네요. 오늘은 먼저 내려가세요. 저는 인터뷰한 것 좀 정리하고—그래야 몇몇 비주류 지질학자들에게 보낼 편지를 쓸 수 있으니까요—나중에 퇴근하겠습니다." 하루종일 힘들었을 서기와 소주라도 한잔하려던 지부장은 어쩔 수 없이 벽에 걸어둔 잠바를 집어들었다. '많이 피곤한가보군.' 그는 속으로 중얼거리며 조용히 문을 닫았다. 젊은이는 벌써 뭔가를 쓰기 시작한 것 같았다. 쿵, 하고 배낭 내려놓는 소리와 노트북 여는 소리에 이어 자판 두드리는 소리가 문밖까지 들려왔기 때문이다.

*

미구엘 살바도르의 인생이 뒤바뀐 것은 1999년의 어느 여름밤이었다. 그날도 밤늦게 돌아온 그는(미구엘은 당시 자신이 마닐라 시내의 한 호텔 세탁소에서 침대 시트 빠는 일을 하고 있었다고 했다) 저녁으로 국수 한 그릇을 먹은 뒤 마당에 나와 담배를 피우고 있었다. "왜 나왔냐고요? 당연히 더워서 그랬지요. 그나마 거기엔 바람 비슷한 게 불고 있었으니까요." 깜빡 잠이 들었던 미구엘이 눈을 뜬 건 어디선가 들려온 시끄러운 소리 때문이었다. "눈을 떠보니, 세상에나, 문밖이 엄청나게 환하더라 이 말입니다. 난 깜짝 놀라 벌떡 일어섰어요. 원래 우리

동네엔 가로등 같은 게 없어서 그 시간이면 칠흑 같은 어둠에 잠겨 있어야 정상이거든요. 가로등이 왜 없냐고요? 글쎄 난들 압니까? 어쨌든 나는 폭주족들이 골목을 헤집고 다니는 게 확실하다고 생각했고—마을에 원체 질 나쁜 놈들이 많았거든요—그래서 마당을 한번 둘러봤습니다. 뭔가 놈들을 후려칠 만한 게 없나 찾기 위해서였는데…… 마침 대문 옆에 삽이 한 자루 세워져 있는 게 보이더군요. 그런데 그건 뭐랄까, 잔뜩 녹이 슨데다 손잡이도 곧 떨어질 것 같은 무지하게 낡고 오래된 삽이었어요. 하지만 나는 급한 대로 그걸 들고 밖으로 뛰어나갔습니다. 걸리기만 하면 가만 안 둘 생각이었지요." 그러나 밖엔 폭주족 같은 건 없었다. 대신 그 좁은 골목이 우왕좌왕하는 마을 주민들로 인산인해를 이루고 있었다. "무슨 일입니까?" 삽을 든 채 미구엘이 묻자, 한 여자가 아기를 안고 흐느끼며 외쳤다. "이제 모든 게 끝났어요. 저길 보라고요." 그녀가 가리킨 방향에선, 그야말로 세상의 종말이 왔다고 해도 믿어질 만큼의 엄청난 섬광이 골목을 향해 쏟아져들어오고 있었다. "마치 수십 대의 덤프트럭이 일제히 헤드라이트를 켜고 있는 듯한, 그런 형국이었죠!"라고 미구엘 살바도르는 증언했는데, 그 말이 그저 상상이 아니라 실제상황이라는 걸 그는 잠시 후 알게 된다. 어디선가 다음과 같은 확성기 소리가 들려오기 시작했을 때 말이다. "다시 한번 경고한다. 모두 이곳에서 나가라. 마지막 경고다. 당장 나가라."

아마도 미구엘이 글을 읽을 줄 알았더라면, 왜 그런 방송이 나오는지 그리고 도대체 어떤 이유로 그렇게나 많은 중장비가 그 좁은 골목과 누추한 판자촌을 향해 다가오는지 이해했을지도 모른다. 왜냐하면, 어느 날 밤 일터에서 돌아오는 길에 발견한 종이 한 장(그것은 잘 접힌 채 문틈에 끼워져 있었다)을 그냥 구겨버리는 대신, 맨 윗줄에 빨간색으로 인쇄된 '퇴거명령서'라는 글자를 알아본 뒤 대책을 심사숙고했을 테니 말이다. 그러나 안타깝게도 미구엘은 글을 몰랐고, 설사 알았다 한들 그의 귀가시간은 언제나 늦은 저녁인데다 집 앞엔 제대로 된 가로등마저 없었기에 시청 도시계획과에서 보낸 문서를 읽을 겨를은 없었던 것이다. 제3차 아세안(통칭 ASEAN이라고 불리는 이 기구의 정식 명칭은 '동남아시아국가연합'이며, 이들이 공통으로 추구하는 것은 동남아시아 국가와 국민들의 경제적 발전과 번영이다) 정상회담이 개최될 마닐라시의 미관을 위하여 불가피하게도 이 마을을 없애버리기로 결정했다는 내용이 깨알 같은 글씨로 적혀 있던 바로 그 공문서 말이다.(p. 1)

미구엘은 자기가 언제 어떤 식으로 거대한 하수구 구멍에 떨어졌는지도 정확히 기억하지 못했다. "우린 골목 끝까지 밀려갔습니다. 더이상 갈 곳이 없다고 소리쳤지만 아무 소용이 없었지요. 글쎄요, 그러다가 발을 헛디뎠던 걸까요? 아니, 어쩌면 일부러 뛰어내렸는지도 모릅니다. 어차피 갈 데라곤 거기밖에 없었으니까요."

그렇게 하수구 구멍으로 떨어진 그가 막다른 곳까지 밀려간 것은, 계속해서 꾸역꾸역 떨어져내리는 사람들 때문이었다. "말도 마십시오.

나중엔 숨도 못 쉴 지경이었으니까요. 그래요, 만약 그때 이 삽이 없었다면 난 이미 압사당하고 말았을 겁니다. 그날 죽은 다른 이들처럼 말입니다." 이렇게 말하며 미구엘은 감개무량한 표정으로 옆에 놓아둔 삽을 가리켰다. "하수구 끝에 다다랐을 때…… 그러니까, 더이상 밀려갈 곳도 없어 오징어처럼 납작해지기 일보 직전이던 바로 그때 말입니다, 사실 그 순간 난 모든 걸 포기하려 했어요. 이제 끝장이라는 생각에 성모에게 두 손 모아 기도를 드렸지요. 일종의 참회 기도였다고나 할까요. 그런데 주먹으로 눈물을 닦으며 일어서던 순간, 뭔가에 발끝을 세게 부딪혔습니다. 그렇습니다, 그건 삽이었어요. 기도를 하느라 옆에 세워둔 뒤 까맣게 잊고 있던 그 삽을 보자, 문득 한 가지 아이디어가 떠오르더군요. 여기에서 말이에요! (그러면서 미구엘은 오른손 검지로 자기 이마를 툭툭 쳤다.) 그리고 그걸 깨달은 순간, 난 이미 삽으로 미친듯이 흙을 파고 있었습니다. 그 뭐라더라, 목마른 놈이 우물 판다는 속담도 있잖습니까? 아, 이 상황엔 어울리지 않는 말이라고요? 어쨌든 간에, 난 팠습니다. 땀이 비 오듯 흘러내려 눈이 따가웠지만 아랑곳하지 않았어요. 언젠가부터 바깥 세상도 조용해진 것 같았지만, 그래도 상관하지 않았죠. 그저 파고 또 팠을 뿐. 얼마나 시간이 흘렀을까, 내 앞을 가로막고 있던 단단한 흙벽이 와르르 무너지더니, 아아, 놀라지 마십시오, 눈앞에 내 키만큼이나 커다란 동굴의 입구가 떡하니 나타나더라, 이 말입니다. 정말이에요! 그 동굴은 마치 누군가가 일부러 뚫어놓기라도 한 듯 널찍하고 반듯했으며 안에서는 서늘한 바람이 불어오고 있었지요. 나는 한참 동안 검고 어두운 동굴 입구에 가만히 서 있었습니다. 과연 그게 어디로 통할지 전혀 알 수 없었으니까요. 지구의 가장 중심엔 펄펄 끓는 용암이 있어서 거기 빠지는 것들은 모조리 녹아버린다는 얘길 들었던 게 생각나 두려운 마음이 들기도 했습니다. 하지만 내겐 다른 선택의 여지가 없었어요. 결국 나는 조심스레 동굴 안쪽으로 발을 내디뎠습니다. 그리고 하염없이 걸어내려가기 시작했지요."(p. 3)

하지만 그는 땅속에서 보낸 십오 년의 세월에 대해서는 이상하리만치 말을 아꼈다. "심조니아—아, 아직 모르고 있겠군요. '심조니아'는 당신이 지나온 지구 내부 세상의 이름입니다. 이백 년 전쯤 죽은 존 클리브스 심스라는 사람이 그렇게 명명했죠—에 대해 좀더 자세히 설명해주시겠습니까?"라고 내가 물었을 때, 미구엘 살바도르는 갑자기 횡설수설하더니 이렇게 말하며 양해를 구했다. "그 이야기는 좀더 나중에 들려드리겠습니다. 정말 놀라운 경험이긴 했지만…… 너무나 긴 얘기니까요." 다만 특이한 것은, 대화 도중 미구엘이 문득 나에게 이런 질문을 했다는 사실이다. "저기, 그러니까 그게…… 심조니아……라고 했나요? 그 땅속에 있다는…… 내가 지나온 세상 말입니다." 나는 그렇다고 대답했고, 그런 다음 마침 가지고 있던 심스 대위의 책 『지저세계의 비밀』 맨 앞 장을 펼쳐 그에게 내밀었다. "자, 보세요. 이게 지구고…… 여기 안쪽에 이렇게 텅 비어 있는 공간이 보이죠? 바로 이곳이 심조니아예요. 그나저나 정말 부럽습니다. 이곳에 직접 가봤다니 말이에요." 그러나 미구엘은 내 말을 듣지 못했는지 그저 오래도록 그 그림—거의 이백 년 전 미국 시골 마을의 한 무명 화가가 그린 지구의 단면도—을 들여다볼 뿐이었다.(p. 5)

"마침내 나는 다시 지상으로 출발했습니다. 통로의 막다른 곳에 이르렀을 때, 난 또 한번 삽을 들어 땅을 팠지요. 처음 땅속 세상으로 내려왔을 때와 마찬가지로 말입니다. 위쪽으로, 위쪽으로…… 쉬지 않고 땅을 파자, 어느 순간 갑자기 전과 똑같은 거대한 동굴 입구가 나타나더군요. 그곳을 기어오르자, 머리 위 어딘가에서 낯익고도 소란스러운 소리가 들려왔습니다. 자동차 소리, 사람들이 걸어가며 왁자지껄 떠드는 소리. 난 드디어 다시 돌아왔다는 걸 알았습니다. 지상으로 말이에요. 삽으로 위를 툭툭 치자 단단해 보이기만 하던 천장이 힘없이 무너졌고, 거기엔 직경 일 미터 남짓 되는 둥근 구멍이 생겼습니다. 나는 흙투성이가 된 채 그곳에서 기어나왔고…… 그다음 일어난 일은 기사에 실린 그대로입니다."(p. 7)

—「땅속을 통과한 남자, 미구엘 살바도르」,
제186회 지구공동설이론학회 공식 회보에서 발췌

밤이 깊도록 컴퓨터 앞에 앉아 있던 서기가 키보드 위에서 손을 멈춘 것은, 지질학자에게 보낼 문서의 마지막 페이지를 작성하던 도중이었다. 그것은 '땅속을 통과한 남자, 미구엘 살바도르'란 제목의 긴 글이었는데, 이상하게도 좀전까지 일사천리로 써나가던 것과는 달리 한번 멈춘 뒤론 더이상 아무것도 쓰지 못하고 있었다. 사실 원래 이런 내용을 이어서 써야만 했던 건데 말이다.

짐을 모두 챙긴 뒤 미구엘과 인사를 나누려던 나는 문득 중요한 질문 한 가지를 아직 하지 못했다는 걸 떠올렸다. 하긴, 여기까지 와서 그의 길고도 괴이한 체험담을 모두 들은 건 오직 이 마지막 질문에 대한 답을 얻기 위함이 아니었던가. 나는, 얘기가 끝난 줄 알고 주머니에서 담배를 찾고 있던 미구엘에게 다시 말을 걸었다. "그런데 미구엘씨, 한 가지만 더 묻겠습니다. 솔직히 대답해주겠어요?" 그는 담배에 불을 붙이며 고개를 끄덕였다. "고맙습니다. 그럼 물어볼게요. 당신이 땅속에서 지낸 십오 년의 시간에 대한 건데요. 자, 어떻습니까? 이곳과 저곳, 그러니까 지상과 심조니아, 둘 중 어디가 더 멋진가요? 그러니까 내 말은, 어디가 더 맘에 드느냐, 이거예요." 미구엘 살바도르의 얼굴이 어두워진 것은 바로 그 순간이었다. 그는 한참 동안 나를 바라보더니 천천히 중얼거렸다.

"이런, 당신은 정말 모르고 있군요."

"뭘요? 내가 뭘 모르고 있다는 거죠?"

"사실은…… 여기가 바로 땅속이라는 것 말입니다. 아니, 좀더 정확히는, 땅속이 곧 지상이고…… 지상이 곧 땅속이라고 하는 게 옳을지도 모르지요. 그 둘은 마치 우리가 입고 있는 옷의 안과 겉처럼 그렇게 하나로 연결되어 있는 거니까요. 난 그 사실을 수십 번의 땅속 여행 끝에 알게 됐습니다. 잠깐, 좀더 솔직히 말할게요. 실은, 나는 이제 어디가 지상이고 어디가 심조니아—라고 했나요? 어쨌든—인지조차 헷갈립니다. 그냥 이곳에서 그곳으로, 또 그곳에서 이곳으로, 끝없이 순환할 뿐이었으니까요. 이봐요, 젊은이, 당신은 내 말을 믿어줬고…… 또, 무엇보다도 좋은 사람 같아 보입니다. 그러니 조금만 더 자세히 얘기할게요. 당신네들, 땅속을 동경한다는 사람들은—그러면서도 단 한 번도 삽을 들고 파내려가볼 생각은 하지 않는 것 같지만—마치 지구 내부로 통하는 구멍을 찾아낸 게 엄청난 발견이라도 되는 양 호들갑을 떱니다. 하지만 우리들은 벌써 오래전부터—아마 태곳적부터일지도 몰라요—그 길을 수도 없이 지나다녔어요. 당연히 지구 내부에 그런 세상—지상과 별반 다를 것도 없는—이 있다는 것도, 모두 알고 있었고요. 그렇습니다. 그걸 모르는 사람들은, 그곳을 지나다닐 이유가 없는 자들뿐이었지요. 그런 이들은 지표에 작은 구멍이라도 하나 생기면 불안에 떨며 그걸 메우기에만 급급했습니다. 마치 세상이 온통 그곳으로 무너져내리기라도 할 듯 말이에요. 하지만 구멍은 사실 별거 아니었어요. 그저 우리 같은 사람들이 드나드는 입구 혹은 출구일 뿐이었으니까요.

오래전, 내가 살던 마을이 사라진 뒤로, 나 역시 그 구멍을 통해 지구 안팎의 모든 세탁소란 세탁소는 다 돌아다녔습니다. 그야말로 안 가본 데가 없을 지경이었지요. 그렇게 땅속 구멍을 통해 옮겨다니며, 그 개미굴 같은 미로에서 나는 수많은 사람들과 마주쳤습니다. 나중엔 서로 낯이 익어 교차로에서 만나면 반갑게 인사를 나누기도 했지요. 그래요, 만약 이번에 그 공사장 옆 아스팔트에 뚫린 구멍에서 나오다가 발견되지만 않았다면, 난 지금도 지상과 지하, 안과 밖을 영원히 빙빙 돌며 그렇게 살아가고 있을 겁니다. 다른 수많은 사람들, 당신들은 전혀 모르고 있는 그자들처럼 말이에요."

이야기를 다 마쳤는데도 내가 아무 말도 하지 않자, 미구엘은 담배를 바닥에 비벼 끄며 씩 웃었다. "참, 아까 나에게 부탁했죠? 나중에 심조니아에 대해 더 자세히 말해줄 수 있겠냐고 말입니다. 그런데 미안하지만, 그건 아무래도 힘들 것 같네요. 난…… 이제 다시 땅속으로, 아니, 지상이던가, 여하튼, 이곳의 반대편으로 다시 돌아갈 예정이니까요." 마지막으로 문을 닫고 나올 때, 미구엘 살바도르는 녹슨 삽을 번쩍 들어 보이며 이렇게 외쳤다. "잘 가요, 젊은이. 어쨌든 언젠가 우린 또 만나게 될 겁니다. 그거 하나는 확실해요."

그러나 서기는 결국 이 단락을 모두 삭제하기로 마음먹었다. 그는 심조니아가 지하세계의 낙원이 아닐 수도 있다는 미구엘의 주장에 동의하고 싶지 않았다. 만약 땅 밑 세상조차 지금 이곳과 똑같다면, 그래서 어디가 땅 아래고 어디가 땅 위인지 구분하기 어렵다면, 대체 지구공동설이론학회 따위가 다 무슨 소용이 있단 말인가.

"어쩔 수 없잖아." 그는 나직하게 중얼거린 뒤 천천히 'del' 키를 눌렀고, 곧이어 엄청나게 빠른 속도로 또다시 자판을 두드렸다.

"고맙습니다. 그럼 물어볼게요. 당신이 땅속에서 지낸 십오 년의 시간에 대한 건데요. 자, 어떻습니까? 이곳과 저곳, 그러니까 지상과 심조니아, 둘 중 어디가 더 멋진가요? 그러니까 내 말은, 어디가 더 맘에 드느냐, 이거예요." 순간 미구엘의 얼굴에 환한 미소가 떠올랐다. "당연히 심조니아죠. 그곳은 그야말로 모두가 꿈꿔온 이상적인 세계였으니까요. 그래요, 만약 할 수만 있다면 나는 다시 돌아가고 싶습니다. 지구 내부로 말이에요. 하긴, 못할 것도 없지요. 이 삽만 있다면…… 언제 어디서든, 우린 그곳으로 돌아갈 수 있으니까요. 난 그렇다고 확신합니다." 〈끝〉

맨 마지막에 〈끝〉이라는 글자를 쳐 넣은 다음, 서기는 인쇄된 종이를 잘 접어 봉투에 넣은 뒤 그 위에 지질학자의 주소와 이름을 적었다. 말미에 이런 말을 덧붙이는 것도 잊지 않았다. "원래 미구엘 살바도르는 심조니아에서 보낸 나날들에 대하여 더 심도 있는 이야기를 들려줄 예정이었습니다. 하지만 그는 결국 그곳에 대한 그리움을 견디지 못하고 말았지요. 두번째로 찾아갔을 때 미구엘이 머물던 방은 텅 비어 있었고, 바닥엔 커다란 구멍이 하나 뚫려 있을 뿐이었으니까요. 모든 장면을 지켜본 한 동료의 말에 의하면, 그는 녹슨 삽으로 열심히 땅을 팠고, 어느 순간 거대한 공동의 입구가 열리자 한 치의 망설임도 없이 그 안으로 성큼성큼 걸어들어갔다고 합니다. 그리고 그것이 미구엘 살바도르의 마지막 모습이었던 거지요. 그럼, 학회 참석 여부에 대한 답신을 기다리며 이만 글을 끝맺겠습니다. 안녕히 계십시오."

책상 정리까지 마친 서기는 기지개를 켠 뒤, 옆에 놓여 있던 피로회복제를 마셨다. 아까 저녁때쯤 지부장이 슬그머니 놔두고 간 것이었다. 내일 아침엔 휴대폰 매장으로 출근하는 길에 우체국부터 들를 예정이었다. 이런 편지는 아무래도 등기우편으로 보내는 게 훨씬 정확하다는 것을 그는 잘 알고 있었다.

조각공원

W시엔 두 곳의 관광명소가 있다. 하나는 국내에서 가장 긴 출렁다리인데, 그것은 시 외곽에 있는 두 개의 산봉우리 사이에 놓여 있다. 처음엔 길이가 겨우 백 미터 정도에 불과했으나, 예상보다 엄청나게 많은 관광객이 몰리자 시는 다리를 연장하기로 통 큰 결단을 내렸다. 여러 단계의 환경영향평가와 공청회를 거친 끝에 다리는 무려 2.5배나 길어졌고 더 많이 출렁거리게 되었으며, 지금도 모험과 스릴을 즐기려는 관광객들로 성황을 이루고 있다. 그에 비해 또하나의 명소는 솔직히 출렁다리만큼 인기가 있는 곳은 아니다. 하긴, 어쩌면 그곳을 관광지라고 부르는 것조차 어울리지 않는 일일지도 모른다. 하지만 언젠가부터 그곳으로 하나둘 사람들이 모여들었고, 그들은 거기서 새 우는 소리, 바람에 나뭇가지

흔들리는 소리를 들으며 걸어다녔다. 정식 공원이나 관광지가 아니기에 그 장소엔 이름이 없지만 대부분의 사람들은 그곳을 '조각공원'이라고 불렀다. 입구엔 어째서 이런 곳이 생겨났는지를 알려주는 작은 푯말이 하나 세워져 있는데, 그나마도 비와 먼지에 흐려져 눈을 가늘게 뜨고 봐야만 다음과 같은 문장이 적혀 있는 걸 알아볼 수 있을 뿐이다.

"데이비드 발렌타인이 이곳을 설계하고 만들었음."

데이비드 발렌타인은 괴짜였다. 물론 그가 처음부터 이상한 사람이었던 건 아니다. 어려서부터 그림과 조형예술에 관심이 깊었던 그는 뉴욕의 유명한 미술학교를 수석으로 졸업했고, 곧이어 테이트 갤러리에 작품을 전시하게 되었다. 그의 성향을 알고 있는 이들에겐 익숙하겠지만, 그건 꽤나 기괴한 조형물이었다. 천장에 매달린 말의 시체 아래 새빨간 깃털이 휘황찬란하게 빛나는 피닉스—알고 보면 붉은 염료로 물들인 안데스콘도르의 박제였지만—가 날개를 펼치고 있는 '불멸'이라는 이름의 그 작품은, 얼마 뒤 테슬라 모터스의 젊은 CEO인 일론 머스크에게 팔렸다. 〈불멸〉이 최초로 전시된 날부터 일론 머스크에게 팔려 철거되기 직전까지, 테이트 미술관 앞에선 매일 시위가 열렸다는 사실도 빼놓을 수 없다. 그들은 환경단체 회원들이었는데, 〈불멸〉에 사용된 안데스콘도르가 불법으로 포획되었을 거라는 의혹을 제기했다. 혹시 잘 모르는 이들을 위해 덧붙이자면, 콘도르는 거대한 맹금류로 세상에 단 두 종만이 존재한다. 하나는 캘리포니아 일대에 몇 마리 남아 있는 캘리포니아콘도르고, 다른 하나가 바로 데이비드 발렌타인이 자신의 작품을 꾸미는 데 사용한 안데스콘도르다. 안데스콘도르는, 그 이름에서 알 수 있듯이 안데스산맥의 가장 높은 꼭대기에 살고 있다. 이 년에 한 번씩 단 한 개의 알을 낳는다는 멸종 위기의 희귀 새를 가져오는 걸로도 모자라 빨갛게 물들이기까지 해서 작품에 쓴 것을 보면, 확실히 그는 남의 이목엔 신경쓰지 않는 타입의 인물이었다. 여하간, 그는 몇 번인가 테이트 미술관 앞에서 시위대를 마주쳤지만 눈 하나 깜짝하지 않았다. 한번은 신문기자가 그에게 단도직입적으로 물었다. "안데스콘도르를 불법으로 사냥했다는 주장에 대해 한말씀해주시죠." 바삐 걸어들어가다 말고, 데이비드 발렌타인은 그를 흘낏 쳐다봤다. 아마도 신문기자의 말투에서 비난과 힐난의 어조를 눈치챘기 때문일까? 자기를 쳐다보는 미술가의 눈빛이 하도 음침해서, 기자는 '흡' 하고 숨을 들이마셨다. 그러나 다행히 주먹이라도 한 대 날릴 것처럼 사납게 쳐다보던 데이비드 발렌타인은 별말 없이 안으로 들어갔다. 다만 작은 소리로 이렇게 중얼거릴 뿐이었는데, 기자는 그 와중에도 그 말을 놓치지 않고 재빨리 받아 적었다. (물론 그는 휴대폰에 녹음하고 싶었지만, 너무 당황한 나머지 녹음 버튼을 누르는

데 실패하고 말았다. 그래서 어쩔 수 없이 미술가의 말을 잘 듣고 그 자리에서 얼른 외웠으며 곧바로 주머니에서 노란색 옥스퍼드 수첩을 꺼내 그대로 휘갈겨 적었던 것이다.) "불법으로 포획됐다 하더라도, 저놈에겐 가장 영광스런 종말이었을걸? 안 그런가? 대체 세상에 어떤 새가 저런 식으로 죽지 않고 영원히 살 수 있겠냐고?" 하긴, 그가 정말로 이렇게 말했는지 아니면 그저 입만 우물거리다 말았는지는 정확히 알 수 없다. 단지 기자가 그렇게 들었다고 하니 그런가보다, 라고 여길 수밖에 없는 것이다.

어쨌거나, 기괴하고 기분 나쁜 조형물을 만든 현대미술가가 내뱉었다는 말은 대중의 분노를 자아냈다. 정확히 딱 꼬집어 욕하긴 애매했지만 그의 태도, 그의 말, 그의 작품엔 사람들을 화나게 하는 뭔가가 있었다. "미친놈." 나중에 그의 또다른 조형물—'불멸 II'라는 이름의 그 작품은 러시아 월드컵이 열리는 상트페테르부르크의 제니트 스타디움 광장에 설치됐다—앞을 지날 때, 사람들은 침을 뱉고 싶은 걸 꾹 참으며 이렇게 욕했다. (침을 뱉지 않은 건, 그러다가 걸리면 벌금을 내야 했기 때문이다.) 참고로 덧붙이자면—이것 역시 꽤 시간이 지난 후에 밝혀진 일인데—그가 첫 작품인 〈불멸〉에 사용한 콘도르의 시체는 불법으로 포획한 것이 아니었다. 안데스 지역에 사는 주민들이 매년 여는 콘도르 축제에서 황소와 결투시키기 위해 사로잡은 새를, 말도 안 되는 어마어마한 돈을 지불하고 사온 것이었다. 당시 마을 이장이자 축제 총

책임자였던 파올로 고메즈는 훗날 제작된 〈데이비드 발렌타인, 불멸의 조각〉이라는 다큐멘터리에서 다음과 같이 증언했다. "콘도르를 잡는 일은 무척 어렵습니다. 왜냐고요? 당연하잖아요. 그 새는 너무 커요. 양날개를 펼치면 자그마치 그 길이가 삼 미터에 이르니까요. 게다가 가파른 절벽 위에서만 살고 있으니 잡으러 올라가는 것 자체가 목숨을 건 모험이지요. 하지만 미술가가 제시한 돈은…… 그 모든 걸 감수하게 해주고도 남았습니다. 우린 마을 회의를 열었고, 두 시간 동안 이어진 난상토론 끝에, 며칠 전 생포해서 조그만 오두막에 넣어뒀던 콘도르를 내주자는 데 합의했어요. (그러면서 그땐 이미 다 늙어 머리가 하얗게 센 이장은 어깨를 으쓱했다.) 뭐, 그 정도는 신께서도 이해해주지 않을까요? 뭐니뭐니해도, 우리도 먹고살아야 하니 말이에요." (이번에도 덧붙이자면, 그들은 예로부터 콘도르를 신으로 여기며 섬겨왔다. 매년 여는 콘도르 축제 역시 신을 위한 일종의 의례였고 말이다. 그런데—이게 진짜인지 아닌지는 알 수 없지만—이장은 다큐멘터리 촬영이 끝난 뒤 비웃듯 입꼬리를 올리며 이렇게 말했다고 한다. "훗. 사실 우리 마을에 콘도르를 신으로 떠받드는 인간은 하나도 없거든. 요새 누가 그런 걸 믿느냐고. 안 그렇소, 피디 양반? 그냥 당신네 같은 사람들—그러니까 카메라 하나 달랑 들고 와서는 세상 어디엔가 아직도 새새끼를 신으로 믿는 순수하다못해 덜떨어진 인간이 몇 명이라도 남아 있길 바라는 그런 사람들 말이야—

이 보고 싶어하는 광경을 보여줄 뿐이지." 말을 마친 이장은 입고 있던 화려한 무늬와 색상의 전통의상을 벗어버리더니 재빨리 주머니가 여러 개 달린 낡은 등산복 조끼 같은 걸로 갈아입었다. 그는 자신이 투잡을 뛰고 있다며, 다른 다큐멘터리 팀이 곧 도착할 거라고 말했다. 거기서 이장이 맡을 배역은 전통 생활양식을 지키기 위해 고군분투하는 순박한 오지인 중 하나라는 것이었다. 왠지 좀전보다 훨씬 더 구부정한 자세로 걸어가다 말고, 이장은 문득 생각났다는 듯 주머니에서 구형 아이폰을 꺼내더니 전원을 껐고, 피디는 그 뒷모습을 멍하니 바라보고 있었다.)

　잠시 이야기가 딴 데로 흘렀는데, 다시 한번 말하지만, 데이비드 발렌타인은 괴짜 중에서도 눈에 띄는 괴짜였다. 그렇게 현대미술계에서 잘나가는 것 같더니, 얼마 후 그는 전업을 선언했다. 그렇다고 해서 사람들 앞에서 공식적으로 '이젠 장례업 분야로 진출할 생각입니다'라고 말했다는 건 아니다. 한동안 작품도 더이상 만들지 않고 네바다주 어느 시골 마을에 칩거하고 있다가 뜬금없이 이상한 프로젝트를 하나 들고 나타났을 뿐이니 말이다. 그의 컴백 기자회견은 그 유명한 51구역 인근의 유일한 마을인 레이첼 입구에 있는 정비소를 빌려 진행됐다. 지나는 자동차라곤 기껏해야 하루 스무 대 남짓이던 마을 앞 도로는, 그날 외지에서 온 온갖 차량들로 뒤덮였다. 정비소 안엔 주변 학교에서 빌려온 철제 의자가 백여 개 정도 놓였고, 천장에 달린 선풍기들은 풀가동됐다. 그

렇지만 그럼에도 불구하고 내부는 엄청나게 더웠고 사막 같은 땅
에서 피어오르는 열기와 끈적한 기름 냄새 때문에 기자들은 숨이
막히기 일보 직전이었다. 입구에서 나눠준 유인물을 접어 부채질
을 하며, 그들은 대체 이 괴짜 미술가가 언제 나오는 거냐고 욕을
해댔다. 그런 식으로 삼십 분쯤 지났을까, 정비소 앞쪽 녹슨 문이
열리더니 검은 양복을 말끔하게 차려입은 데이비드 발렌타인이
성큼성큼 걸어들어왔다. 잠시 후 웅성거림이 가라앉자, 미술가가
자신의 새 프로젝트에 대해 발표하기 시작했다.

　요점만 정리하자면, 데이비드는 세상에서 가장 기묘한 건축물
을 설계했다. 그 건축물의 이름은 '방주'였고 약 30,000m²에 이르
는 부지는 한국의 'W'라는 도시 인근에 마련됐다. 기자들은 태블
릿을 꺼내 재빨리 W시에 대해 검색했다. 사실 너무나 생소한 이
름이었다. 결국 그들 중 하나가 손을 들고 질문했다. '방주'라는
건축물의 용도는 무엇이며, 하필 많고 많은 장소 중 W라는 도시
를 고른 이유는 뭔가. 그러자 기다렸다는 듯 데이비드 발렌타인이
웃으며 대답했다. "아마 검색해본 분들은 이미 눈치챘겠지만, W시
인근에 있는 그 부지는 무척이나 의미 있는 장소입니다. 그래요,
불과 수년 전까지만 해도 거기선 세계 최대의 열병합발전소가 가
동되고 있었습니다. 말이 좋아 열병합발전소지 사실은 폐기물처
리장이라고 봐도 되는 그 시설 때문에, 주민들은 단 하루도 불안
에서 벗어나지 못한 채 떨며 살아야 했고요. 높이 솟은 거대한 굴

뚝에선 날마다 폐비닐, 폐플라스틱을 태우는 시커먼 연기가 뭉게뭉게 솟아났고 그 넓은 대지는 죽음의 땅으로 변해갔습니다. 환경단체와 시민들의 노력 덕분에 다행히 발전소 가동은 중단됐지만, 이번엔 그 땅을 어떻게 처리하느냐가 또다른 쟁점으로 떠올랐습니다. 어디나 그렇듯 지방 재정은 파탄 직전이었고, 산간지방에 있는 그 척박한 부지에 흔쾌히 투자하겠다는 회사는 아무데도 없었으니까요. 우연히 그 소식을 접하고서, 나는 그곳이 의미 면에서나—왜냐하면 죽음을 넘어 불멸에 도달한다는 게 내 프로젝트의 최종 목표였고, 그건 폐기물과 쓰레기로 죽어가는 땅을 생명의 장으로 탈바꿈시키는 일과도 일맥상통했으니까요—금전적으로나 가장 적합하다는 결론에 도달했습니다. 하지만 그렇다고 처음부터 그쪽 분들, 그러니까 뭐라더라, 대책위 사람들이 협조적이었던 것은 아닙니다. 그들은 '폐기물 치우니 장례식장 들어오나', 뭐 이런 이상한 구호가 적힌 현수막을 내걸고 사사건건 시비를 걸었어요. 그렇지만 결국 그분들도 이 프로젝트의 깊은 뜻을 이해했고, 이게 그저 장례식장이나 시체보관소 따위의 단순한 의미를 가지는 일이 아니란 걸 알게 되었습니다. 물론 충분한 보상이 뒤따랐다는 것 역시 말씀드리고 싶군요. 여하간 그후론 모든 게 물 흐르듯 흘러갔고, 프로젝트는 순조롭게 진행됐던 것입니다."

데이비드 발렌타인이 설계한 '방주'는 그러니까 세상에서 가장 큰 시체보관소였던 것이다. 그러나 본인도 몇 번이나 강조했

듯 그저 시체를 파묻거나 혹은 뼛가루를 작은 항아리에 담아 칸칸이 넣어두는 그런 납골당 같은 곳은 아니었다. 오히려 그곳은 일종의 거대 냉동고 같은 장소였으며 현대 하이테크놀로지의 집약체 같은 건물이었다. 아직은 치료 기술이 개발되지 않았지만 언젠가는—적어도 수십 년 이내에—완치할 방법을 찾아낼 게 분명한 각종 질병에 걸린 부자들이 불멸을 위해 데이비드 발렌타인의 '방주'에 스스로를 보관하게 될 것이었다.

여담이지만 사람을 산 채로 냉동하는 방법이 개발된 것은 꽤 오래전 일이었다. 적어도 1970년대에 이미 액체질소의 온도인 영하 196도로 인간을 급속냉각시켜 보관하는 기술이 만들어졌으니 말이다. 죽을병에 걸린 부유한 사람들이 미래를 기약하며 거금을 내놨고 제 발로 액체질소 냉동고 안으로 걸어들어갔다. 두 개의 업체가 성황리에 운영됐으며 초기엔 큰 수익을 얻기까지 했다. 그러나 액체질소 냉동법에는 해결되지 않은 문제가 있었으니, 그건 바로 아직 해동법을 알아내지 못했다는 것이었다. 물론 냉동인간 업체는 가까운 미래에 조직을 손상시키지 않고 해동할 방법 또한 찾아낼 수 있을 거라고 널리 광고했다. 그러나—제정신이라면 응당 품을 수밖에 없는 의문이지만—사람들은 점차 그 말에 의구심을 갖게 됐다. 불사의 존재가 되기는커녕 꽝꽝 언 채 춥고 차갑고 조용한 냉동고에서 영겁의 시간을 보내게 될지도 모른다는 공포가 그들을 엄습했다. 결국 냉동인간이 되겠다는 이들은 점점 줄어들었고, 업체는 재정난에 시달리게 되었다. 그나마 실낱같은 명맥을 유지하던 냉동인간 사업에 치명적인 타격을 준 사건은 1980년대 초반에 일어났다. 업체 중 하나가 파산하면서 냉동고에 더이상 전기가 공급되지 않게 된 것이다. 계약은 파기됐고 시체—라고 해야 할지는 모르겠지만, 왜냐하면 최초에 냉동될 당시엔 아직 살아 있던 이들이니까—들은 해동됐다. 녹아버린 사람들의 모습은 비참했는데, 오랜 시간 동상에 걸려 있었던 듯 푸르딩딩해진 그 몸은 그로테스크하기가 마치 좀비 같았던 것이다.

"하지만 이제는 걱정 없습니다. 내가, 아니 정확히는 우리 회사 메디컬팀이 조직을 전혀 손상하지 않고도 완벽하게 해동하는 방법을 찾아냈으니까요." 데이비드 발렌타인은 정비소 안에 모여 있는 기자들을 둘러보며 자랑스럽게 말했다. 누군가가 그 방법에 대해 질문했지만, 특허 신청중이라는 이유로 더이상 자세한 건 알 수 없었다.

회견이 있고 얼마 지나지 않아 W시 인근의 그 부지에 '방주'가 점차 그 위용을 드러냈다. 건물은 아름답고도 장엄하게 설계됐다. 비록 거기 입주할 사람들이 냉동 오징어나 꽁치 같은 상태에 처해 있다 할지라도, 존재에 걸맞은 합당한 예우를 받아야 한다는 게 데이비드 발렌타인의 주장이었기 때문이다. 액체질소 캡슐 안에 든 채로, 그들은 창밖에 흐르는 하얀 구름이나 철마다 바뀌어 피는 꽃들, 상쾌한 봄바람과 스산한 가을바람 같은 걸 다 볼 수 있었다. (여기서 꽁꽁 얼어 있는 이들에게 과연 그런 풍광이 다 무슨 소용이냐는 합리적 질문은 아무 힘도 발휘하지 못했다. 데이비드 발렌타인보다 훨씬 저렴한 가격을 제시하던 경쟁 업체는 그런 쓸 데없는 부가 서비스에 돈을 쓰지 않고 오직 냉동과 보존, 이 두 가지 본질적인 업무에만 집중하겠다고 광고했으나 오히려 그게 사람들의 반감을 불러일으켰다. 유족—이라고 해야 할지 역시 모르겠지만. 왜냐하면 앞서 말했다시피 자기 스스로를 얼린 이들이 처음부터 죽어 있던 것은 아니니까—들은 죽은 자에게 영혼이 있다고 믿듯 꽁꽁 언 아버지나 할아버지 혹은 할머니에게도 뭔가가 있을 거라고 믿었다. 만약 정말로 그들에게 차갑게 얼어 있는 몸 이외에 어떤 다른 것이 있다면, 그래서 그렇게 액체질소 캡슐 안에 누워 추위에 떨면서도 머릿속 혹은 심장 속에서 의식 작용이 계속되고 있다면, 그들이 밤엔 어떤 꿈을 꿀 것인지, 또는 자신의 파랗게 변한 손발을 보며 어떤 생각을 할 것인지 등등의 세부적인 문제는 당연히 고려되지 않았지만 말이다.)

그런데 데이비드 발렌타인이 괴짜 중의 괴짜라는 말을 듣게 된 건 그가 겨우 냉동인간 보존사업을 벌인 일 따위를 두고 나온 얘기가 아니란 걸 알아야 한다. 그의 야심찬 프로젝트의 압권은 스스로가 냉동인간의 일원이 된다는 데 있었다. 그는 사업의 공약 사항으로, 자기도 맨 마지막에 '방주'에 들어갈 것임을 만천하에 공표했다. "물론 난 죽을병에 걸리지 않았습니다. 믿어지지 않는다면 지금 당장 건강진단서를 떼어와 공개할 의향도 있어요. 그럼 거기 왜 들어가려 하느냐고요? 그래요, 나 역시 여러분과 마찬가지로 죽고 싶지 않을 뿐이에요. 이대로 그냥 살아간다면 머지않은 미래에 내 몸은 늙고 세포는 더이상 분열하지 않을 것이며 결국엔 죽음이 찾아와 내 신체는 영원히 작동을 멈춰버리겠지요. 하지만 만약 지금 나를 얼린다면—그러니까 이렇게 아직은 젊고 생동감 있는 몸 자체를 영하 196도의 액체질소 캡슐에 넣어 보존한다면—언젠가 의학이 더 많이 발전했을 때 깨어나 불멸—혹은 적어도 그 비슷한 삶—을 누릴 수 있지 않을까요?" 사업의 주체가 스스로 냉동고에 들어간다는 사실은 사람들의 마음에 이상한 신뢰를 불어넣었고, 덕분에 세계 각지에서 냉동인간이 되겠다는 주문이 쇄도했다. 하지만 안타깝게도 누구나 데이비드 발렌타인의 아름다운 방주에 들어갈 수 있는 것은 아니었다. 액체질소 캡슐의 수는 한정되어 있었고 선착순이었기 때문이다. 총 1,000개의 캡슐 중 999개가 채워지고, 마지막으로 데이비드 본인이 들어갈 때 '방주' 중심에 있는 잘 꾸며진 정원에서 성대한 파티가 열렸다. 일종의 고별식 같은 거였는데, 거기서 데이비드 발렌타인은 감동적인 연설을 했고 사람들의 박수를 받은 뒤 특수하게 제작된 의복으로 갈아입고 차분하게 액체질소 통 쪽으로 걸어갔다.

문제는 '방주'가 지어진 뒤로부터 삼십 년이 지났을 때 일어났다. 데이비드 발렌타인이 W시와 맺은 부지의 전세 임대차계약이 끝나버렸기 때문이다. '방주'를 관리하던 서너 명의 직원은—그 땐 이미 노인들이었는데—더이상 무엇을 어떻게 해야 할지 몰라 난감해졌다. 시는 더 높은 임대료를 내고 계약을 연장하거나 아니면 1,000개의 액체질소 통을 치우라는 내용이 담긴 공문을 보내왔다. 그러지 않으면 더이상 전원을 공급할 수 없다는 무시무시한 경고문이 붉은 글씨로 덧붙어 있었다. 머리를 맞대고 회의한 끝에 사장을 깨워 그의 지시에 따르자는 결론을 내린 직원들은, 특허까지 냈다는 해동법 매뉴얼을 들고 데이비드 발렌타인의 액체질소 통을 열었다. 그러나 꽝꽝 얼었던 몸이 녹고도 한참의 시간이 지났지만, 그가 살아 있다는 바이탈사인은 어디서도 나타나지 않았다. 차갑고 축축한 데이비드 발렌타인은 푸르스름하게 변한 채 말 없이 누워 있을 뿐이었다. 다시 말해서, 해동은 실패했던 것이다. 허둥대던 직원들은 일단 그를 액체질소 통에 넣고 다시 전원을 연결했다.

나머지 999개의 캡슐에 들어 있는 이들을 살았다고 봐야 하는지 그렇지 않다고 봐야 하는지를 두고 공방이 벌어졌다. 그나마 연락이 닿은 유족들은 액체질소 통을 열고 삼십 년간 잊고 있던 할아버지, 할머니 또는 아버지를 꺼내 땅으로 돌려보냈다. 그러나 W시에서 아무리 전화를 걸고 이메일을 보내고 공문을 보내도 대부분의 사람들은 꽁꽁 언 채 기묘한 미소를 머금고 있는 가족을 찾아가려 하지 않았다. 그들은 휘갈겨 사인한 시체 포기 각서를 국제 퀵배송 서비스로 W시 시청에 보냈다. 종교계까지 나서서 액체질소 통의 전원을 끊는 일의 비인간적인 면을 비판하자 시는 어쩔 수 없이 그들 모두를 떠안았고, 그래서 정확히 785명의 살아 있으면서 동시에 죽어 있는 존재가 꽁꽁 언 채 거기 머물게 되었 던 것이다.

그리고 언제부턴가 날씨가 좋은 날이면 사람들은 돗자리를 들 고 그 아름다운 장소로 산책을 오기 시작했다. 누가 처음 거길 '조 각공원'이라고 불렀는지는 모르지만, 알고 보면 그건 꽤 어울리는 이름이었다.

물론 그렇게 공원을 찾는 이들 중 데이비드 발렌타인이 누구인 지 제대로 아는 사람은 거의 없었고, 부지 전체를 둘러싸고 있는 원형의 건축물 안에 누가(또는 무엇이) 들어가 있는지 알고 있는 이들도 차차 적어졌다. 당연한 얘기지만, 데이비드 발렌타인이 왜 해동법도 모르면서 그런 일을 벌였는지도 끝까지 밝혀지지 않았 다. 하긴 그걸 궁금해하는 이도 나중엔 아예 없어졌지만 말이다.

해변의 묘지

그 배를 처음 발견한 것은, 동해항에서 출발하여 러시아의 블라디보스토크로 가는 크루즈 여객선에 타고 있던 사람들이었다. 정확히는 생전 처음 크루즈 여행을 떠나던 칠십대의 노부부였는데, 마침 그 둘은, 기대감과 호기심으로 즐겁게 떠들며 유람선 이곳저곳을 구경하던 대부분의 승객들과 달리 뱃전에 나와 다투고 있던 참이었다. 평생을 내륙지방의 공무원으로만 일해온 남자의 간곡한 부탁 때문에 부부가 유람선을 타고 블라디보스토크로 출발한 거긴 하지만, 아내는 이번 여행에 큰 불만을 가지고 있었다. 그녀는 이 정도 경비라면 한려수도나 제주도 같은 곳에서 더 맛있는 음식을 먹으며 편히 쉴 수 있을 거라고 주장했다. 게다가 배는 생각만큼 화려하지 않았고, 출발한 지 한 시간도 되지 않았는데 벌써 멀미에 시달리고 있었던 것이다. 여하간, 그럼에도 불구하고, 사회적 지위라든가 그 밖의 여러 요인을 고려하여 최대한 낮고 음울한 목소리로 티격태격 다투고 있던 부부의 눈에 멀리 수평선을 떠오르는 한 척의 나룻배가 보였던 것이다.

그런데 여기서 좀더 세세하게, 그러니까 나중에 노부부의 집을 방문하여 직접 취재를 했던 기자들의 기록을 참조하여 설명하자면, 그냥 나룻배가 덜컥 나타난 것은 아니었다. "집사람이 다른 건 몰라도 눈은 밝거든." 달마도 액자가 걸려 있는 고풍스러운 거실에서 전직 공무원인 노인이 점잖게 말했다. "그러니, 절대 잘못 봤다고 할 순 없어요." 옆에서 깎은 사과와 차를 내온 아내가 거들었다.

한창 대화에 열중하고 있던(기자에 의하면, 그 둘은 아래와 같이 신신당부했다는 것이다. "일부 언론에서 우리가 다투고 있었다고 하는데, 그건 사실이 아니오. 그저 이런저런 이야기를 나누며 저녁 바다를 감상하고 있었을 뿐이지. 그래서 하는 얘긴데, 기자 양반이 꼭 좀 정정해서 내보내줬으면 해요. 이거 원, 다투는 중이었다고 신문에 실려서 방방곡곡 알려지니 남부끄러워서 살 수가 있나.") 중, 그 거대한 회오리를 먼저 발견한 사람은 눈이 밝은 아내 쪽이었다. 이미 어둑어둑해져가는 저녁이었지만, 그래도 재작년 백내장 수술을 받은 뒤 이상하게 먼 거리의 사물을 잘 보게 된 아내의 눈엔 그 모든 기이한 광경이 바로 앞에 있는 듯 생생하게 다가왔다는 것이다.

"지금까지 한 번도 보지 못한 엄청난 회오리였어요. 저녁 바다는 평온하고 멀리서 찰싹찰싹 뱃전에 파도 부딪는 소리만 들려오는데, 갑자기 수평선에 그런 거대한 물줄기가 솟아오르니 깜짝 놀랄 수밖에요. 처음엔 회오리일 거라곤 생각도 못했고……" 그때 사과를 다 씹어 삼킨 전직 공무원 노인이 또 말을 거들었다. "집사람이 탄성을 지르는 바람에 나도 그쪽을 쳐다봤지. 난 그게 큰 고래가 아닐까, 생각했어. 전에 신문에서 본 적 있거든. 동해에 향유고래들이 집단으로 살고 있다는 기사 말이야."

노부부는 그 회오리를 수십 마리의 고래떼가 일제히 수면 위로 뛰어오르며 연출하는 장관이라 여기고, 방금 전까지 다투던 것도 잊은 채 입을 벌리고 바라보았다. 그러다가 퍼뜩 사진을 찍어야겠다는 생각이 떠올랐고 주머니를 뒤져 폰을 꺼내는데, 물줄기의 중심에서 나룻배(로 보이는 것) 하나가 붕 날아오르듯 허공에 나타나더니 가뿐하게 수평선 위에 안착하더라는 것이었다. 정신을 차리고 보니, 어느새 회오리는 사라지고 저녁 바다는 언제 그랬냐는 듯 잔잔하게 반짝이고 있었다. "이상하단 생각이 든 건 그때였지." 노인이 아주 먼 과거를 회상하기라도 하듯 눈을 감으며 말했다. 동해항에서 그리 멀리 떨어지진 않았지만, 그래도 망망대해라면 망망대해라고도 볼 수 있는 바다 한가운데에, 돛도 없는 나룻배가 떠 있는 광경은 뭔가 그로테스크했다. "하지만 우린 바닷가가 고향도 아니고, 그래서 그냥 그럴 수도 있나보다, 여기며 도로 선실로 들어가려고 했어. 저녁 바람이 꽤 찼거든. 회오리에서 나룻배가 날아오른 건, 뭐 헛것을 봤나보다 생각했지. 사실 아무리 집사람 눈이 밝아도, 그런 어둑어둑한 저녁이라면 뭐든 잘못 볼 수 있는 법이잖아. 그런데 그때였어. 나룻배 위에서 반짝이는 불빛과 두 팔을 휘젓는 사람 같은 게 보인 것은."

이번에도 그 모든 걸 발견한 사람은 역시나 시력이 좋은 아내였다. 그녀는 벌써 저쪽 객실로 들어가는 입구 계단에 발을 딛고 서 있는 남편을 소리 높여 불렀다. 아무래도 느낌이 이상했기 때문이다. 솔직히 노인은 그때 그냥 선실로 들어갈까, 아니면 아내에게 가볼까를 두고 잠시 망설였다. 왠지 새된 목소리로 부르는 아내의 말투가 다시 싸움을 걸려는 것처럼 여겨졌던 탓이다. 그러나 결국 마음을 고쳐먹고 아내가 서 있는 뱃전으로 간 덕에, 두 사람, 즉 과테말라 출신의 청년 알레한드로와 칠레산 대왕오징어잡이 어선에서 실종됐던 한국인 선원 박홍수가 목숨을 구할 수 있게 되었던 것이다.

"여보, 저길 봐요. 누가 구해달라고 하는 거 같은데……" 노인은 눈을 찡그린 채 멀리 수평선을 바라봤다. 그때 또다시 아내가 말했다. "그거 있잖아요, 그거." 그러면서 그녀가 남편의 잠바 주머니를 뒤져 꺼낸 것은 동해항에서 유람선에 올라타기 직전 손녀딸이 건네준 학생용 망원경이었다. "할아버지, 이걸로 바다 구경 많이 하세요." 아이가 그렇게 말하며 쥐여주는 작은 플라스틱 망원경을, 그는 기뻐하는 척하며 받아서 잠바 주머니에 대충 넣어뒀던 것이다. "허, 그런데 그게 꽤 쓸모가 있더라고." 노인은 그 망원경의 접안렌즈 부분을 눈에 대고 수평선을 노려봤다. 아내 말대로 배 위엔 사람으로 보이는 두 개의 형체가 열심히 팔을 휘젓고 있었다. 무엇보다도 노인이 그들을 조난자로 확신하게 된 계기는, 그중 한쪽이 손전등을 이용해 만들어내는 모스부호 때문이었다. 젊은 시절 고성 부근 최전방 부대에서 통신병으로 복무했던 노인은 불빛이 깜빡이며 만드는 신호의 의미를 곧장 이해했고, 그래서 다급히 뒤를 돌아보며 아내에게 외쳤다. "얼른 뛰어가서 누구든 좀 불러와. 저기서 사람들이 구조를 요청하고 있어!"(나중에 알았지만 신호를 보낸 이는 한국인 선원 박흥수였다. 그 또한 젊은 시절 군대에서—비록 최전방 부대는 아니었지만—통신병으로 복무했었기에 그때까지 모스부호를 잊지 않고 있었던 것이다. 그로부터 꽤 시간이 지난 후, 박흥수는 정식으로 노인의 집을 찾았는데—왜냐하면 노부부야말로 궁극적으로는 그들 생명의 은인이었으니까—그때 그 둘은 반갑게 인사를 나눈 뒤 통신병 생활에 대한 추억을 나누며 금세 형님, 아우 하는 사이가 되었다고 한다.)

중요한 것은, 노인이 기자가 마지막으로 던진 질문엔 끝까지 묵묵부답으로 일관했다는 사실이다. 그는 이번 사태에 대해 어떻게 생각하느냐는 말에 고개만 저을 뿐이었다. 그것은 현재의 상황 전반에 대한 걱정 같기도 했고 혹은 모든 것을 거부하겠다는 고집스러운 의지의 표현, 또는 그저 별생각이 없다는 일종의 무관심, 그 어느 것으로도 해석 가능한 오묘한 제스처였다.

동해에서 출발하여 24시간 뒤면 블라디보스토크에 도착할 예정 인 여객선의 선장은 잠시 앉아서 쉬고 있었다. 모든 것이 완벽한 항해였다. 적어도 객실 서빙 담당 팀장이 황급히 뛰어들어와 이상 한 보고를 하기 전까지는 말이다. 그는 밖에, 그러니까 아무도 없 는, 아직은 오징어 잡는 배나 명태 잡는 배도 안 다니는 캄캄한 바 다 한가운데에 뜬금없이 나룻배가 하나 나타났는데, 거기 두 명의 조난자가 구조를 요청하고 있다고 소리쳤다. "뭐라고? 나룻배? 지금 자네 머리가 어떻게 된 거 아닌가?" 그러나 긴가민가하면서 도 선장은 그를 따라 밖으로 나갔다. 예의 그 노부부가 뱃전에 서 있다가 문구사에서 산 게 확실해 보이는 작은 망원경을 건넸다. "저깁니다. 그들이 지금 SOS 신호를 보내고 있어요. 내가 통신병 으로 있어서 잘 아는데, 저건 확실한 신호요." 예의바르게 노인의 망원경을 거절한 선장은, 보기에도 멋들어진 최고급 망원경을 꺼 내 한 눈에 대고 멀리 수평선을 바라봤다. 정말로 나룻배가 떠 있 었다. 그야말로 돛도 엔진도 아무것도 없는, 그저 방금 전까지 젓 다가 잠시 내려놨을 것 같은 노 두 개만 뱃전에 걸쳐져 있는, 진짜 나룻배였다. 그는 망원경을 옆구리에 끼면서 갑판 담당에게 말했 다. "어서 해안경비대에 연락해. 그리고 저쪽으로 배를 돌리고."

거대한 유람선은 나룻배가 있는 쪽으로 천천히 다가갔다. 혹시 물결을 일으켜 작은 배가 뒤집힐까봐 최대한 안전한 거리까지만 다가간 뒤, 선장은 메가폰을 입에 대고 소리쳤다. "잠깐 기다리시오. 곧 구조대가 올 테니까." 그러자 나룻배에 있던 두 사람(얼핏 봐서는 도무지 어느 나라 출신인지 알 수 없었다. 둘 모두 너덜너덜한 옷을 입고 얼굴은 바닷바람과 소금기에 절어 시커멓게 된데다 머리는 산발을 하고 있었기 때문이다)은 그제야 안심했다는 듯 바닥에 털썩 주저앉는 것이었다.

구조된 뒤, 두 사람은 각각 자신들의 이름과 나이, 국적부터 밝혔다. 탈수와 열사병 증세로 거의 쓰러져가고 있어도, 그게 가장 중요한 절차였기 때문이다. "박흥수. 52세. 한국. 음, 그리고 알레한드로. 25세. 과테말라." 이름을 받아 적다 말고, 구조대원은 자기도 모르게 고개를 갸우뚱했다. 과테말라라니. 그는 잠시 그 나라가 어디쯤 있는 건지 생각했지만, 곧 머리를 흔들었다. 어차피 세상 모든 나라의 이름을 다 알 수는 없는 법이니까. 그럴 필요도 없고 말이다.

얼마 뒤 알레한드로와 박흥수는 동해 시내에 있는 의료센터로 옮겨졌다. 혹시 아무도 알 수 없는 의문의 전염병 등에 감염됐을 가능성을 고려하여, 머리부터 발끝까지 방역복으로 몸을 감싼 요원들이 그들을 이송했다. 물론 처음부터 그렇게 철저히 격리됐던 것은 아니다. 어차피 그들이 외계 행성에서 미지의 바이러스를 몸에 붙이고 올 가능성이 있는 우주인도 아니고 또 그렇다고 해서 지구상에 아직까지도 밝혀지지 않은 극도로 위험한 박테리아가 숨어 있을 리도 만무하니, 굳이 그래야 할 이유가 없었던 것이다. 구조된 후 그들은 담요와 갈아입을 옷을 제공받았고, 며칠간 굶었을 것을 감안하여 삼키기 쉬운 유동식 위주의 따뜻한 식사도 대접받았다. 특히 한국인인 박흥수에겐 호기심 어린 질문이 쏟아졌으나, 배려심 깊은 구조팀장 덕분에 외따로 떨어진 작은 선실에서 조용히 쉴 수 있었다. 그는 오랜만에 만나는 보송보송한 옷과 침구, 베개를 보며 눈물 흘렸다. 다시는 맛보지 못할 거라 여기던 호사였다. "육지로 가면 병원에 가서 건강진단을 받을 겁니다. 그런 다음엔 출입국관리사무소로 가서 간단히 서류를 작성할 거고요. 그나저나, 같이 있던 저 친구(그러면서 구조팀장은 고갯짓을 해서 알레한드로가 있는 옆 선실을 가리켰다)는 당신보다 좀 오래 걸릴지도 몰라요. 아무래도 외국인이니까. 하여간, 사정이 다 밝혀지면 당신은 고향으로 돌아갈 테고, 그리고 저 청년—과테말라에서 왔다고 했던가요?—도 자국으로 다시 돌아갈 수 있겠지요." 그러나 구조팀장은 이 말을 할 때 박흥수의 얼굴에 근심이 가득 차오르는 것을 눈치채지 못했다. 하긴, 눈치챘다 해도 방금 전까지 망망대해에서 이리저리 떠돌다 겨우 구조된 자의 당연한 표정 정도로 여겨졌겠지만 말이다.

구조팀장이 문을 닫고 나가자, 박홍수는 침대에 누웠다. 앞으로 어떻게 해야 할지 고민도 하기 전에, 졸음이 밀려왔다. 그렇게 깜빡 잠이 들었을 때, 갑자기 누군가가 문을 쾅쾅 두드렸다. 여전히 대서양 한가운데를 헤매며 이제 모든 것이 끝이라고 울부짖는 악몽에 시달리다 말고, 그는 비몽사몽간에 눈을 떴다. 문득 구조됐던 건 다 꿈이고, 사실은 썩어가는 나룻배 위에서 서서히 죽어가고 있을지도 모른단 생각이 들었다. 하긴, 어쩌면 그게 더 말이 되는 상황일지도 모른다. 도대체 누가 믿어줄 것인가. 자기들이 거쳐온 그 기이한 경로를. 그래, 이게 꿈이라면 이대로 깨고 싶지 않다. 그는 차라리 눈을 감아버렸다. 아마 잠시 후면 거대한 파도가 이 작은 배를 덮칠 것이고 그러면 그들은 흔적도 없이 바닷속으로 사라지리라. 기다렸다는 듯 배고픈 상어떼가 무리지어 나타날 테고, 그렇게 우리는 자연으로 돌아가는 거겠지. 박홍수는 눈을 감은 채 쓸쓸히 웃었다. 평생 바다에서 살아왔으니, 그것도 그리 나쁜 결말은 아닐지도 모른다.

　하지만 문이 열리고 웅성대는 소리, 방역용 합성수지 의복의 부스럭거리는 소리 등등이 들려오더니, 마치 우주인 같은 복장을 한 사람들 서넛이 안으로 들어오는 것 아닌가. 그들은 만져서는 안 될 생물을 만지기라도 하듯 조심스럽게 그를 깨웠다. "일어나세요, 박홍수씨. 당신들은 동해에 있는 도립방역의료센터 분관으로 이송될 겁니다." 그 와중에도 칠레산 대왕오징어잡이 어선에서 십여 년 넘게 일해온 박흥수는 뭔가 이상하다는 것을 느꼈다. 그는 아직도 잠이 덜 깨 웅얼대는 목소리로 물었다. "방역센터라니요? 아니, 우리가 뭘 병자라도 된다는 겁니까? 보다시피 난 이렇게 팔팔하다고요. 그저 며칠 굶고 파도에 시달려서 좀 맛이 가긴 했지만 말이에요." 그러나 우주복 같은 걸로 온몸을 감싼 이들은 더이상 아무 말도 하지 않았다. 그들은 자기네가 입은 것과 비슷하게 생긴 비닐옷을 건네더니, 어서 입으라고 손짓했다. 아픈 데도 없는데 구조용 침대에 강제로 눕혀져 선실 밖으로 옮겨지며 보니, 옆방에선 알레한드로가 같은 차림으로 이송되고 있었다. 그는 불안에 떨며 박흥수에게 물었다. "지금 어디로 가는 거죠? 어떻게 된 거냐고요!" 그때 박흥수는 그저 눈짓만 보낼 수밖에 없었다. 자신도 영문을 모르겠다는 어리둥절한 얼굴로.

다행히 의료센터에서 그들은 약간의 위장병과 몇 군데의 찰과상, 기아와 탈수로 인한 전반적인 신체 기능 저하 외에는 지극히 건강하다는 진단 결과를 얻었다. 요원들은 그제야 우주복 같은 비닐옷을 벗었고, 그럼에도 불구하고 왠지 믿어지지 않는다는 표정으로 두 사람을, 그중에서도 특히 알레한드로를 힐끗힐끗 쳐다보는 것이었다. 여하간, 그런 오만 가지 검사와 검역을 거친 다음, 드디어 그들은 출입국관리사무소 동해출장소로 이동할 수 있게 되었다. 구조된 직후 박흥수를 통해 난민 지위를 인정받고 싶다는 의사를 내비친 알레한드로 때문이었는데, 당연한 일이지만 동해출장소에는 스페인어를 쓰는 중남미인과 대화할 수 있는 사람이 하나도 없었다. 결국 평소 중국인 이주노동자 관리를 주업무로 하던 직원이 난민심사관 대리로 서류를 작성하게 되었고, 통역은 그나마도 어눌하게나마 알레한드로와 의사소통을 해온, 그리고 누구보다도 저간의 사정을 잘 알고 있을 박흥수가 맡게 되었던 것이다.

녹취록

작성자: 출입국관리사무소 동해출장소 난민심사관 대리

안녕하십니까, 심사관님. 알레한드로에 대해 이야기하기 전, 먼저 제가 어떻게 해서 그를 만났고 나룻배에 동승하게 되었는가를 설명하는 것이 필요할 듯싶습니다. 그런데 심사관님도 어쩌면 저에게 일어났던 일을 이미 들어서 알고 있을지도 모르겠네요. 남대서양의 대왕오징어잡이 어선에서 한국인 선원 하나가 실종됐던 사건 말입니다. 얼마 전 동해 앞바다에서 천신만고 끝에 구조된 뒤 가장 먼저 한 일은 그간 밀린 신문을 훑어보는 것이었는데, 그 사고가 지역 일간지에 보도된 적이 있다는 걸 알았거든요. 뭐, 중앙일간지에 실리지 않은 것은 십분 이해합니다. 왜냐하면 제가 타고 있던 배가 비록 한국의 수산업체에 대왕오징어를 공급해오긴 했지만, 국적은 칠레로 등록되어 있었고 선주도 우리나라 사람이 아니었으니까요. 여하튼, 여길 보십시오. (그러면서 박흥수는 주머니에 소중하게 간직하고 있던 꼬깃꼬깃 접은 A4용지를 꺼내 펼쳐 보였다. 거기엔 '원양어선에서 한국인 선원 실종. 그물 걷던 중 바닷속으로 사라져'라는 타이틀이 찍힌 어느 지역신문의 한 페이지가 인쇄되어 있었다.) 그때 저는 새벽 조업 당번으로 혼자 그물을 걷고 있었는데, 그만 발을 헛디디는 바람에 그대로 풍덩 빠져버리고 말았던 겁니다. 동틀 녘이긴 하지만 여전히 어둡고 시커먼 바다에서, 내가 사라진 줄도 모르고 배는 그저 앞으로 앞으로만 나아갔지요. 물속에선 대왕오징어 서너 마리가 내 주변을 돌며 위협적으로 헤엄쳤지만, 다행히 다른 더 흥미 있는 먹잇감이 생겼는지 잠시 후 어디론가 가버리더군요. 그나마 구명조끼를 착용했던 덕분에 깊고 깊은 심해로 가라앉진 않았지만, 날이 밝고 머리 위에서 뜨거운 태양빛이 내리쪼이자 저는 서서히 정신을 잃어가기 시작했습니다. 목이 타서 죽을 지경이었지만 짠 바닷물을 들이켜는 순간 그대로 황천길이라는 걸 알았기에 그저 신의 가호로 누군가가 지나가기만을 기다리며 그 넓고 넓은 망망대해에 둥둥 떠 있는 수밖에 없었던 것입니다. 심사관님, 그래서 드리는 말씀인데, 이 친구는 정말 제 생명의 은인입니다. 그러니 부디 너그러운 마음으로 여기서 살아갈 수 있게 도와주면 안 될까요? (박홍수는 이렇게 말하며 옆에 앉아 초조한 듯 볼펜을 만지작거리던 알레한드로를 가리켰다. 심사관 대리는 타자를 치다 말고 고개를 들어 과테말라 청년을 한번 바라봤고, 사무적인 어조로 차분하게 대답했다. "그건 제가 혼자서 판단할 일이 아닙니다. 구조된 뒤 밀린 신문부터 훑어봤다니 잘 알겠지만, 요즘 이런 문제들로 세상이 워낙 시끄러워야지요. 여하튼, 박선생님의 의견은 잘 참고할 터이니, 하던 이야기나 계속해주길 바랍니다." 그러면서 심사관 대리가 자기가 무슨 얘길 하는지 알겠냐는 듯 눈짓을 하자, 박흥수는 힘없이 고개를 끄덕였다.) 어쨌든 바로 그때였습니다. 저멀리 수평선에서 마치 신기루처럼 나룻배 한 척이 나타난 것은 말입니다. 그 배엔 과테말라 출신 형제인 알레한드로와 마누엘이 타고 있었습니다. 자비심 많은 그 형제는, 아니 정확히는 형인 알레한드로는─왜냐하면 그때 이미 동생인 마누엘 소년은 죽어가고 있었기 때문입니다─물위에 떠 있는 나를 발견하고는, 곧장 노를 저어 왔습니다. 그러고는 자기들도 며칠간 먹지 못해 기운이라곤 하나도 없는 상태였으면서도 아무런 망설임 없이 있는 힘을 다해 나를 배 위로 끌어올려주었던 것입니다. 아, 이런. 동생 얘기가 나오니 벌써부터 알레한드로의 눈에 눈물이 고이기 시작하는군요. (박흥수 역시 자기도 모르게 흐르는 눈물을 닦으며, 앞에 놓인 티슈 케이스에서 화장지 한 장을 뽑아 울고 있던 알레한드로에게 내밀었다.) 그렇습니다. 지금부터 하는 얘긴 배 위에서 몇 날 며칠 대서양을 헤매는 와중에 알레한드로에게 띄엄띄엄 들은 것들입니다. 따라서 지명이라든가 시간, 혹은 사건의 선후관계가 헷갈릴지도 모르니, 그 점에 대하여 미리 양해를 구하고자 합니다. 물론 처음부터 알레한드로는 자기에게 일어난 모든 일을 한 점의 거짓이나 꾸밈도 없이 있는 그대로 솔직하게 들려주었지만, 그 사연을 이렇게 심사관님께 옮기는 과정에서 아무래도 약간의 착오나 실수가 없을 순 없으니까요. 어쨌든 제가 들은 바로는, 알레한드로와 마누엘 형제는 과테말라시티에서 태어났습니다. 잘 아시 겠지만 그곳은 중앙아메리카 최대의 도시이며 '남미의 작은 파리'라는 별명으로 불릴 만큼 관광지로도 이름을 날리는, 과테말라의 주도이자 수도인 곳이지요. (참, 여기서 덧붙일 말은, 제가 형제의 나룻배에 구 조되기 전부터 그 도시에 대해 잘 알고 있던 건 아니라는 사실입니다. 다만 얼마 전 방역센터에서 온갖 검사를 다 받으며 몇 날 며칠을 보낼 때 병원 일층에 있던 공용 컴퓨터로 이것저것 검색해본 뒤 알게 되었 을 뿐이니까요.) 그런데 과테말라시티가 이름난 관광지이자 크고 아 름다운 도시라는 것을 아는 이는 많아도, 그곳 외곽 어딘가에 세계 최 대의 쓰레기산이 있다는 것을 아는 사람은 아마 별로 없을 듯싶습니 다. 저 역시 당연히 몰랐고 말입니다. 하여간, 쓰레기산은, 말 그대로 쓰레기로 뒤덮인 거대한 산입니다. 더 정확히 표현하자면, 산이 쓰레 기로 덮인 게 아니라 쓰레기들이 쌓여서 킬리만자로나 에베레스트 같 은 높은 산이 된 것이지요. 거기서 알레한드로와 마누엘은 돈이 될 만 한 쓰레기들, 예를 들어 구리선이나 철 쪼가리, 혹은 누군가가 실수로 잃어버린 반지, 목걸이 등등을 찾아 하루종일 돌아다녔다고 합니다. 사실 심사관님도 구글에서 검색해보면 아시겠지만, 그곳은 거의 쓰레 기지옥 같은 장소입니다. 온갖 더러운 것들로부터 썩은 물이 흘러나와 강을 이루고, 사람들은 그 물을 허우적대며 건너서 산을 기어오르니까 요. 그들은 피부병, 호흡기질환, 이질성 설사 등 온갖 질병에 시달리면 서도 절대 그 산을 등질 수 없습니다. 왜냐하면 저녁에 집으로 가져갈

빵을 마련할 길이 그것밖엔 없기 때문입니다. 그러나 알레한드로와 마누엘은 결국 그 산을 떠나게 되는데, 그건 어느 날 과테말라시티에 내린 큰비로 그 거대한 쓰레기산이 무너져내렸던 탓입니다. 그때 수십명의 사람들이 쓰레기 더미에 깔려죽는 걸 본 형제는 더 늦기 전에 그곳을 뜨자고 결심했고, 그간 모은 돈을 여비 삼아 국경을 넘기로 작정했던 것입니다. 처음에 그들은 멕시코를 거쳐 미국으로 들어갈 계획을 세웠습니다. 그리고 적어도 그때까진 그게 어느 정도 실현 가능성 있는 일로 보였던 거지요. 하지만 청천벽력 같은 일이 그들 형제에게 닥쳤습니다. 생각지도 못한 높디높은 장벽이 멕시코와 미국 사이의 국경에 세워졌으니까요. 브로커의 도움을 받아 몰래 국경을 넘던 사람들이 찜통 같은 차에 방치된 채 열사병으로 죽는 걸 본 알레한드로와 마누엘은, 드디어 최종적인 결론에 도달하게 됩니다. 그들은 멕시코로 들어가 동쪽으로 걷고 또 걸은 끝에 유카탄반도의 어느 작은 어촌 마을에 도달했고, 거기서 가진 돈을 거의 다 털어 나룻배 한 척을 구입했습니다. 그리고 남은 아주 약간의 돈으로, 알레한드로는 마을 입구 가게에서 몇 병의 생수와 소금에 절인 고기 한 덩이를 샀던 것입니다. 네, 이제는 짐작하시겠지요? 그들이 어떤 식으로 국경을 넘으려 했던 건지를 말입니다. 형제는 잠도 자지 않고 둘이서 열심히 교대로 노를 저어 플로리다의 어느 해안에 몰래 닿으려는 계획을 세웠습니다. 의외로 많은 어부들이 그런 방법을 써서 미국 땅을 밟곤 한다는 소문을 들었기에 형제의 심장은 기대감으로 쿵쿵 뛰었습니다. 그리하여 곧 둘은 노를 저어 바다로 나아갔던 거지요. 그러나 운명이란 꿈을 가진 사람들에겐 무척이나 불친절한 법인가봅니다. 알레한드로와 마누엘이 탄 배가 갑작스런 풍랑을 만나 먼바다로 떠내려간 걸 보면 말입니다. 형제는 죽을힘을 다해 노를 저어댔지만, 미친 듯 날뛰는 파도 앞에선 속수무책이었습니다. 노를 저으면 저을수록, 배는 점점 더 해안으로부터 멀어졌으니까요. 결국 넓디넓은 대서양 한가운데서 미아 신세가 된데다 가지고 있던 물과 식량마저 다 떨어진 형제는 수면 아래 낮게 떠가는 바다거북을 잡아 그 피를 마시고, 질기고 비릿한 살코기를 뜯어먹으며 버티게 되었습니다. 그렇게 며칠이 지났을까. 처음엔 하루 이틀 사흘 나흘 닷새 이런 식으로 날짜를 세었지만, 언제부턴가는 그것마저 포기한 채, 낮에는 쏟아지는 뜨거운 태양 아래서 서서히 정신을 잃어갔고 밤엔 추위와 공포에 떨며 바다 위를 떠다니던 형제들 가까이로, 배가 지나갔습니다. 그것도 한 척이 아니라 꽤 여러 척의 배가 연달아 지나갔던 것이지요. 그중엔 거대한 고래잡이배도 있었고, 냉동 고등어와 대구를 잔뜩 실은 어선도 있었으며, 멀리 중동 지방에서 출항한 게 확실한 검고 커다란 유조선도 있었다고 합니다. 그러나 그들 중 어느 누구도 애타게 손을 흔들며 구조를 요청하는 형제를 구해주려고 하지 않았어요. 결국 마누엘은 너무나 절망하여 바다로 뛰어들었고, 알레한드로가 가까스로 건져냈을 땐 이미 죽은 거나 마찬가지인 상태가 되고 말았던 겁니다. "만약 그때 당신을 발견하지 않았더라면, 나 역시 같은 선택을 했을지도 몰라요." 이건 이 청년이 (그러면서 박흥수는 옆에 앉아 있던 알레한드로를 가리켰다) 구명조끼 하나에 의지한 채 떠다니던 저를 구해준 얼마 뒤 한 얘깁니다. "그러고 보면…… 누군가를 살려야 한다는 의지가 결국 나 자신을 살아가게 하는 힘이 되는 것 같기도 하네요." 알레한드로는 또 이렇게도 중얼거렸지요. 배 위에서 저는 그가 나눠준 바다거북의 피를 마시고 그 고기를 뜯어먹었습니다. 그런데 어떻게, 그 머나먼 대서양 한가운데서 이곳 동해 바다로 오게 되었냐고요? 네, 마침 그 얘길 들려드리려던 참이었습니다. 저 역시 이 이야기의 가장 중요한 포인트가 바로 그 부분이라고 생각하고 있었으니까요. 헌데 심사관님은 혹시 버뮤다 삼각해역이란 곳을 알고 있습니까? 한때 그곳에선 툭하면 비행기나 배가 흔적도 없이 사라지곤 했지요. 덕분에 그 기이한 삼각형 지역에 대하여는 항시 괴상하고도 음산한 소문이 떠돌았고 말입니다. 정처 없이 바다 위를 헤매던 우리의 나룻배가 그 미스터리한 해역에 도달했다는 것을 가장 먼저 깨달은 사람은 저였습니다. 원양어선 선원이었던 제게 나침반이 하나 있었기 때문인데요, 그걸로 말하자면 심해 이만 미터 깊이에서도 깨지지 않고 물도 새지 않는다는 최고급 방수 다기능 시계 겸용 나침반이었던 겁니다. 그날도 갈증과 기아에 시달리며 대체 우리가 어디쯤 있는 건지 알고 싶어 손목에 차고 있던 나침반을 본 순간, 저는 그곳이 바로 그 악명 높은 해역이라는 걸 알았고, 공포에 떨기 시작했습니다. 거기가 얼마나 무서운 곳인가 하면, 원양어선들도 될 수 있으면—기름값이 두 배로 들더라도—그곳을 지나지 않고 빙 돌아가는 항로를 택하곤 하는 걸 보면 알 수 있지 않습니까. 그러나 제가 그 사실을 알려줬을 때 알레한드로는 별로 놀라지도 않고 그저 쓸쓸히 웃을 뿐이었습니다. 그는 "어딜 가나 다 똑같아요. 그렇지 않으요?" 이런 말을 힘없이 중얼거리더니, 갑판에 누워 미동도 않는 동생을 바라보며 멍하니 앉아 있는 것이었습니다. 그때만 해도 난 이 청년이 마침내 머리가 이상해졌다고 믿었고, 나라도 정신을 차리자는 굳은 결심으로 아무것도 없는 수평선을 이리저리 둘러보았던 것입니다. 그런데 정말로 이상한 건, 버뮤다 해역을 이루는 삼각형의 무게중심에 해당하는 지점에 가까워질수록 주변의 모든 풍광이 너무나도 기묘하게 변해가기 시작했다는 사실입니다. 그건 마치…… 바로 이곳이야말로 모든 것을 빨아들여 사라지게 하는 '마의 삼각해역'임을 몸소 보여주려는 바다의 몸짓 같았다고나 할까요. 하늘은 맑고 구름 한 점 없는데도 중심으로 가까이 갈수록 파도는 내 키보다도 높이 쳤고, 어디선가 수만 볼트의 전압이 흐르는 전선 수십만 개가 뒤엉킨 송전탑에서나 날 법한 웅웅대는 소리들이 들려와 점점 머리가 아파왔습니다. 돌아보니 알레한드로 역시 괴로운 듯 자기 머리칼을 쥐어뜯고 있었습니다. 아아, 그때였습니다. 문득 눈앞의 풍경 전체가 둘로 갈라지기 시작한 건 말입니다. 뭐라고요? 풍경이 어떻게 둘로 갈라지냐고요? 글쎄요. 제가 그 이유를 어찌 알겠습니까. 다만 한 가지 확실한 것은, 지금까지 우리가 보고 있던 수평선과 하늘, 이런 것들이 이차원적인 평면으로 돌변하더니, 어떤 거대한 손이 바다 풍경이 그려진 캔버스를 찢기라도 하듯 모든 게 반으로 쫙 쪼

개지더라, 이겁니다. 두려움에 눈을 감고 있다 살짝 떠보니, 우리가 탄 나룻배가 빙글빙글 돌며 그 반으로 갈라진 시퍼런 풍경 사이로 빨려들고 있었습니다. 누가 먼저랄 것도 없이 나와 알레한드로는 비명을 질렀지요. 그러나 그것도 잠시, 우린 둘 다 의식을 잃고 말았습니다. 마지막으로 본 건 불쌍한 마누엘, 알레한드로의 하나뿐인 동생의 몸이 멀리 진공같이 텅 빈 공간으로 튕겨져 날아가는 장면이었습니다. 나는 "잘 있거나. 그동안 고마웠어"라고 이 세계에 작별을 고했습니다. 그간 살아온 슬프고도 힘든 나날들, 혹은 그 와중에 아주 잠깐 기쁘기도 했던 순간들이 빠르게 눈앞을 스쳐지나가더군요. 후회할 것도 더이상 남아 있지 않은, 길면 길다고 볼 수도 있는, 그러나 역시 생각해보면 너무나 짧은 오십여 년의 세월이었습니다. 하지만 불행인지 다행인지, 삶은 그렇게 쉽게 끝나는 것이 아니었습니다. 누군가가 흔들어 깨우는 소리에 눈을 떠보니, 알레한드로가 나를 내려다보고 있지 뭡니까. 처음엔 그곳이 저세상이라 여겼고, 그래서 저는 빙긋이 미소 지었습니다. "자넬 여기서도 또 만나는군"이라고 중얼거리면서 말입니다. 하지만 내 말에 그가 고개를 세게 저었습니다. 그러더니 멀리 수평선 어딘가를 가리키더군요. 난 가까스로 몸을 일으킨 뒤 최대한 눈을 찡그리고 그곳을 바라봤습니다. 보기에도 웅장하고 화려한 유람선이 유유히 바다를 가로지르고 있었습니다. 우린 이럴 때를 위해 소중히 간직해온, 비닐에 싸서 바닥에 잘 숨겨두었던 손전등을 꺼냈고, 그걸 이용하여 구조 신호를 보냈습니다. 알레한드로는 열심히 두 팔을 휘저었고요. 배가 서서히 다가오고, 드높은 뱃전에서 선장이 메가폰으로 방송하는 소릴 들으며, 그제야 나는—도무지 믿어지진 않지만—우리가 한국—그래요, 나의 고향 말입니다—영해에 들어왔다는 걸 알았습니다. "이제 살았어!" 영문을 모른 채 눈만 굴리고 있던 알레한드로에게 저는 이렇게 외쳤습니다. 그러고는 서로 부둥켜안고 엉엉 소리 내어 울었던 거지요.

심사관님, 저의 이야기는, 아니 알레한드로 청년의 이야기는 여기서 끝입니다. 물론 믿지 못할 수도 있다는 걸 잘 압니다. 대서양 연안의 버뮤다 삼각해역에서 어떻게 갑자기 한국의 동해에 나타날 수 있단 말인가. 혹시 이자들이 거짓말을 하는 것은 아닌가. 이런 의혹이 지금 심사관님의 머릿속을 가득 채우고 있겠지요. 그런데, 왜 그런 일이 일어났는지, 그 연유는 저희들 역시 알지 못합니다. 신의 자비가—그날 버뮤다 해상의 중심에서 막막하기만 한 풍경을 둘로 찢던 그 보이지 않는 거대한 손 말입니다—우릴 이곳으로 실어온 건지, 아니면 이 모든 것은 사후에 꾸는 꿈이고 나와 알레한드로는 대왕오징어의 밥이 되어 죽어가고 있는 건지, 그 누가 알겠습니까. 하지만 그렇다고 해서, 오직 다른 이들의 신뢰를 얻을 목적으로, 실제로 겪은 기이하고 말도 안 되는 일 대신 개연성 있고 현실적이며 어느 정도 말이 되는 가짜 경험을 들려드릴 순 없는 노릇 아니겠습니까. 그러니 부디 현명한 판단을 내려주시어, 제 생명의 은인이자 갈 곳 없는 불행한 존재인 알레한드로에게 이곳에서 마음 편히 살아갈 수 있는 권리를 선사해주길, 간

곡히 요청하는 바입니다.

난민심사관 대리는 미친듯이 타자를 치느라 아픈 팔을 주무르며 종이컵에 든 커피를 한 모금 마셨다. 그는 박홍수의 말이 믿어지지 않았다. 하긴 이런 이야길 믿는다면, 그게 더 이상한 일일지도 모른다. 그러면서도 한편으론 박홍수와 과테말라 출신 청년인 알레한드로가 겪은 기괴한 모험이 진실이라고 생각되는 것을 어쩔 수 없었다. 그 역시 어린 시절 '버뮤다 삼각해역의 비밀' 따위의 기기묘묘한 이야기들을 자주 읽었고, 그렇기에 그런 신비로운 일이 일어나지 않으리라 군이 단정하기가 못내 싫었기 때문이다. 게다가 무엇보다도 그는 알레한드로가 겪은 고난에 신경이 쓰였다. 웬만해선 그 청년에게 기회를 주고 싶었고, 그럼으로써 수년 전부터 지고 있던 마음의 짐을 조금이나마 내려놓고 싶기도 했다. 출입국관리사무소 동해출장소에 근무하면서, 그는 시 경찰과 합동으로 항구 인근 여인숙을 여러 번 급습했다. 거기서 찾아낸 불법체류자들(대부분은 중국인이었지만, 간혹 몽골인이나 러시아인이 섞여 있을 때도 있었다)을 배에 태워 본국으로 보낼 때마다 업무를 마쳤다는 후련함보다는 뭐라 말할 수 없는 울적함에 시달려왔기에, 이번만큼은 좀 다르게 일을 처리해보고 싶은 작은 욕심마저 생겨났던 것이다. 마침내 그는 '승인'이라고 새겨진 도장을 꺼내들었고, 그걸 서류에 눌러 찍기 위해 인주 뚜껑을 열었다. 그러나 그 직전, 그러니까 인주가 잔뜩 묻은 도장을 들고 파일을 열기 직전, 책상 위에서 전화벨이 요란스레 울렸다. 어쩔 수 없이 도장을 내려놓고 전화를 받은 그의 목소리가 차차 낮고 어둡게 변해갔다. 모르는 사람이 들었다면 슬픈 목소리라고 여길 정도였다. "예, 그럼요. 알고 있지요. 요즘 분위기…… 알겠습니다. 일단은 보류하도록 하겠습니다." 이렇게 대답하고 그는 힘없이 수화기를 내려놨다. 기대감에 가득차 기다리고 있을 알레한드로의 얼굴, 그를 위해 열심히 저간의 사정을 설명하던 박흥수의 검고 주름진 얼굴이 동시에 떠올랐다. 그러나 어쩔 수 없는 일이었다. 어떻게 소문을 들었는지, 벌써 출장소 앞엔 꽤 여러 명의 사람들이 나타나 플래카드, 피켓 등을 들고 있었다. 그들은 불안과 의혹에 빠져 있었고, 알레한드로라는 낯선 청년이 거짓말을 하고 있다고 믿었다. 하지만 그런 이들을 어떻게 설득할 수 있을까. 사람은 누구나 자기와 다른 존재 앞에서 공포와 두려움을 느낀다. 끔찍하고도 기괴한 외계인에 관한 수많은 괴담, 영화, 소설이 그걸 말해주고 있지 않은가.

결국 알레한드로의 난민 인정 신청은 거부당하고 말았다. 어깨를 축 늘어뜨리고 문을 나서는 과테말라 청년에게 심사관 대리가 다가와 낮게 속삭였다. "너무 실망하지 말아요. 아직 이의 신청 절차가 남아 있기도 하고…… 어떻게든 살 수 있는 길이 열릴 테니까요. 희망을 가지라고요." 그러나 알레한드로는 천천히 고개를 저었다. 그는 이 모든 것이 소용없는 일로 여겨졌다. 생각해보니, 과테말라시티의 쓰레기산 인근에서 태어났다는 것 자체가 이후의 모든 운명을 예고하는 전조나 마찬가지였던 것이다. 지구 위 어딜 가도, 그리고 만에 하나 이곳, 생전 처음 발을 딛는 아시아의 낯선 땅에서 살아갈 수 있게 된다 해도, 그는 영원히 거대한 쓰레기산 과 그 사이를 휘감으며 흐르는 폭포수 같은 썩은 물에서 벗어나지 못하리라. 어떻게 보면 그가 쓰레기산에서 살았던 게 아니라, 쓰레기산이 그의 내부에 단단히 자리잡고 있는 걸지도 몰랐다. 알레한드로는 대기실의 딱딱하고 차가운 플라스틱 의자에 털썩 주저앉았다. 밖에선 시끄러운 소리가 들려오고 있었다. 그의 이야기를 믿어주지 않는 수많은 사람들. 그는 그들 안에 단단히 자리잡고 있는 건 무엇일지 궁금했다.

그때 박홍수가 저쪽 복도에서 황급히 달려왔다. 그는 대기실로 들어오자마자 두리번거리며 사방을 둘러봤다. "알레한드로, 이러고 있을 때가 아니야! 우리 얘기가 텔레비전에 나오고 있다고." 구석에서 찾은 리모컨을 눌러 벽 위에 걸린 TV를 켜자, 여러 명의 사람들이 둥근 테이블 같은 데에 둘러앉아 알레한드로로서는 전혀 알아들을 수 없는 이야기를 심각하게—그러나 동시에 뭐가 그리 재미있는지 신나게 웃기도 하면서—나누고 있었다. 박홍수의 말에 의하면, 그 사람들은 각계각층의 전문가들인데, 그들이 어떻게 해서 그 머나먼 대서양 연안에서 이곳 동해 앞바다에 나타날 수 있었는가를 두고 열띤 토론을 벌이고 있다는 것이다. 그중 재야 지질학자라는 한 남자의 의견이 알레한드로와 박흥수는 물론, 그 자리에 있던 방청객들 및 토론을 시청하던 수많은 사람들의 주의를 끌었는데, 그 요점을 정리하자면 다음과 같다.

"그러니까 제 얘기는 이겁니다. 버뮤다와 이곳 동해 앞바다 사이에 일종의 공간이동 통로 같은 게 열리고 말았다는 거지요. 그리고 이 모든 사태의 배후엔 동아시아입자물리연구소 측의 책임이 가장 크다고 보면 될 테고요. 그들이 동해 어딘가 해저 깊은 곳에 위험하고도 강력한 블랙홀 발생 시설—그저 최초의 우주가 어떤 모습이었는지 연구한다는, 그런 비실용적인 이유로 말입니다. 아니, 도대체 그걸 왜 알아야 하지요? 최초의 우주는커녕 우린 아직도 현재의 우주, 지구 내부의 비밀, 심해의 신비, 아니 더 나아가서는 인간 그 자체 또는 자기 자신조차도 제대로 파악하지 못하고 있는데 말입니다—을 만들었으니까요. 아마 여러분도 기억하겠지만, 그 괴상한 기계를 해저에 설치하기로 했을 때 얼마나 많은 사람이 반대했습니까? 하지만 대부분의 학자들은 그게 절대로 블랙홀을 만들지 않을 거라 장담했고, 만약 만들어진다 해도 10^{-25} 초도 안 되는 짧은 시간 사이에 저절로 사라져버릴 테니 안심하라며 자기들 주장을 밀어붙였던 거지요. 그렇지만 그때 나는 분명히 경고했습니다. 설령 그 기계(전문적인 용어로는 '거대강입자가속기'라 불리는 건데요)가 블랙홀을 만들어내진 않는다 해도, 환태평양조산대에서 멀지 않은 동해에 그런 시설이 들어서는 것은 섶을 지고 불로 뛰어드는 거나 마찬가지인 끔찍하고도 위험한 행위라고 말입니다. 환태평양…… 불의 고리. 언제 열릴지 모르는 지구의 가장 깊은 곳. 강입자가속기는 그것을 가동하는 데 필요한 수억 볼트의 전압으로 불의 고리를 강력하게 흔들고 만 겁니다. 덕분에 그 안, 수십만 킬로미터에 달하는 지구 내부로 실체를 알 수 없는 신비한 통로가 열린 거고요. 그렇습니다. 그 입구 중 하나가 아마도 버뮤다 삼각해역에 오픈되었을 테고, 알레한드로인가 하는 과테말라 난민이 거길 통해 우리나라 동해에 나타나게 된 것입니다. 그런데 여러분, 더 놀라운 사실이 뭔지 압니까? 그런 문, 통로로 들어가는 입구가, 분명 버뮤다 한 곳에만 열린 게 아니리라는 겁니다. 아직 우린 모르고 있지만, 그곳을 지나 동해 앞바다로 나올 수 있는 수많은 문들이 지금쯤 지구 곳곳에 오픈돼 있지 않을까요? 재야 지질학자로서, 나는 그것을 확신합니다. 방송이 끝난 뒤 검색해보면 알겠지만—그리고 인터넷 서점에서 『환태평양 조산대의 비밀』이라는 제 책을 주문한 뒤 읽어보면 더 자세히 알게 되겠지만—내가 평생 연구해온 분야가 바로 그거니까요. 여하튼 중요한 것은, 앞으로 그 수백수천 개의 통로를 통해 셀 수도 없이 많은 사람들이 동해 앞바다에 나타나게 될 거란 사실입니다. 따라서 이제 우린 결정해야 합니다. 그들을 받아들이고 이부자리와 보송보송한 옷과 따뜻한 식사를 제공할 것인지 아니면 지금이라도 강입자가속기를 정지시킨 뒤 그 기묘한 기계를 완전히 파괴함으로써 불의 고리에 열린 저 문(그러면서 그 재야 지질학자는 마치 버뮤다-동해 사이에 열린 통로가 바로 가까이에 있기라도 한 듯 뒤를 돌아보았다)을 닫아버릴 것인지를 말입니다."

남자의 얘기가 끝나자, 방청객들이 앞에 놓인 버튼을 눌러 찬성, 반대를 표시하기 시작했다. 통로를 닫느냐, 아니면 이 기이한 기적을 받아들이느냐를 두고 각자의 의견을 보여주는 시간이었다. 물론 지질학자의 주장, 버뮤다에서 동해에 이르는 공간이동 통로가 열렸다는, 어떻게 보면 앞뒤가 맞지 않는 황당한 이야기를 사람들이 믿었다는 건 아니다. 그러니까 이 모든 건 그저 일종의 재미, 시청자들을 위한 약간의 스릴감 넘치는 서비스 같은 것일 뿐이었다. "자, 이제 결과를 공개하겠습니다." 사회자가 외치자, 녹화장 정면의 전광판에서 LED등이 명멸하며 온갖 숫자들이 번쩍였다. 알레한드로와 박홍수 역시 고개를 길게 빼고 벽 위쪽에 걸린 텔레비전을 응시했다.

그러나 결국 그들은 찬성하는 사람이 몇 명인지, 반대하는 이들은 또 몇 명인지를 알지 못하고 말았다. 화면이 갑자기 바뀌며 '뉴스 속보'라는 네 글자가 떠올랐기 때문이다. 당황하여 말을 더듬는 아나운서의 이야기를 들어볼 것도 없이, 박홍수는 대체 무슨 일이 일어나고 있는 건지 바로 알아차렸다. 42인치 고화질 TV

에 비춰진 건 그들이 수 주 전 도달했던 동해의 푸른 바다와 하늘이었다. 고요하고 잔잔한 수면 위론 어울리지 않게도 끊임없이 회오리가 일었고, 거기에서 돛조차 없는 나룻배라든가 뗏목, 곧 가라앉을 듯한 낡고 조그만 어선, 조악하기 그지없는 고무보트 같은 것들이 수평선을 가득 메운 채 천천히 해안으로 다가오고 있었다.

골튼 에이지

"세상에 별일이 다 있군."

늙은 열쇠 수리공이 중얼거렸다. 그는 자신의 좁고 어두컴컴한 가게를 둘러보았다. 과연 이곳이 삼십 년간 하루도 쉬지 않고 일해온 바로 그 가게란 말인가? 이번엔 일어서서 구석구석을 꼼꼼히 살폈다. 갖가지 부품을 보관해둔 플라스틱 서랍들을 하나하나 열어봤고, 벽에 촘촘히 박아둔 못에 걸어놓은 견본 열쇠들을 손으로 만져봤다. 역시나 그대로였다. 변한 건 하나도 없었다는 뜻이다. 그럼에도 불구하고, 그는 이 가게도 그리고 세상도 전과 같지 않다는 생각을 떨칠 수 없었다. 그러니까 굳이 설명하자면 세계 전체가 반대 방향으로—만약 원래의 방향이란 게 있었다면 말이다—360도 회전한 뒤 제자리로 돌아온 느낌이라고나 할까.

방금 전 큰 소리로 인사를 하고 뛰어나간 아이만 해도 그렇다. "할아버지, 나 없는 동안 밥 잘 먹고 있어! 기념품 사올게." 그는, 아이가 반말로 아무렇지도 않은 듯 외쳤지만, 속으론 며칠간 혼자 지낼 할아버지를 무척 걱정하고 있다는 걸 잘 알고 있었다. 옆에 놓인 달력에 볼펜으로 동그라미를 그리며, 그는 빙긋이 미소 지었다. 이상한 느낌이 든 건 그때였다. 왠지 이 모든 순간들을 아주 오래전부터 수도 없이 반복해온 듯한 기분? 작업대 위로 툭 떨어진 눈물을 보고서야 노인은 자기가 울고 있다는 것을 알았다. "이런, 바보 같은……" 눈물을 대충 훔친 다음, 늙은 열쇠 수리공은 고개를 저으며 피식 웃었다. 원래 이 나이가 되면 별것도 아닌 일들이 마음에 걸리는 법이다.

"그렇지, 말도 안 되잖아." 그는 다시 한번 중얼거리며 서랍에서 일회용 밴드를 꺼내 오른손 엄지에 갈아붙였다. 그러고 보니 정말 나이가 들었구나. 어디서 손을 다쳤는지도 기억 못하다니. 노인은 손톱이 부서져 나간 손가락을 한참 동안 쳐다봤고, 그런 다음 열쇠 복제기 위에 올려뒀던 키의 한쪽 면을 매끄럽게 다듬기 시작했다.

*

405번 지방도에서 그 오래된 전파상을 찾는 것은 그리 어렵지 않았다. '시공전파사'. 칠이 벗겨진 간판엔 희미하게나마 가게의 이름이 남아 있었다. 뿌연 유리문에 얼굴을 대고 들여다보자, 몇 개의 구형 라디오와 전기밥솥, 선풍기, 낡은 텔레비전 같은 것들이 진

열돼 있는 게 보였다. 안엔 아무도 없었다. 문을 밀어보니, 꿈쩍도 하지 않았다. 그때 누군가가 내 어깨에 손을 얹었다. 화들짝 놀라 뒤를 돌아보니, 수염을 텁수룩하게 기른 거구의 남자가 서 있었다.

"뭐 찾는 거라도 있소?"

나는 고개를 끄덕였다. "그럼, 들어오시오." 남자는 마치 내가 찾아올 것을 미리 알고 있기라도 했다는 듯 담담한 표정으로 문을 열었다. 안으로 들어서니, 내부는 생각보다 훨씬 넓었다. 생전 처음 보는 기계들이 몇 대 놓여 있었고, 방금 전까지도 뭔가를 하고 있었던 듯 작업대 위는 여러 가지 공구들로 어지러웠다.

남자는 잡동사니로 가득한 가게 한구석에서 철제 의자를 꺼내 오더니 대충 먼지를 털었다. 엉거주춤 앉자, 그가 뒤쪽에 있는 냉장고를 열며 말했다. "음료수라도 들겠소?" 그러고는 대답도 듣지 않고 비타민 음료 한 병을 돌려 따는 것이었다. 찾아온 목적을 얘기하려고 하자 남자가 손을 내저었다. "아니, 알고 있소. 김상옥씨 때문에 온 거 아니오?" 그러면서 그는 내가 들고 있던 책의 표지를 가리켰다. 거기엔 '홀로그램 우주: 실전편'이라는 제목이 검은 명조체로 또렷이 찍혀 있었다.

*

김상옥씨가 언제 그림을 배웠는지는 아무도 알지 못했다. 물론 대부분의 사람들은 이렇게 말했지만. "그 노인네, 그런 거 배운 적 없다니까. 평생 열쇠만 만들었는데, 언제 그림을 그려?" 하지만 어떤 이들은 이런 말을 하기도 했다. 그 정도 그림을 그리는 덴 대단한 기술이 필요치 않다고. 사실 김상옥씨의 그림은 '과연 미술이란 무엇인가?'라는 질문에 어떤 대답을 하는 사람인가에 따라 완전히 다르게 보였다. 때로 그것은 천재적인 미술가의 뛰어난 추상화처럼 보이기도 했고, 다른 각도에서 그건 그저 어린애의 낙서처럼 지루하고 재미없게 느껴졌으니 말이다. 그러나 한 가지 확실한 건, 어쨌거나 그 그림을 처음 본 사람들이 거의 대부분 비슷한 반응을 보였다는 사실이리라. 즉 그들은 다음과 같은 감탄사를 내뱉으며 한동안 가만히 서 있었던 것이다. "오, 이런!"

이장을 비롯한 마을 원로들은 김상옥씨의 그림을 전문가에게 보여줘야 한다는 데 의견을 모았고, 어찌어찌하여 인근 대학에서 미술을 가르치는 강사 한 사람을 데려오게 되었다. 그는 뜨악한 얼굴로 차에서 내렸지만, 막상 지하실에서 그림을 마주했을 땐 앞서 본 이들과 똑같은 반응을 보였다. 3차세계대전이 일어나 지구의 종말이 온다 해도 이곳으로 피신하기만 하면 안전할 듯 여겨지는 튼튼한 철근콘크리트 구조의 거대한 지하실은 바닥에서 천장, 사면 벽에 이르기까지 온통 의미를 알 수 없는 점, 선, 면으로 뒤덮여 있었다. 그는 그림 앞에, 아니 그림 한가운데 멍하니 서 있다가 한참 뒤에야 겨우 정신을 차리더니 이렇게 말했다. "……정말

대단하군요. 아마추어가 이런 걸 혼자 그린다는 건 거의 불가능에 가까운 일이거든요."

어깨에 떨어진 먼지와 거미줄을 조심스럽게 털어내며 지하실 계단을 올라오던 강사는, 문득 생각난 듯 다시 지하로 내려갔다. 그는 지하실 전체를 둘러싼 캔버스 천에 코가 닿을 만큼 가까이 다가가 냄새를 맡더니 고개를 갸우뚱거리며 손가락으로 그림을 쓸어봤다. "도무지 알 수가 없네요. 대체 뭘로 그린 걸까요? 아무래도 물감에 뭔가 특이한 성분을 섞은 것 같은데……" 차에 오르며 강사는, 나중에 김상옥씨가 돌아오면 반드시 연락을 달라고 신신당부했다. "사실 요즘은 이런 스타일이 인기거든요. 뭔가 난해하고 추상적이면서도 스케일이 큰 것. 게다가 그림이라곤 배운 적 없는 열쇠 수리공 노인의 필생의 역작이라고 하면, 작품에 얽힌 스토리텔링도 이만한 게 없을 겁니다."

이장은 차가 마을길을 빠져나가 보이지 않을 때까지 거기 서 있었고, 그런 다음엔 돌아서서 열쇠 수리점 문이 잘 잠겼는지 두 번이고 세 번이고 흔들어봤다. 열쇠 장인답게, 김상옥씨는 자기 가게에 엄청나게 크고 튼튼한 자물쇠를 걸어두었다. '괴팍한 노인네 같으니라고. 이런 취미가 있었으면 귀뜸이라도 해줄 것이지. 그나저나, 대체 어디로 여행을 간 거야? 간다고 얘기하고 가면 누가 뭐라고 하나?' 이런 갖가지 생각에 골똘히 빠진 채 자물쇠를 수십 번은 더 흔들어보느라, 그는 아까부터 전봇대 뒤에 서서 이쪽을 노려보는 한 남자의 시선을 눈치채지 못했다. 남자는 헝클어진 머리에 빛바랜 작업복 차림이었고, 찬바람이 부는 2월의 날씨에도 불구하고 잠바 하나 걸치지 않은 채였다. 그는 이장이 떠나기를 기다렸다가 조용히 가게 앞으로 다가왔다. 아무도 없는 걸 확인한 뒤 주머니에서 뭔가를 꺼내 한참 동안 들여다보더니, 결심한 듯 자물쇠에 손을 얹었다. 철커덩 소리를 내며 문이 열리자, 남자는 익숙한 발걸음으로 지하실 계단을 내려갔다.

스위치를 올리니, 거대한 그림이 한눈에 들어왔다.

"아아." 오래도록 그림 가운데 가만히 서 있던 남자가 신음소릴 내며 바닥에 주저앉았을 때 갑자기 뒤에서 두 개의 그림자가 나타났다. 그중 한 사람은 전광석화처럼 움직여 남자의 팔을 잡았고, 나머지 한 명은 버둥대는 그의 다리를 무릎으로 찍어 눌렀다. "이럴 줄 알았지. 범인은 언제나 현장에 다시 나타나는 법이니까!" 뒤에서 팔을 꺾으며 외치는 소리에 남자가 고통스럽게 울부짖었다. "뭐야! 당신들 대체 누구야? 나한테 왜 이러는 거냐고!" 그러자 앞에서 다리를 누르던 사람이 마스크를 벗으며 나지막하게 물었다. "이러면 알아볼 텐가? 내가 누군지?" 그제야 남자가 몸부림을 멈추더니 약간 누그러진 목소리로 중얼거렸다. "아니, 당신은…… 우편배달부 박씨잖아?" 하지만 곧 그는 더이상 아무 말도 할 수 없게 되고 말았다. 입에 청테이프가 둘둘 감긴 채 철제 의자에 꽁꽁 묶여버렸기 때문이다.

"이제 어떡하죠?" 내가 묻자, 박씨가 목장갑을 벗어 뒷주머니에 쑤셔넣으며 내뱉었다. "어떡하긴 뭘 어떡해요? 자백하도록 만들어야지."

*

김상옥씨가 사라졌을 때 그가 남긴 건 메모가 적힌 갱지 몇 장과 녹슨 열쇠 하나뿐이었다고 한다. 메모는 일종의 위임장이었는데, 그가 없는 동안 대신 처리해야 할 일들의 목록이 순서대로 적혀 있었다. 공증까지 되어 있는 그 메모엔(김상옥씨가 사라진 것과 관련해 경찰에서 간단한 진술을 한 공증인은, 별일 아니라며 웃었다. "한 서너 달 여행 좀 다녀올 계획이라고 하셨어요. 그래서 당분간 가게를 비워야 하는데, 하도 급히 결정된 여행이라 어쩔 수 없이 이렇게 됐다고 말입니다. 음, 이상한 점은 전혀 없었어요. 표정도 들떠 있었고…… 여하간 어찌나 행복해 보이던지, 나까지 기분이 좋아질 정도였으니까요.") 특이하게도 우편배달부 박씨가 대리인으로 지목돼 있었다. 처음에 박씨는 그런 일을 맡을 수 없다고 거절했다. "당연하잖아요." 그는 아직까지도 김상옥씨가 왜 하필 자기에게 그런 걸 부탁했는지 알 수 없다며 긴 한숨을 내쉬었다. "특별히 가까운 사이도 아니었고…… 그냥 우편물 배달하느라 매일 들른 것뿐인데……" 그럼에도 불구하고 메모지에 따로 적어둔 당부의 말이 워낙 애절했던지라, 결국 그는 사라진 김상옥씨의 부탁을 받아들일 수밖에 없었다. "어쨌든 거기 적어놓은 것들을 집행하느라 나름 고생이 많았습니다. 그 양반이 하도 별의별 것들을 다 적어놔서요." 실제로 메모엔 열쇠 수리점의 운영에 관한 세세한 사항들이 꼼꼼하게 적혀 있었는데, 그간 거래해온 몇몇 공구상에 줘야 할 돈은 따로 고무줄 다발로 묶인 채 서랍 속에 놓여 있었다. "그야말로 한 푼의 오차도 없더라고요. 하긴, 그러고 보면 그분이 원래 좀 셈이 밝긴 했지요." 그러면서 우편배달부는 김상옥씨가 얼마나 계산이 정확했는지에 대한 일화 몇 가지를 늘어놓았다. 시골 마을의 특성상 직접 우편물취급소에 나가기 힘들었던 김상옥씨는 어딘가에 보낼 소포나 편지가 있으면 항상 박씨에게 부탁하곤 했다. 그만이 아니라 마을에 살고 있는 주민들 대부분이 그랬는데, 그중에서 잔돈을 따로 준비해갈 필요가 없던 유일한 사람이 김상옥씨였다는 것이다. "정말이지, 더 주는 법도 없고 덜 주는 법도 없었어요. 단 한 번도 말입니다." 그런 김상옥씨의 깔끔한 태도는 우편배달부 박씨에게 굉장히 좋은 인상을 남겼다. "대부분 몇백원 정도는 대충 떼어먹고 말거든요. 나도 그걸 다 셈해서 받아내기도 뭣하고 해서 그냥 넘어가곤 했고요. 그러니 한 번도 그런 식으로 얼렁뚱땅 넘어가지 않은 김상옥씨가 얼마나 대단해 보였겠어요?" 그는, 자기가 김상옥씨의 부탁을 받아들인 가장 큰 이유도 거기에 있다며 고개를 끄덕였다.

공증인의 진술 덕분에 김상옥씨의 실종은 큰 사건으로 다뤄지지 않았다. 게다가 어차피 마을엔 김상옥씨 같은 이들이 수시로 나타났다가 사라지곤 했으니 더더욱 그랬던 건지도 모른다. 어느 날 갑자기 시골로 덜컥 내려오는 사람들. 그들은 버려진 폐가를 대충 손본 뒤 들어와 살다가 말도 없이 조용히 떠나버렸다. 그래서 김상옥씨의 경우가 좀 특이하긴 했지만(몇 년 전 그는 마을 입구의 조그만 상가를 사들여 오랫동안 수리했고 거기에 가게까지 냈다. 공사는 높다란 담을 둘러친 채 진행됐는데, 그 담은 모든 게 끝난 뒤에도 여전히 거기 서 있었다) 그가 사라졌을 때에도 주민들 중 누구 하나 크게 걱정한 사람은 없었다. 만약 공증인 말대로 여행을 떠난 거라면 언젠가는 돌아올 터이고, 혹시라도 전에 마을로 내려와 살다가 홀연히 떠난 이들처럼 그렇게 가버린 거라면 또 그건 그것대로 이유가 있는 법이었으니 말이다. 따라서 우편배달부 박씨가 일요일을 이용해 김상옥씨의 가게를 정리하고 여러 허드렛일을 처리하는 동안 아무도 관심을 가지지 않은 것 역시 당연한 결과였다. 그저 마을 노인 서넛이 지나가다 말고 잠깐 들여다보더니 "수고가 많구먼"이라고 한마디 하고 간 게 다였던 것이다.

"그날 오후였어요." 텅 빈 열쇠 수리점에 앉아 한숨 돌리던 박씨는 문득 가게 뒤편에 딸린 작은방을 떠올렸다. "처음엔 별생각 없었어요. 그냥 궁금했다고나 할까." 각종 공구와 마분지 상자들이 여기저기 쌓여 있어서인지 방은 좁고 지저분해 보였다. "어휴, 이놈의 정리벽이라니." 박씨 말마따나, 굳이 그 방까지 치워야 할 이유는 없었지만, 왠지 자기도 알 수 없는 힘에 이끌리듯 그는 상자와 공구들을 정리하기 시작했다. 그러다 뭔가 이상한 기분을 느낀 그가 얼른 가게 밖으로 뛰어나왔다. 정면에서 건물을 한참 동안 바라보던 박씨는 그대로 뒤로 몇 걸음 물러난 뒤 다시 한번 유심히 살폈고, 곧 고개를 끄덕였다. "내가 눈썰미가 좀 있는 편이거든요. 그래서 단번에 눈치챘지요." 그는 그 방의 폭이 밖에서 보는 건물 전체의 폭보다 약 일 미터 정도 좁다는 걸 알아냈다. 우편배달부 박씨는 방으로 돌아가 구석구석을 찬찬히 둘러봤다. 건물 폭보다 좁아진 부분엔 낡은 책장이 하나 세워져 있었는데, 순간 박씨의 머릿속에 퍼뜩 어떤 기억이 떠오르더라는 것이다. "언젠가 등기우편 보낼 게 있다기에 들렀는데 아무도 없더라고요. 몇 번을 불러도 대답이 없기에 혹시나 하고 방문을 여니, 김상옥씨가 책장을 밀어 벽에 붙이고 있었어요. 도와주려 했더니 극구 사양하는 모습은 무척 당황한 듯도 보였고요. 좀 있다 김상옥씨가 방에서 나왔는데, 무슨 이유에선지 어깨에 거미줄이 잔뜩 붙어 있더군요. 속달로 보내달라며 봉투를 내밀기에 그걸 받으며 한 손으로 거미줄을 떼어주려고 했는데, 화들짝 놀라며 뒷걸음질치던 게 인상적이었지요. 여하간, 그날 김상옥씨는 보통 때와는 많이 달랐어요. 왠지 어두워 보였고—뭐 평소에도 그리 밝진 않았지만—우편물

봉투도 제대로 봉하지 않은 채 췄더라고요. 하긴, 그러고 보니 그때 안에 들어 있던 편지를 읽지만 않았어도, 어쩌면 이렇게 이상한 일에 휘말려들진 않았을 수도 있겠네요. 아, 오해는 마세요. 내가 뭐, 남의 우편물을 꺼내 보거나 그러는 사람은 절대 아니니까요. 다만 그날은 우편물취급소에 돌아와보니 김상옥씨의 속달우편 봉투가 열려 있기에, 옆에 있던 스카치테이프로 붙이려고 손을 뻗는 순간 저절로 편지가 툭 떨어진 거지요. 여하간, 그 내용은 차차 들려드리기로 하고, 일단은 하던 얘길 마저 하겠습니다."

박씨는 당시의 기억을 떠올리며 책장을 손으로 스윽 밀어봤다. 그러자 책장은 옆으로 바로 밀렸고, 그 뒤에 나무로 된 문이 하나 나타났던 것이다. "손잡이를 돌려봤지만 문은 잠겨 있었어요. 그런데 그때 바로 그게 생각난 거지요. 위임장과 함께 놓여 있던 녹슨 열쇠 말이에요." 주머니를 뒤져 열쇠를 꺼낸 뒤 손잡이 아래 작은 구멍에 꽂자, 거짓말처럼 스르륵 문이 열렸다. 문 안쪽은 어찌나 어둡던지 커다란 검은 동굴 같았고, 깊은 지하에선 서늘하면서도 음습한 바람이 불어올라왔다. 입구에 가만히 서 있던 박씨가 조심조심 아래로 내려간 것은, 그로부터 약 십여 분이 지난 후였다. 흔들리는 라이터 불빛에 의지해 끝없이 계속될 것만 같은 기나긴 계단을 내려가자, 어느 순간 갑자기 넓고도 기이한 공간이 눈앞에 확 펼쳐졌다. 벽을 더듬어 불을 켠 박씨는 자기도 모르게 신음소리를 내며 뒷걸음질쳤다. "진짜 무서웠거든요. 일렁이는 라이터 불빛 때문인지, 바닥과 벽, 천장 전체를 둘러싼 점, 선, 면들이 마구 움직이는 것처럼 보이더라고요."

그는 허둥지둥 계단을 올라왔다. "처음엔 아무한테도 말하지 않았어요. 김상옥씨도 남에게 보이기 싫어서 그렇게 꽁꽁 숨겨뒀던 거 아니겠어요? 하지만 하루가 지나고 이틀이 지나자 점점 그 사실을 누군가에게 알려야 될 것 같은 기분이 들더라고요." 결국 그는 이장을 지하실로 데려갔고, 그 이후 일어난 일은 앞서 얘기한 그대로이니 굳이 덧붙일 필요가 없다고 할 수 있겠다.

*

여기까지 숨도 쉬지 않고 이야기를 늘어놓던 박씨가 갑자기 말을 멈추더니, 옆에 있던 잔을 들어 물을 들이켰다. "그런데, 왜 그런 생각을 하게 됐나요? 대체 무슨 근거로……?" 내가 하품을 겨우 참으며 묻자, 박씨가 목소리를 낮추며 주위를 둘러봤다. "그게…… 이제부터가 본론이라고 보면 됩니다. 계속 들어보라니까요." 나는 속으로 긴 한숨을 내쉬었다. 처음부터 느낀 거지만, 아무래도 이 중년의 우편배달부는 좀 이상했다. 눈엔 광기가 번뜩였고 십여 년을 똑같은 길만 빙빙 돌며 편지를 배달해서인지 기이한 망상과 편집증 같은 것에 사로잡혀 있었다. 적어도 내가 보기엔 그랬다. 멀쩡히 위임장까지 써두고 여행을 떠난 열쇠 수리공 노인이 사실은 살해당한 것이며 그것도 모자라 그 시체는 사료분쇄기에 갈려 배수관을 통해 어디론가 흘러간 게 확실하다고 주장하는 걸 보면, 뻔하지 않은가.

하긴, 문제의 시작은 내게 있던 걸지도 모른다. 그러니까, 사소한 거짓말을 하며 괜히 우쭐댔던 과거의 나 자신 말이다. 박씨를 처음 만난 건 서너 달 전이던가, 우편물취급소의 보안용 비상벨이 망가졌을 때였다. 급히 출동하여 귀청이 찢어져라 울리는 비상벨을 고치고 시스템을 다시 세팅한 뒤 일어서는데, 저쪽에서 만면에 미소를 머금은 우편배달부 한 사람이 걸어왔다. 괜찮다는데도 굳이 음료수를 권하며 나에게 이런저런 질문을 던지던 그가 문득 이야기를 멈추더니 부러움이 가득 담긴 눈초리로 내 허리춤을 쳐다봤다. "그거, 가스총인가요? 써본 적 있어요?" 아마 그 눈길에 으쓱해져서 그랬던 거겠지만, 난 그만 갖가지 무용담을 꾸며내고 말았다. "보안업체에서 일하다보면 별별 인간들을 다 봅니다. 신문이나 뉴스에 다 나오지 않아서 그렇지, 세상에 나쁜 놈들이 얼마나 많은데요. 엊그제인가도 노인 혼자 사는 집에 침입한 절도범 둘을 맨손으로 잡았는데…… 뭐, 힘은 들어도 그럴 때면 진짜 보람을 느낀다니까요." 그러면서 자신만만하게 웃었는데, 며칠 뒤 박씨가 다짜고짜 전화를 걸어와 당장 만나달라고 졸랐던 것이다. 어두워진 사무실로 찾아온 우편배달부는 미안한 듯 두 손을 비비며 말했다. "아무리 생각해도 이 일엔 당신이 가장 적격일 것 같더라고요. 지난번에 그랬잖아요. 맨손으로 강도도 때려눕혔다고. 그래서 하는 말인데, 나와 긴히 좀 가줄 데가 있어요." 그건 모두 꾸며낸 얘기였다고 밝히기도 뭐했고, 무엇보다도 이 먼 사무실까지 찾아온 우편배달부를 그냥 돌려보낼 수가 없어서 엉거주춤 자리에 앉긴 했지만, 시간이 갈수록 점점 후회가 밀려왔다. 박씨의 이야기는 지나치게 비현실적이었고 앞뒤도 맞지 않았으며 온통 억지 주장으로 가득차 있었다. 중간중간 뜸을 들이며 먼 하늘을 바라볼 땐 답답해서 미칠 것 같기도 했다. 하지만 나는 결국 마음을 고쳐먹고 다시 한번 친절하게 웃었다. 어쨌거나 박씨는 우리 업체의 고객 아닌가. "아, 이제 본론이 시작되는 거로군요. 어서 마저 들려주십시오. 정말 궁금해서 그럽니다." 그러자 박씨가 앉아 있던 자리에서 몸을 앞으로 쑥 내밀었다. 이제부터 본격적으로 이야기 늘어놓을 기세인 것이다. 난 속으로 한번 더 긴 한숨을 내쉬었고, 언제부턴가 저려오던 오른쪽 다리를 앞으로 쭉 뻗었다.

*

　그림을 발견한 지 일주일 정도 지났을 즈음이라고 한다. 업무를 마친 박씨는 마을 입구 버스 정류장 쪽으로 터덜터덜 걸어가고 있었다. 해가 져서 주위는 어둑어둑했고 어디선가 불어오는 바람에 나뭇잎 서걱대는 소리만 들리는데, 저쪽 열쇠 수리점 앞에서 그림자 하나가 재빨리 사라지더라는 것이다. "처음엔 김상옥씨가 돌아왔나 했어요. 그런데 암만 봐도 그건 아닌 것 같더라고요. 비록 어둡긴 했지만 몸집이 확연히 달랐거든요. 게다가 아흔이 다 된 노인이 그렇게 빨리 움직일 리도 없고요." 망설이던 끝에 박씨는 자신의 본분─김상옥씨의 대리인이라는─을 떠올렸고, 아무리 두려워도 거기 가봐야 한다고 결심했다. 발소리를 죽여 살금살금 걸어가보니, 놀랍게도 자물쇠는 이미 풀려 있었다. 예상대로, 지하실로 내려가는 문 또한 반쯤 열려 있었고, 밑에선 누군가가 움직이는 소리 같은 게 들려왔다. 계단 위에 숨어서 내려다보니, 덥수룩한 머리에 허름한 옷차림의 남자가 지하실에서 이리저리 돌아다니고 있었다. 그는 무슨 고민이라도 있는지 그림 앞에서 머리를 쥐어뜯기도 했고 그러다가 바닥에 털썩 주저앉아 한숨짓기도 했다. 그때였다. 너무 오래 엎드려 있던 박씨의 다리에 쥐가 나기 시작한 것은. 그는 통증을 견딜 수 없어 자기도 모르게 한쪽 발을 움찔했다. 순간 계단 나무판자가 엄청나게 큰 소리를 내며 삐걱댔고, 그러자 지하실에 서 있던 남자가 깜짝 놀라며 위를 쳐다봤다. "누구야! 거기 누구 있소?" 남자는 한동안 가만히 서 있더니 천천히 계단 쪽으로 다가왔다. 박씨는 미칠 듯이 뛰는 심장을 억누르며 숨을 죽였다. "그런데 그 와중에도 이상한 기분이 들더라고요. 목소리가 무척 낯익었거든요." 물론 우편배달부 박씨는 나중에 그 목소리의 주인공을 떠올리게 되지만, 어쨌든 그땐 아무 생각도 들지 않았다. 오직 들키지 말아야 한다는 일념뿐. 그는 최대한 몸을 작게 웅크린 채 문 뒤 좁은 틈에 숨어 있었다. 계단 앞까지 온 남자는 주위를 둘러보더니 불을 끄고는 허둥지둥 뛰어올라가 어디론가 사라져버렸다. 그가 가버리고도 꽤 오랜 시간이 지난 뒤에야 박씨는 조심조심 기어나왔다. 대체 누구지? 누군데 열쇠를 갖고 있는 걸까? 그가 알기로는 김상옥씨에게 일가친척이라곤 없었다. 친척만이 아니라 가까운 지인도 없는 듯싶었다. 오죽하면 매일 들렀다는 이유만으로 우편배달부인 자기에게 갖가지 일처리를 위임했겠는가. 그런 생각들을 하며 지하실을 왔다갔다하던 그의 눈에 작고 네모난 종이 한 장이 들어왔다. "주워보니 명함이었습니다. 당연히 처음엔 신경도 안 썼지요. 그냥 버리려고 주머니에 넣었는데…… 잠시 후 다른 걸 발견하고는 생각이 달라진 겁니다." 그러면서 우편배달부가 주머니를 뒤져 꺼낸 건 입구가 단단히 봉해져 있는 조그만 비닐봉투였다. "어휴, 들고 있기도 무섭네요. (그리고 보니 봉지를 건네는 그의 손이 미세하게 떨리고 있었다.) 하여간 이걸 발견하고서 난 김상옥씨가 죽었다는 걸 알게 됐어요. 그리고 지하실을 서성이던 놈의 정체도 떠올랐고요."

"음…… 이게 뭐죠? 아무리 봐도 뭔지 잘 모르겠는데요." 그러자 박씨가 손전등을 가까이 들이밀었다. "잘 봐요. 이건 사람의 손톱이라고요." 하지만 봉투 안엔 거무스름한 반투명의 플라스틱 조각 같은 게 들어 있을 뿐이었다. 그때 박씨가 더 어이없는 말을 중얼거렸다. 그는 그게 사라진 김상옥씨의 오른쪽 엄지손톱이 분명하다며, 자기가 그의 신체적 특징을 정확히 알고 있기에 확실하다는 것이었다. "거기 중간 부분이 시커멓잖아요. 그걸 보고 금방 알았다고요. 그게 누구 손톱인지. 김상옥씨가 우편물을 건네줄 때마다 유심히 보던 그 손인데, 어떻게 잊을 수 있겠어요? 한번은 물어본 적도 있는걸요. 어디 문틈에 손을 찧기라도 하셨냐고. 그러자 노인이 웃으며 대답하던 게 아직도 기억나요. 그냥 젊을 때부터 있던 점이라고 말이에요. 어쨌든, 손톱을 찾아낸 뒤 난 모든 걸 단번에 깨달았어요. 김상옥씨가 여행을 떠난 게 아니라는 사실을요. 생각해보세요. 매일 일만 하던 열쇠 수리공 노인이 갑자기 여행을 간다는 것 자체가 이상하지 않은가요? 그렇습니다. 그는 죽었어요. 살해당한 거라고요. 그것도 세상에서 가장 끔찍한 방법으로…… 그러니까 그 불쌍한 노인은 분쇄기에 갈려 한낱 고깃덩어리가 되고 만 거예요. 범인은 누구냐고요? 바로 그놈이죠. 지하실에 몰래 들어와 이리저리 돌아다니던 그 화가. 원래 살인범은 범행 현장에 반드시 다시 돌아온다면서요? 하지만 내가 거기서 엿보고 있을 거라곤 생각도 못했겠죠. 그리고 살인의 증거인 시체는 없애버렸지만, 손톱 조각이 바닥에 떨어져 있을 거라곤 상상도 못했을 테고요. 아, 맞다, 내가 얘기했던가요? 손톱을 발견한 순간, 그 직전 주운 명함의 의미를 알게 됐고―거기엔 가축용 사료분쇄기 대여업체의 이름과 전화번호가 인쇄되어 있었다고요―그러자 지하실을 돌아다니던 목소리의 주인공 또한 떠올랐다고 말이에요. 그래, 그건 그 화가 놈의 목소리였어. 평소 내가 그놈 때문에 얼마나 고생했는데! 사람들은 그놈한테 좌절한 천재 화가라느니 뭐 이따위 헛소릴 했지만, 난 진즉부터 알고 있었다고! 놈이 미치광이 사이코패스고, 끽해야 극장 간판이나 칠했을 게 틀림없다는 사실을. 어느 날부턴가 버려진 폐가에 들어와 살던 놈에게 툭하면 배달되던 택배가 뭐였는지 알아? 그건 죽은 동물의 사체였어. 포장도 제대로 안 돼 있어서 걸핏하면 시커먼 피가 밖으로 줄줄 흘렀고 때론 썩은 내까지 진동하는 바람에 얼마나 짜증이 났는지 몰라. 하루는 그 미친놈에게 물었어. 대체 이걸 다 뭐에 쓰냐고. 그랬더니 그놈이 오만하게 대답하더군. 자긴 전위예술을 한다는 거야. 동물의 고기와 피엔 생명의 정수가 들어 있는데, 그걸 그림으로 표현하기 위해 사체를 갈아서 물감에 섞어 쓴다나 뭐라나."

그러다가 갑자기 왼쪽 가슴을 움켜쥐며 숨을 헐떡이는 박씨에게 난 옆에 있던 잔을 건넸다. 물을 마시고 한동안 숨을 고르더니, 그제야 우편배달부는 겸연쩍은 듯 머리를 긁적였다. "이거…… 미안합니다. 좀 과하게 흥분했네요. 피에 젖은 택배 때문에 매번 옷을 갈아입어야 했던 게 생각나서 나도 모르게 그만…… 여하튼, 다시 한번 말하지만, 김상옥씨는 살해당했어요. 왜냐하면 놈은 분명 동물 사체만으론 만족을 못했을 테니까요. 점점 미쳐갔고 마침내는 사람을 이용해 작품을 만들고 싶단 생각까지 하게 된 거지요. 바닥에 떨어져 있던 사료분쇄기 대여업체의 명함이 그 증거라니까요. (혹시 잘 모를까봐 해주는 얘긴데, 그런 대형 분쇄기로는 뭐든 다 갈아버릴 수 있거든요. 얼마 전엔 동네 노인 하나가 사십 킬로그램이 넘는 죽은 개를 통째로 갈아 닭 사료로 만드는 걸 내 두 눈으로 직접 보기도 했고요.) 자, 어떻습니까? 이래도 내 말을 안 믿을 건가요?"

그러더니 우편배달부는 잠바 안주머니에서 꼬깃꼬깃 접힌 종이 한 장을 꺼냈다. "여기 마지막 증거가 있어요. 기억하지요? 전에 김상옥씨의 속달우편을 받으러 갔던 얘기 말이에요. 그때 봉투가 열려 있던 바람에 우연히 그걸 읽었다고 했잖아요. 그런데 놀라지 마세요. 그 편지의 수신인은 바로 화가였어요. 아까도 말했지만, 아마 그 편지를 못 봤더라면 나 역시 이렇게까지 의심을 하진 않았을지도 모르죠. 어차피 겉으로 보기에 두 사람 사이엔 아무 접점이 없잖아요. 하지만 난 그 편지를 읽었고, 내용도 특이해서 아직까지 기억하고 있었던 거예요. 뭐, 그때 복사라도 해뒀으면 좋았겠지만 그러진 못했으니, 일단은 떠오르는 대로 한번 적어봤습니다." 그가 건넨 종이엔 다음과 같은 내용이 또박또박 적혀 있었다.

부탁을 들어줘서 정말 고맙네. 자네가 아니었다면 내 필생의 꿈은 영원히 이룰 수 없었을 거야. 지난 주말엔 떨리는 가슴을 안고 시내에 나갔네. 거기서 물감과 캔버스 천, 붓을 사서 차에 싣고 돌아왔지. 난 그걸 지하실에 잘 정리해뒀어. 그럼, 약속한 날짜에 와주게.

뒷문을 열어둘 테니 될 수 있으면 사람들의 눈을 피해 들어오게나.

　　　　　　　　　　　—감사의 마음을 담아, 김상옥 씀

※ 추신: 아, 그리고 기계는 그때 도착하도록 미리 예약해놨다네. 전에 말한 바로 그 모델이야. 웬만큼 큰 것도 모두 분쇄할 수 있다고, 업체에서 자부하더군.

두 번이나 다시 읽은 다음, 나는 종이를 우편배달부에게 돌려줬다. 물론 이상한 내용이긴 했다. 하지만 이것만으로 폐가에 은둔하며 지내는 화가를 미치광이 살인범으로 몰고 갈 순 없지 않은가. "편지가 좀 특이하긴 하네요. 그렇지만 김상옥씨가 화가를 집으로 부른 건 다 이유가 있어서 아닐까요? 생각해보세요. 지하실에서 발견된 그 그림. 분명 김상옥씨는 미술 수업을 받고 있던 거라고요. 무슨 전문가도 그랬다면서요. 아마추어가 그런 걸 그리긴 불가능하다고 말이에요. 혹시 김상옥씨는 그 모든 작업을 혼자 해낸 것처럼 보이고 싶어서—뉴스 같은 데 보니까 요샌 그렇게 그림을 대신 그려주는 사람도 많다면서요?—화가를 뒷문으로 몰래 들어오게 한 거 아니었을까요?" 그러자 박씨가 고개를 저었다. "물론, 김상옥씨가 화가를 집으로 부른 이유는 아마 당신 생각이 맞을지도 몰라요. 하지만 무슨 이유에선지 둘 사이에 다툼이 생겼고 홧김에 화가가 그를 죽여버린 거겠지요. 혹은 (사실 난 이쪽이 더 신빙성 있다고 보는데) 처음부터 그놈은 김상옥씨를 자기 작품에 이용할 계획으로 접근했던 건지도 모르죠. 그림을 가르쳐주겠다며 감언이설로 꼬드긴 다음, 갖가지 거짓말로 분쇄기를 준비하게 하고, 그런 다음 그 불쌍한 노인을 죽여서 물감으로 만들어버린 거라고요!"

갑자기 머리가 아파왔다. 우편배달부가 말도 안 되는 얘길 하고 있다는 건 의심의 여지가 없었다. 하지만, "아저씨는 제정신이 아니에요! 그러니까 어서 병원에 가보세요"라고 말해주기엔 그의 눈빛이 너무나 애절했다. 왜 경찰에 신고하지 않고 여길 찾아왔냐는 질문에, 박씨는 재빨리 대답했다. "과연 그들이 믿어줄까요? 증거라곤 지하실에서 주운 손톱과 내 직감뿐인데?" 결국 난 길게 심호흡을 한 뒤 물었다. "알았어요. 그럼 저한테 원하는 게 뭔가요?" 그러자 박씨가 떨리는 목소리로 외쳤다. "내일 오후, 나와 함께 열쇠 수리점에 갑시다. 거기 숨어 있다가 그 화가 놈이 나타나면 잡아서 범행을 실토하게 만들자는 거예요!"

*

화가는 아무 말도 하지 않은 채, 우리 얘기를 묵묵히 듣기만 했다. 그는 철제 의자에 꽁꽁 묶인 채 숨만 몰아쉬었는데, 중간에 하도 애처로운 눈길로 올려다보기에 결국 결박은 풀어주고 말았다.
당연히 입에 붙였던 청테이프도 모두 떼어낸 뒤였다. 이야기가 끝
난 후에도 한동안 허공만 응시하던 화가가 천천히 입을 열었다.
"당신들의 추리는 거의 정확했습니다. 굳이 따지자면 팔십 퍼센트
정도 맞혔다고 해야 할까요? 네, 맞습니다. 내가…… 그 노인을
분쇄기에 넣었어요. 솔직히 아무리 늙고 몸집이 작았다고는 해도
너무 힘들었습니다. 사람이니까요─정말이지, 사람을 그렇게 하
는 건 그게 처음이자 마지막이었다고요─토할 것 같았고, 이래도
되는 건가, 라는 의문에서 한시도 벗어날 수 없었지요. 하지만 난
이를 악물고 참고 또 참아가며 그 불행한 노인을 머리부터 천천히
기계에 밀어넣었어요. 왜냐하면 그건 김상옥씨와의 신성한 약속
이었으니까요. 그렇습니다. 죽은 자가 나에게 마지막으로 남긴 유
언이나 마찬가지였다고요. ("죽은 자라고? 무슨 소리야? 당신이
김상옥씨를 죽였잖아!" 참다못한 우편배달부가 소리치자, 화가
가 나지막하게 속삭였다. "정말로 노인의 죽음의 비밀을 알고 싶
다면, 내 얘길 일단 들어주십시오. 부탁입니다.") 그런 다음 나는,
잘게 으깨어진 잔해를 모두 그러모아 특수한 성분의 물감과 섞었
어요. (한 점도 남김없이 모았다고 생각했는데…… 손톱이 떨어
져 있었다니, 김상옥씨에겐 미안한 마음뿐입니다. 그 때문에 그분
은 지금 어쩌면 무척 불편을 겪고 있을지도 모르니까요.) 잠깐, 그
런 눈으로 쳐다보지 마십시오. 다시 한번 말하지만, 그건 모두 김

상옥씨가 원해서 이루어진 일이니까요. 그래요. 김상옥씨는 스스로 목숨을 끊었어요. 정말입니다. 내가 그를 죽인 게 아니라고요. 그는 죽기 전에 그 모든 걸 계획했고, 말도 안 된다고 끝까지 거절하던 나에게 거의 매일 찾아와 간절하게 졸랐어요. 제발 자기 자신을 이용해 그림을 그려달라고. 어쩌면 이미 짐작하고 있겠지만, 지하실의 그림은 내가 그렸습니다. 일주일 동안 잠도 못 자고 제대로 먹지도 못하면서 악몽과 공포, 슬픔과 두려움에 시달리며, 오직 죽은 이와의 약속을 지키기 위해 온 힘과 정성을 다해 그렸지요. 물론 그림의 원본 스케치는 김상옥씨에게서 얻은 거였어요. 그는 내게 점, 선, 면이 어지럽게 뒤얽힌 종이를 건넸고—노인은 그걸 '설계도'라고 부르더군요—자기가 죽은 뒤에 그것과 똑같은 그림을 그려달라고 신신당부했습니다. 믿어지지 않는다고요? 나도 안 믿겨요. 그땐 내가 잠시 미쳤었고 그래서 그런 부탁을 들어준 걸지도 모른단 생각이 들 때면, 나도 모르게 이 지하실로 찾아와 후회와 죄책감에 가슴을 쥐어뜯으며 배회하곤 했다고요."

그러던 화가가 갑자기 말을 멈추더니 주머니를 뒤졌다. "아, 여기 있군요. 혹시 모른다며, 김상옥씨가 나에게 써준 자필 확인서입니다. 잘 봐요, 그 아래 지장도 찍혀 있으니까." 만일의 사태에 대비해 녹음도 해뒀다며 그는 뒷주머니에서 USB 메모리까지 꺼냈다. 나와 박씨가 멍하니 그걸 들여다보고 있는데, 화가가 문득 쓸쓸하게 웃었다. "그림이 발견되고 그게 김상옥씨의 작품으로 여겨질 때만 해도, 그렇게 모두 묻어버리고 넘어갈 수 있을 거라 내심 기대했는데…… 역시 바보 같은 생각이었군요. 헌데, 그거 압니까? 이 모든 것들의 뒤에 다른 누군가가 있다는 사실을? 어쩌면 당신들은 내가 아니라 그 사람을 먼저 찾아갔어야 했는지도 몰라요. 나 역시 그의 확신에 찬 약속이 아니었다면 끝까지 노인의 부탁을 거절했을 테니까. 그래서 하는 말인데, 먼저 그 사람을 만나고 오지 않겠어요? 그런 다음 이 일에 대해 판단해도 늦지 않을 테니까요. 그를 만나 이야기를 듣는다면, 김상옥씨가 왜 그런 선택을 해야만 했는지 알 수 있을 테고…… 당신들도 나를 경찰서에 끌고 갈지 아니면 이대로 모든 걸 덮어버릴지 결정하기 쉬워질 테니 말입니다." 얘기를 마치더니 뒤로 몸을 기대고 눈을 감는 화가를 보며, 나는 혼란에 빠져들었다. 이런 걸 갈수록 태산이라고 해야 하나. 박씨를 도와 화가를 녹슨 철제 의자에 묶을 때만 해도 일은 쉽게 풀릴 듯 보였다. 그러나 지금은 이게 뭐란 말인가. 자신의 결백을 주장하고 우편배달부가 제정신이 아님을 증명해줄 거라 믿었던 화가는, 오히려 더 기괴한 말을 하고 있다. 박씨는 얼이 빠져 있고 나 역시 뭘 어떡해야 할지 몰라 쩔쩔매고 있지 않은가 말이다. 그때였다. 화가가 조용히 손짓을 하더니 나에게 쪽지를 건넸다. "아무래도 젊은 사람이 다녀오는 게 낫겠지. 자, 받으라고. 이게 그 사람—노인의 선택에 결정적인 영향을 끼친—의 주소야. 자네가 다녀올 동안 우린 (그러면서 그는 옆에 서 있던 우편배달부 박씨를 가리켰다) 여기서 기다리고 있지 뭐. 어차피 그리 멀지도 않으니까." 얼떨결에 쪽지를 받으며 박씨를 보니, 그가 어서 다녀오라며 고개를 끄덕이고 있었다. 종이엔 '405번 지방도, 시공 전파사'라는 한 줄이 덩그러니 적혀 있었다. 쪽지를 주머니에 넣고 지하실 계단을 오르는데 뒤에서 화가가 큰 소리로 외쳤다. "이봐, 가기 전에 챙겨야 할 게 있어. 수리점 카운터 안쪽 두번째 서랍을 열어보라고. 거기 책이 한 권 있을 거야. 그래, 그게 모든 일의 시작이었지. 그 불쌍한 노인, 허구한 날 그 책만 읽어대더니 결국 그런 결단을 내리고 만 거야. 그러니 그걸 꼭 가져가. 지금 자네가 찾아가는 사람이야말로 그 책과 떼려야 뗄 수 없는, 마치 한 몸과도 같은 존재니까."

서랍을 열자, 정말로 책이 한 권 놓여 있었다. 우주 속에 또다른 우주가 있고, 그 안에 여러 개의 더 작은 우주가 있는 기이한 표지 그림 위엔 '홀로그램 우주: 실전편'이라는 제목이 명조체로 인쇄되어 있었다. 밖으로 나와 찬 공기를 마시자, 갑자기 지하에서 겪은 모든 일이 거짓이거나 꿈일지도 모른단 생각이 들었다. 하지만 내게는 방금 전 겪은 일이 환상이나 꿈이 아니라는 증거가 있었다. 옆구리에 낀 책의 묵직한 무게감이 그걸 말해줬다. 결국 나는 큰길로 나가 위를 올려다봤다. 칠이 벗겨진 녹색 표지판에 '405번 지방도'를 가리키는 화살표가 그려져 있었다.

*

"그러니까 당신이…… 물리학자라는 겁니까?"

내 질문에 전파상 주인이 씁쓸하게 웃었다. "정확히 말하자면 '물리학자였다'라고 하는 게 옳겠지." 그러더니 그는 천천히 의자에서 일어나 어두컴컴한 가게 안쪽으로 사라졌다. 한참 뒤 나타난 전파상 주인의 손엔 낡은 파일 하나가 들려 있었다. "혹시 난부 요이치로라는 이름을 들어본 적 있나?" 나는 고개를 저었다. 그럴 줄 알았다는 듯 남자가 묘한 미소를 짓더니 내 앞에 파일을 펼쳤다. 거기엔 신문에서 오려낸 기사가 스크랩되어 있었는데, 발행 날짜는 무려 이십 년 전인 2008년 10월 7일이었다. 백발의 남자가 단상에 서 있는 사진엔 '난부 요이치로, 노벨물리학상 수상'이라는 타이틀이 붙어 있었다. "내가 이 사람 밑에서 연구했다면, 믿겠나? 끈이론의 선두주자였던 요이치로 교수는 내 아이디어를 누구보다도 잘 이해해주셨지. 하지만…… 2015년 그분이 돌아가신 후로, 학계에서 난 완전히 이단아가 되고 말았네. 내 급진적인 이론은 모두에게 경멸의 대상이 됐지. 그들은 나를 신비주의자, 미치광이, 삼류 SF작가라고 부르며 비웃었다네. 물론 그들 모두 이세계가 하나의 홀로그램일 수도 있다는 생각엔 기본적으로 동의했어—그리고 그건 이제 진리이기도 하고 말이야—하지만 내 아이디어, 그러니까, 인간도 마음만 먹는다면 그런 홀로그램 우주를 만들어낼 수 있다는 생각엔 절대 동의하지 않았지. 결국 난 모든 걸 내려놓고 시골로 들어와버렸어. 내 이론이 옳다는 것을 증명할 뭔가를 만들어낸 뒤 당당하게 학계로 돌아갈 계획이었지. 하지만 여기서도 연구는 생각만큼 잘 진전되지 않았어. 분명 직관적으로는 어디 하나 틀린 데라곤 없는 이론인데, 막상 수학적으로 증명하려고 하면 여지없이 식이 무너져버리곤 했으니까."

전파상 주인, 아니 물리학자는 다시 일어서더니 갱지 한 장과 볼펜 한 자루를 들고 돌아왔다. 무슨 말인지 알아듣지 못하는 날 위해 그림을 그리려는 것 같았다. "여기, 이렇게 원이 있지. 그런데 이걸 원이라고 생각하지 말고 구球로 상상해보라, 이 말이야. 그리고 이 구가 우리의 우주라고도 상상해보라는 거지. 그래, 홀로그램 우주론은 이런 거라네. 우리들, 나나 자네, 죽은 김상옥씨, 혹은 지금도 지하실에 앉아 있을 화가와 우편배달부 그리고 이 우중충한 시골 마을, 이 땅, 이 바다, 하늘, 달, 별, 이 모든 것들이 사실은 우주라는 구의 표면에 새겨져 있는 이차원 정보가 그 내부로 투영된 삼차원 홀로그램이라는 것. 이런, 자넨 내 말을 믿지 못하는군. 의심스러운 표정으로 자기 몸을 만져보고 있으니 말이야. 하지만 그런다고 해서 달라질 건 없다네. 만질 때 느껴지는 그 감각조차 결국은 일종의 홀로그램이니까. 하긴, 굳이 이 우주론을 믿을 필요는 없을지도 몰라. 어차피 진리란, 누군가가 믿고 이해하기 위해 존재하는 게 아니라, 그저 세상 그 자체일 뿐이니까. 여하간 확실한 것은, 2018년에 상대론적 중이온 충돌기 실험(그게 뭐냐고? 글쎄, 자네에게 설명해준들 지금 이해할 수도 없을 테니, 그냥 그런 게 있다고만 알아두게나)이 성공함으로써 홀로그램 우주론이 명실상부한 '진리'가 됐다는 사실일 거야. 이제 우주는 홀로그램 이론 없인 아무것도 설명할 수 없게 된 거나 마찬가지니까. 그런데 난 한 발 더 나아가 이런 생각을 했지. 즉, 우리도 어떤 닫힌 공간을 만들고 그 표면에 정보를 새겨넣는다면, 작은 규모의 홀로그램 우주 비슷한 걸 만들어낼 수 있을 거라고."

난 탁자 위에 놓아뒀던 『홀로그램 우주: 실전편』을 가리키며 물었다. "그럼, 여기에 그 이론이 들어 있다는 건가요?" "그래, 맞아. 거기엔 인간이 인공적으로 홀로그램 우주를 만드는 데 필요한 이론과 방법이 집대성되어 있다네. 물론 처음에 그건 그저 상상에 불과했어. 하지만 요이치로 교수가 죽고 이곳으로 들어온 뒤 연구에 연구를 거듭하며 그 '상상'은 이론의 모습을 갖춰갔네. 여러 가지 가설을 세우고 철저히 검증해가며, 나는 내 이론이 틀리지 않았다는 확신을 가지게 되었지. 하지만 그래도 내겐 한 가지 풀리지 않는 문제가 남아 있었어. 아까도 말했다시피, 수학적인 증명만 하려고 하면 식이 무너지고 만다는 것. 난 미친듯이 그 문제에 몰두했네. 먹지도 않고 거의 잠도 안 자면서…… 어느덧 수염은 점점 자라 얼굴을 다 뒤덮어버렸지. 그러던 어느 날 밤이었을 거야. 머리를 식히려고 마당으로 나간 나는, 담배꽁초를 발로 비벼 끄며 멍하니 밤하늘을 올려다보았네. 그날따라 바람은 더욱 스산했고 먹구름이 깔린 하늘에 별이라곤 하나도 보이지 않았지. 그리고 난 홀로 명상에 잠겨들었던 거야. 그래, 저렇게 시꺼멓기만 한 하늘이라도, 저 너머엔 별빛이 있단 말이지. 뭐든지 보이지 않는다고 해서 실체가 없는 건 아니라는 거로군…… 뭐, 그런 생각들을 하는데, 바로 그 순간이 찾아온 거야!"

"그 순간……이라뇨?"

"영감이 떠올랐단 말일세. 머릿속 뉴런들이 한꺼번에 연결되며 해답이 떠오르는 감동적인 순간을 말하지. 그래, 난 깨달았던 거야. 우리가 인공 홀로그램 우주를 만들려면, 그 표면에 뭔가를 그려넣는 것만으론 부족하다는 사실을. 그래, 진정한 홀로그램 우주를 위해선 실체를 가진 입자가 필수였던 거지! 하긴, 그건 너무나 당연한 것이기도 했어. 현재의 우리 자신, 이 마을, 세계 전체가 홀로그램일지라도 저멀리 어딘가에 있을 우주의 경계면에 있는 정보는 실재하는 입자들이거든. 왜냐하면 그 입자의 그림자들이 우주 내부로 투영된 것, 그게 바로 우리들이니까. 인공 홀로그램 우주를 만드는 데에도 역시 같은 원리가 필요했어. 간단히 말해서, 자네가 만약 조그만 홀로그램 우주를 만들고 그 내부에서 살아가고 싶다면, 자네 자체가 그 표면에 저장될 이차원 정보로 변해야 한다는 얘기지."

나는 멍하니 물리학자를 바라보았다. "글쎄요. 솔직히 홀로그램 우주에 들어가 살고 싶지도 않지만, 당신이 도대체 무슨 말을 하는지도 모르겠네요." 그러자 전파상 주인이 빙긋 웃었다. "못 알아듣는 게 당연하지. 아직은 학계에서조차 내가 만든 수식을 이해하지 못하고 있으니까. 여하간, 자넬 위해서 좀더 쉽게 설명하자면, 이런 거라네. 즉, 자넨 자네 자체를 최대한 작은 입자로 분해시킨 뒤 인공 홀로그램 우주의 표면이 될 종이나 캔버스 천 위에 코드 형태로 도포해야 한다, 이 말이야."

순간 나는 자리에서 벌떡 일어섰다. 비록 물리학자가 하는 말의 세세한 부분까진 제대로 이해하지 못했지만, 방금 그의 얘기가 암시하는 바가 뭔지는 대충 알 것 같았기 때문이다. "잠깐, 지금 뭐라고 했죠? 그렇다면 이 책에 적혀 있는 것도 그런 내용인가요? 그러니까 김상옥씨도 이걸 읽고 결국 그런 결심을 한 거냐고요!"

물리학자는 아무 대답도 하지 않았다. 대신 자기 앞에 놓여 있던 비타민 음료를 단숨에 마시더니, 푹 꺼진 소파에 등을 기대며 깊은 한숨을 내쉬는 것이었다. "일단 내 이야길 마저 들어보겠나? 그래, 맞아. 그날 밤 내가 발견한 건, 인공 홀로그램 우주를 만드는 구체적 방법이었어. 난 뛸듯이 기뻤어. 불완전하던 수식에 생명의 정수가 담긴 실재하는 입자값을 적용하자, 빙고! 모든 건 완벽하게 맞아떨어졌고 문제는 깔끔하게 해결됐던 거야. 그날 밤, 나는 한숨도 자지 않고 미친듯이 타이핑을 했어. 새 이론을 발표하기 위해 논문을 작성한 거지. 하지만 그건 거절당했어. 모든 곳에서 말이야. 그들은 내 이론이 세상에 끔찍한 영향을 끼칠 거라고 했어. 그게 알려질 경우 일어날 부작용에 대해 생각해봤냐는 거지. 어떤 부작용이냐고? 그거야…… 자네가 지금 생각하는 바로 그런 것, 그러니까 김상옥씨가 내린 결단과 비슷한, 그런 유의 문제가 아닐까? 순간 난 뒤통수를 한 대 세게 맞은 것 같았지. 그래, 내 이론에 숨어 있던 문제는 그거였어. 자칫 잘못하면 우리가 **實際로** 살아가고 있는 세계 자체가 붕괴될 수도 있다는 것. 왜냐하면 누구나 약간의 희생—물론 사람에 따라선 그게 '약간의' 희생으로만 보이지는 않겠지. 어쨌거나 자기 자신의 살아 있는 입자를 얻으려면 이곳에서의 삶에 작별을 고하고 스스로 분쇄기에 걸어 들어가야 하는 거니까—만 무릅쓴다면, 자기만의 인공 우주에서 영원히 살아갈 수 있을 테니까."

그러더니 전파상 주인, 아니 물리학자가 갑자기 나를 빤히 쳐다봤다. "만약 가능하다면, 자넨 어느 시절로 돌아가고 싶은가? 자네의 골든 에이지, 그게 언제냔 말일세." 내가 머뭇대자, 그가 씁쓸하게 웃으며 두 손을 내저었다. "아니, 굳이 말해주진 않아도 돼. 하지만 상상해보게. 자신의 가장 소중한 순간으로 되돌아가 거기서 영원히 그 시절을 반복하며 살아갈 수 있다면, 인간은 어떻게 할까? 그런데 거기에 한술 더 떠 현재의 삶이 거의 지옥에 가깝다면? 그때 자네라면 어떤 선택을 할 거냔 말일세. 고민 끝에, 결국 나는 내 이론을 포기하기로 했다네. 자비출판한 뒤 인쇄소에

맡겨놨던 책들도 모두 폐기처분하기로 했지. 세상에 그 책이 널리 퍼지면 어떤 일들이 일어나게 될지…… 생각만 해도 끔찍했거든. 인쇄소 주인은 무척이나 아쉬워했어. 하지만 내 뜻이 그렇다는 걸 알고 묵묵히 고개를 끄덕이더군. 그러면서 한 권도 남김없이 폐기할 테니 걱정 말라며 내 두 손을 꼭 잡아주더라고. 그런데 그게 문제였던 거야. 적어도 내가 가져다 모두 불태웠다면 이런 일은 없었을 거라는 거지. 나중에―김상옥씨가 다녀간 뒤에―자초지종을 따지러 갔더니 그 사람 좋은 인쇄소 주인이 얼마나 미안해하던지. 그가 말하더군. '죄송합니다. 전 책을 만드는 사람이에요. 그래서 차마 그걸 불태울 수 없어서…… 그냥 아무나 가져다 읽으라는 마음으로 아파트 재활용 수거함에 넣어뒀어요.' 그러더니 울먹이기까지 하는데, 차마 더이상 뭐라 할 수 없어서 그냥 돌아왔다네."

난 다시 한번 탁자 위에 놓여 있던 『홀로그램 우주: 실전편』을 바라봤다. "그렇다면 이것 말고도 또다른 책이 누군가의 손에 남아 있을 수 있겠군요? 그리고 그 사람 역시 자신만의 인공 홀로그램 우주를 꿈꾸며 작고 작은 입자로 분해될 방법을 찾고 있을지도 모르고요?" 내 말에 물리학자는 괴로운 듯 천장을 올려다봤다. "아니라고 할 순 없겠지. 다만 그 책을 주워간 또다른 누군가의 현실이 지극히 행복하기만을 바랄 뿐이라네. **지금 이곳**에서의 삶이 충분히 행복하다면 굳이 인공 우주 속으로 들어가 그 안에서 영원히 살고자 하진 않을 테니까. 그러고 보니 아직도 생각나는군. 쾅, 소릴 내며 저 문을 밀고 들어오던 김상옥씨의 상기된 얼굴 말일세. 그는 이렇게 외쳤어. '여기 적혀 있는 게 모두 진짜요? 결심만 한다면 나도 내가 원하는 세상에서 살아갈 수 있냐, 이 말이오.' 한 가지 확실한 건, 그때 내가 이렇게 대답하고 싶었다는 거야. '거기 적힌 건 모두 거짓입니다. 그냥 미치광이 물리학자가 할 일이 없어 끼적이며 써내려간 농담 같은 거지요.' 하지만 그의 눈을 보고 난 아무 말도 할 수 없었어. 그저 고개를 끄덕이는 수밖에."

나는 무슨 말을 해야 할지 몰라 그저 앞에 놓인 난부 요이치로의 사진만 만지작거렸다. 도대체 끈이론이 뭐고, 우주의 경계면이 뭐며, 중이온 충돌기가 뭔지, 그런 건 알고 싶지도 않고 관심도 없었다. 그저, 자기만의 우주를 만들고 그 안에서 살아가려 했던 열쇠 수리공 노인만이 떠오를 뿐이었다. 하지만 어쨌든 그 노인은 죽었다. 기괴한 책에 빠져들어 스스로 목숨을 끊었고 그것도 모자라 분쇄기에서 갈려 물감에 섞인 다음 거대한 그림의 일부가 되었다. 대체 그는 어떤 세상을 원했기에 그런 선택을 했단 말인가.

내 속마음을 눈치채기라도 한 듯 물리학자가 쓸쓸히 웃었다. "혹시 자네…… 노인의 죽음을 슬퍼하는 건가? 그렇다면 내가 이거 하나만은 확실하게 말해줄 수 있어. 김상옥씨는 비록 이곳에서의 삶은 끝마쳤지만 대신 그의 몸이 만들어낸 또다른 우주에서 자신이 그렇게도 원했던 어떤 생을 살아가고 있을 거라고. 아니,

그러지 말고, 그 책 좀 잠깐 줘보게. 어디 보자, 몇 페이지였더라, 아, 여기 있군. 128페이지. 자, 여기서부터 한번 읽어보라고. 그러면 노인이 지금 어떻게 지내고 있을지, 그리고 우린 그의 선택을 어떻게 받아들여야 할지 알 수 있을 테니까." 나는 그가 펼친 페이지를 들여다봤다. 거기엔 이미 누군가가―아마 김상옥씨였으리라―밑줄을 여러 번 그어둔 상태였다.

스스로 만들어낸 홀로그램 우주로 들어간다는 것은, 관찰자가 누구인가에 따라 완전히 다른 의미를 갖는다. 들어가는 자의 입장에서 보면 그는 그저 아무렇지도 않게 이 우주에서 저 우주로 슬쩍 진입할 뿐이다. 그러나 인공 홀로그램 우주의 밖에서 관찰하는 이에게 그는 죽음으로 돌진하는 무모한 존재로 여겨질 뿐인 것이다.

"며칠 뒤 김상옥씨는 웬 추레한 화가와 함께 다시 나타났어. 난 노인이 원하는 홀로그램 우주의 이차원 평면을 설계해줬고, 화가는 그걸 캔버스에 그대로 옮기기로 했지. 지하실 천장과 바닥, 사면 벽 전체를 에워싼 건, 당연한 거지만, 우주의 경계면을 만들어내기 위한 조치였어. 그리고 나머지 이야긴, 자네가 알고 있는 그대로고 말이야." 잠시 이야기를 멈춘 물리학자가 벽에 걸린 시계를 쳐다봤다. "그럼 마지막 질문. 지금 김상옥씨는 어디 있는가. 그래, 자네에겐 그게 가장 의문이겠지. 일단 노인은 지하실에 있어. 하지만 그렇다고 해서 그가 정말로 거기 실재한다는 건 아니야. 무슨 말인지 알겠나? 그는 그곳에 있되 거기에 없는 거야. 즉, 완전히 차원이 다른 홀로그램 우주에 머물고 있다는 거지. 우리에겐 보이지도 않고 만져지지도 않는 어떤 시공간. 인공 우주를 설계하기 전에 난 노인에게 물었다네. '당신이 돌아가고 싶은 날짜를 알려주십시오. 그에 맞춰 경계면의 정보를 짜야 하니까요.' 노인은 생각하고 말고 할 것도 없다는 듯 재빨리 대답했어. '2014년 4월 15일 오후로 가고 싶네. 거기서 더이상 시간이 흘러가지 않도록 만들어주게나. 부탁이야.' 글쎄, 왜 그 시점을 택했는지 말해주기 전에 먼저 보여주고 싶은 게 하나 있군. 김상옥씨의 홀로그램 우주—열쇠 수리점 지하에 만들어져 있을—그러나 우리 눈에는 영원히 보이지 않을—세계는 과연 어떤 모습일지 궁금하지 않나? 내 컴퓨터엔 이차원 정보를 삼차원 홀로그램으로 전환시키는 프로그램이 있으니, 한번 보겠나?"

처음에 모니터엔 뭔지 알 수 없는 이상한 점, 선, 면만이 미친듯이 빠르게 지나갔다. 그러나 잠시 들여다보고 있자니 그 불규칙한 문양들은 어딘지 모르게 낯익은 형태를 띠어갔다. "그래, 맞아. 이건 바로 지하실 벽과 천장을 둘러싼 캔버스에 그려져 있는 것들이지." 잠시 후 문양들은 한곳으로 모여들더니 회전하는 하나의 입방체가 되었다. 입방체 내부는 텅 비어 있었는데, 갑자기 가운데에 빛나는 점이 생겨나더니 점점 커지는 것이었다. 그렇게 커지던 점이 어느 순간 폭발하며 거기서 뻗어나온 빛줄기들이 모니터 전체로 퍼져나갔다. "일종의 소규모 빅뱅이라고 보면 돼. 새로운 우주가 생겨나는 거지. 자, 계속 보라고." 점에서 나온 빛들은 제각각 수백수천 갈래로 갈라지더니 다시 빠르게 회전하기 시작했다. 빙글빙글 돌아가는 화면 때문에 현기증이 일려는 찰나, **회전이 멈추면서 드디어 그 안에 삼차원 공간이 형성되는 것이 보였다. 어두컴컴한 열쇠 수리점. 한 노인. 오른손 엄지에 감긴 일회용 밴드. 배낭을 메고 달려나가는 소년의 뒷모습. 탁상용 달력에 소중하게 표시된 날짜들. 2014년 4월 15일, 16일, 17일, 18일.**

"오래전 그가 일하던 경기도의 어느 열쇠 수리점이야. 저기서 김상옥씨는 하염없이 저 순간을 반복해. 그러면서 빙긋이 웃곤 하지. 물론 매일 같은 나날이 반복된다는 걸 그는 몰라. 자기 자신이 스스로 만들어낸 홀로그램 우주의 일부란 것 역시 영원히 알지 못할 거야. 어차피 저리로 들어갈 때 모든 건 리셋되니까. 하지만 그래도 노인은 행복할 거야. 아니, 적어도 이곳에 있을 때보단 덜 불행하겠지. 어쨌든 그가 선택한 골든 에이지는 바로 저 시공간이니까. 보이나? 저 미소. 그래…… 대체 그 어느 누가 저 노인에게 그럴 권리가 없다고 자신 있게 말할 수 있겠는가, 응?"

나는 오래도록 화면을 들여다봤다. 공간 구석구석을 확대해봤고 맨 마지막엔 노인의 얼굴을 최대한 크게 잡아당겼다. 커다란 모니터 전체가 김상옥씨의 두 눈으로 가득 채워질 때까지. 그 확대된 눈동자 속에 소년이 비치고 있었다.

"손주라고 하더군. 유일한 혈육이었다는데…… 이름은 몰라. 그가 말해주지 않았으니까."

"근데 왜……?"

"그날, 그러니까 2014년 4월 15일 이후로 아이는 돌아오지 않았어. 배와 함께 깊고 깊은 바다 밑으로 가라앉았지. 그래, 그 많은 아이들, 그 사람들 모두 다."

"2014년 4월……이라고요?"

"하긴, 자넨 모를 수도 있겠군. 그땐 아직 어린아이였을 테니까."

얼마나 시간이 지났을까. 그가 아주 낮게 중얼거리는 소리에, 난 고개를 들었다. 너무 나지막해서 거의 알아들을 수도 없는 목소리였다.

"……그런데 참 이상하지? 망각이라는 놈의 정체 말이야."

그때 주머니에 있던 휴대폰이 진동하기 시작했다. 우편배달부 박씨였다.

"큰일났어요. 깜빡 잠들었다 눈을 떠보니 화가가 사라졌어요. 황급히 달려가봤지만, 그 폐가도 텅 비어 있더라고요. 그나저나 지금 뭐해요? 대체 그 전파사엔 뭐가 있는 거냐고요!" 나는 뭐라고 대답해야 할지 몰라 한동안 망설였다. 그러자 다시 박씨가 소리쳤다. "어떡할까요? 지금 112에 전화를 할까 하는데."

"아니, 그러지 마세요. 왜냐하면, 어쩌면…… 화가의 말은 모두 진실일 수도 있거든요. 그러니 조금만 더 기다려줄래요?"

박씨는 잠시 동안 가만히 있더니 알겠다고 하고는 전화를 끊었다. 옆에 서 있던 물리학자가 고개를 끄덕였다.

"내 이야기는 여기서 끝이라네. 나머진 모두 자네가 판단할 문제지."

문을 열고 밖으로 나오다 말고, 난 문득 생각난 것이 있어 뒤로 돌아섰다. 옆구리에 끼고 있던 『홀로그램 우주: 실전편』의 속지를 펼쳐 물리학자에게 내밀었다.

"저어…… 아까 말한 그 날짜, 적어주시겠어요? 배와 사람들. 내가 모르고 있는 게 뭔지, 그리고 우리가 망각해가는 것이 뭔지, 알고 싶어서요."

그는 볼펜을 꺼내더니 잠깐 멈칫했다.

그러더니 결심한 듯 일곱 개의 숫자를 천천히 적어나가는 것이었다.

가라앉은, 작은 것들의 기원사

김녕

1

    시간에 대한 관점은 곧 역사와 세계에 대한 관점을 좌우한다.
선형적인 시간관에서 현재는 언제나 과거를 지나 미래로 나아가
는 도정이다. 이때 역사는 원인과 결과로 이루어진 연속체이다.
결과에서 원인으로 회귀할 수는 없으므로, 이 시간은 불가역적으
로 흘러간다. 점점 더 나빠지든, 점점 더 나아지든 세계는 변화한
다. 순환적인 시간관에서 현재는 반복되는 주기 가운데에 있는 특
정 시점이다. 이때 역사는 자연의 보편 법칙과 맞물려 돌아가는
수레바퀴이다. 되풀이되는 세계 안에 새로운 것은 없으므로, 시간
이 돌고 돌아도 세계의 본질은 변화하지 않는다.

우리는 흔히 이 두 가지 관점을 시간에 대한 큰 도식으로 이해하고, 양자를 서로 상충되는 개념으로 파악한다. 그러나 사실 둘은 모두 '발생Entstehung'의 개념에서 연유한다는 점에서 공통적이다. 발생은 어떤 대상이 처음 나타났음을 가리키는 것으로, 이 개념에 기초한 시간관은 발생에 이은 '진화'와 '종말'을 거느리므로 점진적이며 연대기적이다. 예컨대 흔히 선형적 시간관은 서구적이고 순환적 시간관은 동양적이라고 구분하지만, 실은 양자 모두 기독교신화나 베다·힌두 신화에서 보듯 통사通史적 서술을 가능케 하는 시간관념이라는 것이다.

이러한 '발생'과 구분되는 개념으로서 '기원Ursprung'을 정의한 사람은 발터 벤야민으로, 그는 기원을 생성의 흐름 속에 소용돌이로서 있는 것이라 설명했다. 이미 발생한 특정 사실이나 완결된 사건이 아니라 진행적으로 복원되고 복구되어 드러나는 것이 기원이다. 이 기원 개념에 근거한 역사철학에서 역사는 "사건들의 계기를 마치 염주를 하나하나 세듯 차례차례로 이야기하는 것"이 아니라, 현시대가 "지나간 어느 특정한 시대와 관련을 맺게 되는 상황의 배치"[1]로 정의된다. 요컨대 역사는 시간의 더께로 이루어진 지층 저 아래로부터 산발적이고 파편적으로 발굴되는 유물과도 같으며, 우리는 '지금'이라는 지표에서 그 특정 사건과 직접적

---

1) 발터 벤야민, 「역사철학테제」, 『발터 벤야민의 문예이론』, 반성완 옮김, 민음사, 1983, 352~356쪽 참조.

으로(현재와 과거의 특정 시점 사이의 연대年代를 거치지 않고) 관계 맺는다.

이런 이야기를 먼저 늘어놓게 된 것은 물론 나 자신의 미숙함으로 인해 더 쉽고 간명하게 설명할 길을 찾지 못했거니와, 돌이켜 보건대 김희선이 첫 소설집 『라면의 황제』(자음과모음, 2014)에서부터 집요하게 이어온 특유의 서술 방식이 실은 기원을 향해 거슬러올라가는 역사 서술과 맞닿아 있다는 느낌을 지울 수 없어서이다. 김희선이 퍼올리는 이야기들은 언제나 시간과 망각의 더께를 잔뜩 입어 거의 잊힌 것들에 관한 서사가 아니었던가.

2

기원, 시간, 지층, 유물과 같은 비유의 이해를 돕기 위해, 구체적인 예시로부터 보다 구체화된 이미지의 도움을 빌려야 하겠다. 「조각공원」은 이에 보탬이 되는 모티프들을 풍부하게 품고 있다. 이 소설은 한국 산간지방에 위치한 W시의 관광명소인 조각공원을 소개하며, 이제는 아무도 주목하지 않는 작은 푯말에서 출발해 그 공간의 기원으로 거슬러올라간다. 그곳이 본디 열병합발전소였다가 미국에서 건너온 데이비드 발렌타인에 의해 최첨단 기술과 존엄에 대한 경의를 토대로 한 냉동인간 안치소로 탈바꿈해가는 계기와 과정이 개괄적으로 펼쳐진다. 이렇게 정리하고 나면 간단한 이야기 같지만, 이 소설에서는 적어도 삼십 년 이상의 시간이 흐른다. 소설이 데이비드를 중심으로 놓고 그의 행적을 따라가면서 현재 조각공원이 위치해 있는 바로 그 공간의 변모 양상도 함께 서술하고 있기 때문인데, 연대기적으로 모든 시점을 구구절절 짚는 대신 특정 시점들을 선택적으로 서술함으로써 체감시간을 대단히 단축시킨다.

예컨대 데이비드가 안치소를 건설한 시점과 현재 사이에는 삼십 년 이상의 격차가 놓여 있는데, 그 적잖은 시간 동안 일어났을 사건들은 소설 안에서 거의 포착되고 있지 않다. 그러니까 이 소설의 현재는 그 삼십 년 이상의 지층을 뚫고 내려가, 그 아래 파묻힌 과거와 직접적으로 접하고 있는 것이다. 만약 그 사이의 지층까지 순차적으로 경유했다면, 이 소설은 '조각공원 형성사'가 되거나 '안치소 형성사'에 그쳤을 것이다. 그러나 삼십 년 너머의 기원이 현재와 조우함으로써 생겨나는 특유의 관계는 이 소설이 그 이상이 되도록 이끈다. 소설의 말미를 보자.

(……) 그래서 정확히 785명의 살아 있으면서 동시에 죽어 있는 존재가 꽁꽁 언 채 거기 머물게 되었던 것이다.

그리고 언제부턴가 날씨가 좋은 날이면 사람들은 돗자리를 들고 그 아름다운 장소로 산책을 오기 시작했다. 누가 처음 거길 '조각공원'이라고 불렀는지는 모르지만, 알고 보면 그건 꽤 어울리는 이름이었다.

물론 그렇게 공원을 찾는 이들 중 데이비드 발렌타인이 누구인지 제대로 아는 사람은 거의 없었고, 부지 전체를 둘러싸고 있는 원형의 건축물 안에 누가(또는 무엇이) 들어가 있는지 알고 있는 이들도 차차 적어졌다. 당연한 얘기지만, 데이비드 발렌타인이 왜 해동법도 모르면서 그런 일을 벌였는지도 끝까지 밝혀지지 않았다. 하긴 그걸 궁금해하는 이도 나중엔 아예 없어졌지만 말이다.(188쪽)

자기 시대의 과학기술로는 이길 수 없는 죽음과의 대결을 유예하기 위해 냉동보존을 택했던 자들과 그들의 안치소가 '조각공원'으로 뒤바뀐다. 그 변화는 무슨 토목공사나 도시계획에 의해 인위적으로 이루어진 것이 아니다. 단지 그 장소에 대한 사람들의 앎과 관심이 자연히 감소함으로써 이루어진 변화다. 그저 시간이 흘렀고, 안치소의 형상을 하고 있던 그 공간 위에 다시금 더께가 앉았고, 그렇게 그곳이 안치소라는 사실이 그곳에 대한 기억들과 함께 '현재'라는 표토 아래로 퇴적되어버린 것이다.

그렇게 해서 이 소설은 우리로 하여금 시간과 공간을 지층의 이미지로 상상케 해준다. 과거는 흘러서 어디론가 가버리는 것이 아니다. 퇴적되어 발아래 쌓이는 것이다. 더 먼 과거일수록 더 깊은 지하로 가라앉아, 우리가 발 디딘 땅 위에선 쉬이 보이지도 감지되지도 않는다. 그러나 엄연히 그것들은 저 아래에 있다. 조각공원 아래에는 안치소가, 안치소 아래에는 열병합발전소가 있었다. 지금은 폐허가 되어 흔적만 남았지만, 그것들도 한때는 살아 움직이는 현재적 공간이었다. 소설적 '현재'에서 그곳은 조각공원의 형상을 취하지만, 언젠가 조각공원도 닳고 바래져서 흙 아래 파묻힐 것이다. 시간이라는 흙 아래에. 숱한 무덤과 유해와 폐허를 상상케 하며.

요컨대 이 이야기는 '한시성'에 대한 암시로 충만하다. 영원성의 허구라고 바꾸어 말해도 좋다. 자신의 신체를 냉동해서 생명을 연장할 수 있는 미래로 죽음을 지연시키고자 하는 데이비드와 999인의 꿈은 명백하게도 영생에 대한 꿈이 아니었나. 그런 의미에서 조각공원의 기원은 사실 데이비드의 옛 전시물이라 말해도 좋을 것이다. 말과 콘도르의 박제된 사체를 설치해놓고 과감히 '불멸'이라는 제목을 내세웠던 그 논란의 작품 말이다. "정확히 딱 꼬집어 욕하긴 애매했지만 그의 태도, 그의 말, 그의 작품엔 사람들을 화나게 하는 뭔가가 있었다"(178쪽)고 할 때, 그것은 아마도 그저 그의 태도 탓만도 아니고, 단순히 멸종위기종을 박제 전시했다는 사실에서 기인하지만도 않을 것이다. 짐작건대, 그것은 〈불멸〉이 생명의 한시성을 정면으로 훼손하고 있는 데서 비롯되는 게 아닐까. '박제'인데다, 그것으로 '불멸'을 참칭하다니! 그렇다면 데이비드는 나아가 자기 자신을 박제해서 불멸이 되고자 했던 것이 아닌가. 그는 영원성의 희구에 내내 사로잡혀 있었던 것이다. 하나 안타깝게도 데이비드의 육신은 썩지 않을 수 있었는지 몰라도, 그의 존재는 한시성에 굴복하여 세상에서 잊히게 된다. 김희선의 소설이 갖다대는 삽날에 걸려 잠시 빛을 보았을 뿐.

3

그렇게 발굴 못지않게 '파묻힘' 역시도 김희선 소설에 내재하는 운동성의 주요한 축으로, 상충되는 두 가지 힘이 변증법적으로 진동하며 소설을 구성한다. 먼저, 드러냄은 무엇인가. 예측과 기대를 넘어서는 오랜 '비밀'들이 하나하나 밝혀져나가고, 나아가 그것들이 서로 부딪쳐 '진실'의 자리를 두고 각축을 벌이며, 묘하게 현실과의 접촉점을 환기하는 것. 이것은 표면적으로 서사를 추동하면서 독자를 잡아끄는 인력을 발휘한다.

가령 「18인의 노인들」에서 어느 시인이 '문학의 테러리즘'을 주장하는 '독자들의 비밀결사'와 함께 노벨문학상을 심사하는 스웨덴 한림원에 침입한다는 기상천외한 상상을 펼쳐낼 때에도, 김희선은 대중 독자의 앎이 닿지 않는 구중심처인 한림원의 비밀을 드러내 보이는 움직임으로 이야기를 추동한다. 너무나 자주 "모두의 허를 찌르겠다는"(78쪽) 듯 의외의 결과를 발표해온 노벨문학상이 실은 '제비뽑기'로 수상자를 결정해왔다는 폭로! 한림원의 역사를 다룬 비서秘書와 잊혀진 비밀통로! 18인의 종신회원의 정체가 달에서 온 토끼들이었다는 진실! '독자들의 비밀결사'를 자처하는 남자가 한림원에 침입한 진짜 목적! 그리고 토끼들이 달에 착륙한 닐 암스트롱과 조우한 이래 겪어야 했던 비밀스러운 탄압의 역사까지! 이 모든 비밀이 해금되면서, 소설은 마치 독자의 알 권리에 힘을 싣고 진실을 모두에게 돌려주려는 듯 나아간다.

한편 「스테판, 진실 혹은 거짓」은 세계적으로 잘나가던 일렉트로닉 힙합 듀오 LMFAO의 멤버 '스테판 켄달 고디'의 마지막 콘서트와 훗날 차트를 휩쓸게 되는 명상음악 〈월드 피스〉 시리즈의 숨은 작곡가를 둘러싼 견해와 가설들이 진실 공방을 벌인다. 한국 W시의 원어민 강사 숙소의 침대와 벽면 사이에서 발견된 종이 묶음에서 시작해, 스테판의 회고록 내용을 신뢰하는 입장이 소개되고 이어서 냉소적으로 의심하는 입장들이 긴장을 이루며 담론을 이루어나가는 과정은 읽는 이로 하여금 독서를 멈출 수 없도록 만든다. 요컨대 이 소설들에서 김희선은 파묻힌 비밀과 '뒷이야기'들을 드러내는 서사 전략을 구사한다. 그러나 동시에, 그것들이 다시금 파묻히고 가라앉는 모습까지를 김희선은 쓴다.

두 소설이 어떤 식으로 끝을 맺는지 돌이켜보라. 「18인의 노인들」은 시인이 토끼를 대신해 제비를 뽑고, 토끼가 거기 적힌 이름을 보곤 미묘한 표정을 짓는 것으로 끝나버리지 않던가? 이 대목은 비밀이 드러나기를 거듭하던 소설의 흐름 속에서 이질적인 방향성을 갖는데, 여기선 오히려 '진실'이랄 것이 모습을 감추고 있기 때문이다. 단순히 뽑힌 이름이 공개되지 않았다는 말을 하려는 게 아니다. 한림원의 비밀과 나란히 이 소설의 한 축을 담당하는 것은 문학에서의 독자의 지위라는 걸 기억하는가? 한림원 침입을 감행하게 된 시인의 목적은 독자의 지위를 제고하는 것이었다. 독자를 소외시킨 깊숙한 곳의 비밀을 흩뜨리는 것, 독자를 능멸하는 이들에게 능멸을 되돌려주는 것. 그러나 이 결말에서 시인은 결국 제 손으로 제비뽑기에 동참함으로써 18인의 토끼 종신회원의 비밀에 동참하고 있지 않은가. 그렇게 해서 독자는 중요한 존재로 강조되려다가 도로 침묵 속으로 가라앉는다. 「스테판, 진실 혹은 거짓」에서도 〈월드 피스〉는 어찌됐든 '헨리'가 현재 서 있는 자동차 정비소에 어울리지 않는 노래일 뿐, 작곡가가 누구인지 알 게 뭐냐는 취급을 받으며 끝을 맺는다. 스테판을 둘러싼 진실 공방은 헨리가 자기 과거를 회상하며 라디오 방송을 듣고 있는 바로 그 순간에만 일시적으로 의식될 뿐, 곧 별달리 중요하거나 의미를 가진 사건이 되지 못한 채 흩어져버리고 마는 것이다.

기껏 발굴되고서 도로 파묻히는 이야기라니. 일찍이 『라면의 황제』에 대하여 "진실을 눈앞에 갖다놓는 이야기가 아니라 진실은 눈앞에 보이지 않는다는 것을 암시하는 이야기들로 채워져 있다"[2]고 말했을 때, 백지은은 김희선 소설이 '드러남'의 양식을 취하지만 '파묻힘'을 내용으로 한다는 점을 간파하고 있었다. 이러한 특징은 김희선의 소설들이 '기원'의 시간관에 관심을 두고 있기 때문에 발생하는 아이러니이며, 그의 소설에 '믿거나 말거나'식 흥미 본위의 이야깃거리를 넘어서는 깊이를 제공하는 원천이다.

4

잊히거나 사라지거나 감춰진 과거를 '지금-여기'의 기원으로 발굴해내고, '없는 것'으로 간주되어온 것들을 파헤쳐서 소설의 무대에 현현하도록 만드는 것을 서사의 뼈대로 삼고 있음에도 불구하고, 김희선의 소설들은 늘 '한시성'이라는 관점을 거느리고 드러낸 진실을 다시 묻어버린다. 그렇다면 그 한시성은 일종의 비관적이고 무기력한 예정론을 암시하고 있는 게 아니냐고 되물을 수도 있겠다. 대답은 '그렇지 않다'이다. 기원의 시간은 언제나 '특정한' 상황의 배치이므로 언제든 다시 쓰일 수 있고, 또 맥락화에 따라 달리 쓰이기 때문이다. 그런 의미에서 한시성은 사실 통념처럼 만인 만물에게 평등한 힘을 가하지 않는다. 결코 아니다.

---

2) 백지은, 「관심의 제왕」, 『라면의 황제』, 330쪽.

주목받고 오래 기억되는 것은 언제나 힘과 권력과 영향력을 지닌 소수뿐인 걸 기억해보라. 한시성은 명백히 낮고 약하고 작은 존재들에게 더욱 참혹하게 군다.

그런 맥락에서 김희선이 세상의 숱한 목소리들 가운데서 한없이 작고 낮은 목소리를 발굴해 세상에 울려퍼지게끔 만드는 건 어쩌면 자연스러운 일이다. 작은 존재들의 죽음과 망각. 이것은 김희선 소설이 떠올리는 '잊혀진 것들'의 계열로서, 아주 오래전에 일어난 바와 같이 지금도 여전히 생성되고 있는 기원적 사태이다. 이를테면 '난민'은 그 기원의 가장 시의적인 변주형에 다름 아니다. 그 누구보다 낮고 또 갖지 못한 그들은 언제나 더럽게 우글거리는 '덩어리'로만 인식되며 기피되고 천대받는 존재들이다. 그들은 주목을 끌지도, 신뢰받지도 못한다. 그들의 얼굴과 말과 삶은 애초에 드러나질 못하기 때문에 지독하게 한시적이다. 김희선은 그들을 불러낸다.

「해변의 묘지」의 알레한드로와 「지상에서 영원으로」의 미구엘 살바도르를 기억하는가? 과테말라의 '쓰레기산' 그리고 마닐라의 대규모 판자촌 출신으로, 그 변변찮은 고향으로부터도 쫓겨나와 세계를 유랑하던 이들 말이다. 김희선은 그들을 대한민국의 동해 앞바다와 도심 한가운데의 구멍에서 난데없이 솟아나게 만든다. 이 발굴로 말미암아 그들은 목소리를 얻게 된다. 「해변의 묘지」에서는 알레한드로를 대신해 박홍수가 증언하지만, 두 소설 모두 그들의 증언을 곧이곧대로 소설에 기입하는 형식으로 미미한 존재들의 목소리를 채록해두고 있다.

동해에서 발견된 박홍수와 알레한드로가 당국으로부터 어떤 취급을 받는지는 명시적으로 표현되어 있다. "만져서는 안 될 생물을 만지기라도 하듯"(199쪽)! 게다가 박홍수의 증언을 기록하는 자는 사실 '난민심사관 대리'가 아닌가. 그는 단순히 그의 말을 받아 적는 자가 아니라 사안의 경중과 진술의 진위를 따져 물을 위치에 있는 자다. 대서양에서 실종된 후 동해에서 나타나게 된 경위 자체가 일견 말이 되지 않는 것이거니와, 유일한 청자마저 권위를 지닌 채 의심하며 그들의 이야기를 듣고 있다는 점에서 이 증언은 이미 기울어져 있다. 심사관 대리가 박홍수의 진술을 토대로 알레한드로에게 난민 지위를 부여한다면, 그것은 곧 그들의 이야기가 공식적으로 '인정'받았다는 뜻이 된다. 여기서 과연 당신은 저들의 기묘한 조난기를 사실로서 인정할 수 있겠는가? '난민심사관 대리'의 내적 갈등도 그 지점에서 발생한다.

하나 그러한 불신은 단지 발화의 주체가 하찮은 지위를 갖고 있기에 작동한 선입견이라는 사실이 드러난다. 왜냐하면 동해에 설치된 '거대강입자가속기'로 말미암아 발생한 신비한 통로가 시나브로 영향력을 발휘해 박홍수와 알레한드로가 대서양에서 동해로 순식간에 솟구치는 일이 엄연히 가능함이 차후 밝혀지기 때문이다. 다행히 난민심사관 대리는 박홍수의 진술이 적어도 거짓은 아니리라고 '믿고' 난민 인정 신청을 과감히 승인하기로 결정하지만, 그마저도 끝내 외압에 부딪히고 만다. 세상이 그들을 받아들이지 않을 것을 요구하는 탓이다. 그가 씁쓸하게 되뇌듯이, "사람은 누구나 자기와 다른 존재 앞에서 공포와 두려움을 느낀다"(212쪽). 난민은 완전히 '다른 존재'로 여겨지고 있는 것이다. 공포스럽고 두려우며 혐오스러운 미지의 타자로.

난민 문제는 현상적으로는 새로이 대두된 사회문제이지만, 타자에 대한 배제와 배척은 역사의 모든 페이지에서 번번이 일어났다. 그 대상은 때로는 '난민'이고 때로는 '여성'이나 '노인'이며 때로는 특정 종교인이거나 특정 인종이지만, 그들은 모두 동일한 기원 아래 배치된다. 요컨대 이러한 문제들은 사실 서로 다른 사건이 아니라 아주 오랜 기원으로부터 오늘날까지도 여전히 '진행중인 사태'인 것이다.

5

김희선이 그러한 역사철학적 관점으로 폭력과 비극의 문제를 바라보고 있다는 실질적 예시는 「공의 기원」에 새겨진 '착취의 역사'의 패턴에서도 나타난다. 이 소설은 현대적 축구공의 기원을 찾아내려가며 최초로 고무를 활용해 축구공을 만든 영국의 토마스 굿맨과 서른두 조각의 가죽으로 이루어진 완벽한 형태의 축구 공을 구상해낸 한 개항기 조선인에 대한 정설과 야사野史를 넘나 든다. 역시 김희선답게, 숱한 가정과 소문이 엎치락뒤치락하면서 발생하는 이야기의 활기는 읽는 이를 한껏 매료시킨다. 하나 사실 「공의 기원」이 은근하고도 능청스럽게 무게를 두는 것은 '공'이 아 니라, 오히려 '노동'의 문제이다.

토마스 굿맨이 처음으로 고무를 베이스로 한 축구공을 만들어 히트를 쳤을 때, 그의 공장에서는 "대여섯 살밖에 안 된 아이들이 온통 유황 연기에 취한 채 손으로 공을 꿰매고 있는 참담한"(20쪽) 광경이 벌어지고 있었다는 서술을 당신은 무심코 지나쳤을지도 모른다. 그러나 그가 아동 착취 문제로 타격을 입은 뒤, "그런 일 에 전혀 개의치 않았고 오히려 그 사건을 전화위복의 계기로 삼아 공 제조원가를 더 낮추기 위해 노력했다. 즉, 이참에 아예 공장을"(21쪽) 인도 북부의 펀자브로 옮기곤 "마을 곳곳의 가정집에 수공 업으로 공 제작을 맡기게 되었고, (……) 점차 어린애들까지 공 만드는 일에"(34~35쪽) 다시 동원하는 것을 볼 때엔 전혀 다른 공간에서 동일하게 자행된 '아동노동 착취'의 역사를 감지하기 시 작했을 것이다.

여기서 시야를 조금만 더 넓혀보면, 토마스 굿맨이 자사 축구공 을 광고하기 위해 내건 내과의사의 사설마저 의미심장해지지 않 는가? "체력은 곧 국력이며, 지구 반대편까지 국가의 힘이 뻗어나가는 이때 어린 시절부터 공을 차고 달리며 심신을 강화시키는 것이야말로 진정한 애국"(18쪽)이라는 언급은 명백하게도 19세기 후반 세계에 팽배했던 제국주의와 궤를 같이하는 것이 아닌가. 제국주의는 무엇인가. 약소국을 식민지 삼아 수탈하고 착취하면서 제 배를 불리겠다는 이데올로기가 아니던가. 한편 극동아시아의 빈곤으로부터 벗어나겠다는 꿈에 부풀어 "하와이로 가는 이민선에 몸을"(30쪽) 실었던 한인들의 역사는 어떤가? 신세계라 믿고 기대했던 곳에서 그들은 단지 사탕수수밭의 노예처럼 부려지지 않았던가? 기술과 상품이 발전을 거듭하는 가운데, 누군가가 누군가에게 착취당하는 역사는 조금도 달라지지 않고 있다. 각각의 사건은 개별적이지만, 바로 그 기원의 맥락에서 이들은 하나다.

얼마 전 새로 지은 그 공장은 이번에 처음으로 모두에게 공개되는 것이라고 했다. 안으로 들어선 이들은 거대한 규모라든가 최첨단 설비들의 메탈릭한 광채에 놀라기 전에 먼저, 내부에 사람이라곤 단 한 명도 없다는 사실에 충격을 받았다. 잡지나 다큐멘터리에 많이 나오던 광경—히잡을 쓴 여자들이나 작은 아이들이 각각 앞에 둥근 공을 하나씩 놓고 손으로 가죽을 꿰매고 있는—을 기대했던 그들은, 혹시 잘못 본 게 아닌가 싶어 사방을 두리번거렸다. (⋯⋯) 지금은 기계가 이 모든 일을 해냅니다. 그들은 정교하고 치밀한데다 지치지도 않아요. 이들 덕분에 우린 최고의 공

을 만들어낼 수 있습니다. 어떻습니까, 정말로 멋진 신세계 아닌가
요?(38~39쪽)

　여기까지 왔으니, 이 소설의 말미에서 박홍수가 말하는 '멋진
신세계'도 미심쩍게 읽히지 않는가? 자신의 생산설비에 사람의 노
동력은 전혀 개입되지 않으므로 그의 공장은 이제 인간을 착취로
부터 해방시킨 정말 '멋진 신세계'를 도래시킨 것일까? 우리의 현
실에 비추어 보아, 전혀 그렇지 않다는 것을 알 수 있을 것이다.
광대한 노동의 영역이 급속도로 자동화되면서 우리에게 다가오는
것은 밝은 미래이기는커녕 더더욱 암울한 파국이다.
　「공의 기원」에서 "벽 전체를 뒤덮는 그림자"(39쪽)라는 흐릿한
이미지로 예견되는 디스토피아의 풍경은 「그리고 계속되는 밤」에
고스란히 그려져 있다. 시간을 수백 년이나 훌쩍 건너뛰어서, 생
명공학이 눈부신 진보를 이룩해 말 그대로 '영생'이 가능해진 시
대! 그러나 이 시대의 풍경은 어떠한가? 인간은 정녕 죽음과 노화
의 공포로부터 자유로워졌나? 주지하다시피 전혀 아니다. 여전히
자본주의는 공고하고, 영생을 보장해줄 인공 신체 파츠들은 부유
한 소수 계층의 전유물이 되었으며, 나머지 하층민은 그저 죽음을
유예하기 위해 노동에 매여 있으며, 그마저도 여의치 않은 이들은
'영생의 시대'에 속절없이 죽어나가고, 법문으로는 금지되었으나
차별은 계속되고 있으며, 심지어는 전쟁마저도 여전히 계속되는

중이다. 너무나 빈곤한 나머지 라이프사이언스사의 인공장기를 주축으로 돌아가는 자본순환의 톱니바퀴를 돌리지 못하게 된 무수한 사람들이 전쟁의 소모품으로 내던져지는 결말까지.

이들 이야기는 비록 가상으로나마 우리에게 선명한 진실을 목도하게 만든다. 오늘날 우리가 구가하는 빛나는 기술적 진보의 향기에는 반드시 그 대가로 쥐어짜인 누군가의 피비린내가 섞여 있다는 진실을. 우리가 서 있는 이 고지가 필시 빼앗기고 착취당한 약자들이 몸 바쳐 쌓아올린 결과물이라는 진실을. 그렇게 약한 자들이 바닥을 이루는 비참의 역사가 기어코 끈질기게 살아남아 영원히 계속되리라는 두려운 진실을……

6

그래, 김희선의 소설들이 그런 어두운 진실을 우리에게 보여주고 일종의 경고음을 발산하고 있다고 하자. 그래서 뭘 어쩌자는 것인가? 이렇게 되묻고 싶다면, 표제작 「골든 에이지」를 이렇게 읽어볼 것을 제안한다. 열쇠 수리점의 노인 '김상옥씨'와 그가 만든 '홀로그램 우주' 그리고 서술자 '나'의 관계를 각각 소설가 '김희선'과 그가 써낸 『골든 에이지』 그리고 독자인 '우리'의 관계로 대응해보는 것.

김상옥씨가 제 몸을 사료분쇄기에 내던지면서까지 돌아가고자 했던 '골든 에이지'가 언제인지, 당신은 아마 쉬이 잊지 못했을 것이다. 2014년 4월 16일, 어리고 무고한 목숨들이 '세월'과 함께 바다 아래로 가라앉았던 그날의 하루 전날, 김상옥씨가 그의 유일한 혈육인 손주를 마지막으로 눈에 담을 수 있었던 날 말이다. 실제 우리의 일상에서도 슬그머니 흐려져가는 세월호 사고 당시의 기억은 「골든 에이지」의 시점에서는 더 오래전의 일이어서, 정말로 거의 잊혀 있다. '나'를 비롯한 동시대인들의 인식의 지층 아래에 가라앉아버린 그 기억을 김상옥씨는 홀로그램 우주를 만들어내 복원시키고 있는 게 아닌가.

나는 김희선의 작업이 김상옥씨의 '골든 에이지'로의 회귀와 완전히 동일하다는 생각을 떨쳐낼 수가 없다. 김희선의 소설들 역시 가상의 이야기라는 홀로그램 우주를 만들어내서 그 안에 온갖 '잊힌 것들'을 불러들이고 있지 않은가. 그 세계는 '나'에게 2014년 4월 16일이 '모르는 일'이듯, 우리에게도 '모르는 일'들로 채워져 있지 않은가. '나'가 시공전파사로 찾아가 물리학자의 이야기를 듣고서야 그날에 대해 알게 되었듯, 우리도 김희선의 소설을 펼쳐 그 안에 든 이야기를 읽고서야 그 일들에 대해 알게 되지 않았던가. 그렇다면 어쩌면······

문을 열고 밖으로 나오다 말고, 난 문득 생각난 것이 있어 뒤로 돌아섰다. 옆구리에 끼고 있던 『홀로그램 우주: 실전편』의 속지를 펼쳐 물리학자에게 내밀었다.

"저어…… 아까 말한 그 날짜, 적어주시겠어요? 배와 사람들. 내가 모르고 있는 게 뭔지, 그리고 우리가 망각해가는 것이 뭔지, 알고 싶어서요."

그는 볼펜을 꺼내더니 잠깐 멈칫했다.

그러더니 결심한 듯 일곱 개의 숫자를 천천히 적어나가는 것이었다.(258쪽)

바로 이 대목의 '나'의 말. 그러니까, 자신이 모르고 있는 것, 그리고 망각해가는 것이 뭔지 알고 싶다는 저 말. 그것이 핵심 아닐까? 한시적이기 때문에 파묻힌다. 개개의 존재가, 그 존재가 겪은 고통과 비애가, 경험으로써 얻어낸 앎과 회한과 반성이 모조리 그 존재가 끝을 맞이함과 동시에 먼지가 되어 흩날린다. 비극과 통한의 고통에 대한 기억이 재가 되어 바스러진다. 효용을 갖는 테크놀로지에 대한 지식은 철저한 연쇄를 이루며 뻗어나가지만, 후대로 전해지고 기억되고 늘 되새겨져서 선명한 윤곽을 가져야 할 비극에 대한 깨달음은 연속성을 갖지 못하고 단속적으로 부침한다. 그러니까, 그 반복되고 진행중인 비극을 정지시킬 방도는 앎을 유지하고 기억하는 것에 있지 않겠는가.

김희선 소설이 줄곧 한시성으로 점철된 시간, 거기에 묻혀 잊힌 존재와 비밀들, 망각에 힘입어 은밀하게 겉모습을 바꾸며 되풀이되는 비탄의 기원을 불러일으켜서 바로 그 한시성과 망각에 따른 반복에 저항했듯이, 우리도 우리 자신의 망각에 저항하여 김희선이 만들어낸 홀로그램 우주 안에서 벌어진 일들을 책장을 덮기에 앞서 다시 한번 기억에 새겨보도록 하자. 잊지 않기 위해 달력에 표시를 해두듯, 되풀이되지 않게 하고자 기억하려고 애쓰듯 그렇게. 미약하나마, 그렇게.

작가의 말

「공의 기원」은 K'naan의 노래 〈Wavin' Flag〉와는 떼려야 뗄 수 없는 소설이다. 글을 쓰는 내내 노래의 이미지와 가사가 머릿속을 맴돌았으니까.

「스테판, 진실 혹은 거짓」을 읽은 사람이라면, 진짜로 LMFAO 의 디제이 레드푸가 우리나라에서 영어 강사 노릇을 했다고 믿진 않을 것이다. 그러나 어딘가엔 다른 우주 혹은 세계가 있어 거기 선 그가 다른 삶을 살 수도 있다는 걸, 또한 믿을 것이다.

「18인의 노인들」엔 비밀이 담겨 있다. 비록 그것이, 어느 저녁 밖으로 나가 오래도록 달을 올려다보기만 해도 누구나 눈치챌 수 있는 사실에 해당하지만 말이다.

「그리고 계속되는 밤」을 쓸 때는 실제로 밤이었는데 문득 돌풍이 불어왔다. 창에 얼굴을 대고 내다보니 바람 속에 수많은 나방들이 어둔 밤을 한 방향으로 떠가고 있었다.

세계 곳곳의 도시마다 홀연히 나타나던 싱크홀을 보며 「지상에서 영원으로」를 떠올렸다. 그런데 싱크홀이 정말로 지구 깊숙한 곳을 관통하는 거대한 통로의 입구가 아니라고 장담할 수 있을까?

지난해 세상을 떠난 내 강아지를 아직 보내지 못했다. 그러면서도 나는 녀석의 따뜻하고 부드러운 털, 몸, 숨결이 이젠 여기 없다는 걸 정확히 알고 있었다. 「조각공원」을 쓸 때의 일이다.

「해변의 묘지」. 이 다섯 글자는 중학교 시절부터 좋아한 시의 제목이기도 하지만, 언젠가부터 '쿠르디'라는 한 아이의 이름과 함께 내 안에 있어왔다.

「골든 에이지」를 쓸 수 있게 되기까진 거의 삼 년을 기다려야 했다. 글이나 말로는 표현할 수 없는 그 무엇이었기 때문에.

2019년 3월 7일
김희선

| 수록 작품 발표 지면 |

공의 기원 ······ 『문학의오늘』 2018년 봄

스테판, 진실 혹은 거짓 ······ 『문학사상』 2014년 6월

18인의 노인들 ······ 문장 웹진 2014년 1월

그리고 계속되는 밤 ······ 『한국문학』 2014년 겨울

지상에서 영원으로 ······ 『현대문학』 2014년 10월

조각공원 ······ 『문학3』 2018년 2호

해변의 묘지 ······ 『현대문학』 2018년 8월

골든 에이지 ······ 『21세기문학』 2016년 겨울

문학동네 소설집
골든 에이지
ⓒ 김희선 2019

초판인쇄 2019년 3월 8일
초판발행 2019년 3월 20일

지은이 김희선
펴낸이 염현숙
책임편집 정은진 | 편집 김필균 김내리 이성근 이상술
디자인 김현우 유현아 | 마케팅 정민호 박보람 나해진 최원석 우상욱
홍보 김희숙 김상만 이천희
제작 강신은 김동욱 임현식 | 제작처 영신사

펴낸곳 (주)문학동네
출판등록 1993년 10월 22일 제406-2003-000045호
주소 10881 경기도 파주시 회동길 210
전자우편 editor@munhak.com | 대표전화 031) 955-8888 | 팩스 031) 955-8855
문의전화 031) 955-3576(마케팅) 031) 955-8864(편집)
문학동네카페 http://cafe.naver.com/mhdn | 트위터 @munhakdongne
북클럽문학동네 http://bookclubmunhak.com

ISBN 978-89-546-5555-2 03810

www.munhak.com